DER MITBEWOHNER

EIN ROMAN VON

AKIF TURAN

Herstellung und Verlag: BoD – Books on Demand, Norderstedt
ISBN: 9783755748366

KAPITEL 1

MITBEWOHNERIN GESUCHT

Erneut musste sich die 24-jährige Angelika aus Wien auf die Suche nach einer neuen Mitbewohnerin begeben, nachdem ihre gleichaltrige und gute Freundin Neslihan vor Kurzem zu ihrem festen Freund umgezogen ist.

Sie hatten bereits vier Jahre zusammengelebt und so einiges in ihrer kleinen Wohngemeinschaft erlebt.

Angelika und Neslihan kennen sich vom Arbeitsplatz. Sie sind nach wie vor Kolleginnen, die sich von Anfang an gut leiden können.

Sie arbeiten als Kellnerinnen im Café Museum im 1. Wiener Gemeindebezirk.

Meist haben sie gemeinsame Schichten, worüber sich die beiden immer freuen. So konnten sie immer gemeinsam ihre Wohnung verlassen und auch gemeinsam wieder nach Hause gehen.

Doch jetzt, seit Neslihan, die ursprünglich aus der Türkei stammt, jedoch in Wien geboren und aufgewachsen ist, zu ihrem Freund, der ebenfalls aus der Türkei stammt, eingezogen ist, sehen sich die beiden Freundinnen, die mittlerweile wie Schwestern zueinander stehen, nur noch bei der Arbeit.

Wenn sie Glück haben, haben sie gemeinsame Schichten, doch es kommt auch oft vor, dass sie getrennte Schichten haben und sich nur dann sehen können, wenn eine von ihnen Dienstschluss hat während die andere mit ihrer Schicht anfängt.

Und obwohl diese Tatsache die beiden Freundinnen traurig macht, freut sich Angelika sehr für Neslihan.

Neslihan ist zwar seit acht Monaten mit ihrem Freund zusammen, aber erst jetzt hatte sie sich dazu entschlossen gemeinsam mit ihm zu leben. Es war ihr nicht leicht gefallen, ihre Freundin

Angelika alleine zu lassen, aber in diesem Fall musste sie sich für die Liebe entscheiden.

Doch sie hatte Angelika versprochen, sie so oft wie möglich, zu besuchen.

Anfangs war es für Angelika nicht leicht gewesen, sich erneut an die Einsamkeit zu gewöhnen. Es war plötzlich so still und langweilig geworden, seitdem Neslihan ausgezogen ist.

Doch, ob es ihr gefiel oder nicht, sie musste sich daran gewöhnen. Sie musste sich wieder ihr eigenes Reich in der Dreizimmerwohnung erschaffen und das Beste daraus machen.

Aber auch nur solange, bis sie eine neue Mitbewohnerin gefunden hatte. Angelika war bereits klar gewesen, dass niemand ihre Freundin Neslihan ersetzen könnte, aber sie musste sich nach einer neuen Mitbewohnerin umsehen, weil sie zum einen Angst hatte alleine zu leben und zum anderen konnte sie die Gesamtmiete nicht komplett übernehmen. Zumindest nicht langfristig. Daher musste sie schnell eine neue Anzeige aufgeben, sodass sich potenzielle Mieterinnen bei ihr melden konnten. Und je schneller Angelika die Anzeige im Internet aufgeben würde, umso schneller würde sie die Miete aufteilen können.

Also setzte sie sich vor ihren Laptop und gab folgende Anzeige auf,

MITBEWOHNERIN GESUCHT!

Falls du auf der Suche nach einer Unterkunft bist und Interesse daran hast Teil einer gemütlichen WG zu werden, dann schreibe mir bitte eine E-Mail! Ich freue mich darauf dich kennenzulernen. :-)

angelika-reiter@hotmail.com

Aus Sicherheitsgründen verzichtete Angelika gerne darauf ihre Telefonnummer oder Wohnadresse online bekanntzugeben.

Dazu war sie viel zu misstrauisch und bevorzugte es von daher lieber ihre E-Mail Adresse anzugeben.

So konnte sie nicht unnötig belästigt werden.

Falls jemand ernsthafte Interesse haben sollte, würde sie schon sämtliche Informationen mitteilen und bestimmte Fragen beantworten.

Und wenn schriftlich alles gut ablaufen würde, würde sie weitere Kontaktdaten mitteilen, damit die Interessentin die Wohnung besichtigen kommen kann.

Nachdem sie die Online-Anzeige aufgegeben hatte, klappte sie ihr Laptop zu und machte sich erst einmal ein Tee.

Neslihan und sie tranken beide am liebsten Pfefferminztee.

Doch jetzt musste sie den Tee ganz alleine genießen.

Es war schon ein sehr komisches Gefühl musste sie sich eingestehen. Da hatte sie vier Jahre mit der selben Person zusammengelebt und von heute auf morgen war diese Person weg.

So als hätte man ihr plötzlich ein Arm ausgerissen.

Sie vermisste Neslihan sehr und auch all ihre schönen gemeinsamen Erlebnisse.

Angelika hoffte nur, dass ihre neue Mitbewohnerin halbwegs so gut sein würde wie Neslihan. Das würde ihr schon genügen.

Daher musste ihre Wahl ganz sorgfältig treffen und durfte ihre Entscheidung auf gar keinen Fall bereuen.

Sie holte den wassergetränkten Teebeutel aus ihrer Tasse heraus, drückte ihn ganz fest zusammen, sodass auch der letzte Tropfen in der Tasse landen konnte und nahm ein Schluck vom köstlichen Pfefferminztee.

Voller Hoffnung ging sie zurück ins Wohnzimmer und setzte sich vor dem Fernseher hin.

Es war bereits neunzehn Uhr am Abend gewesen und sie hatte

einen stressigen Arbeitstag hinter sich. Neslihan hatte sich aufgrund ihres Umzuges frei genommen und würde erst zwei Tage später wieder zur Arbeit kommen.

Daher war es Angelika so vorgekommen, als ob der Arbeitstag nie enden würde.

Doch sie hatte geendet und jetzt saß sie mit einer Tasse Pfefferminztee in der Hand vor ihrem Fernsehapparat und sah sich ihre Serie „The Witcher" auf Netflix weiter an. Neslihan und sie lieben diese Serie und sahen sich jede einzelne Folge gemeinsam an. Umso frustrierender war es nun für Angelika sich die Serie alleine ansehen zu müssen.

Dabei hatten die beiden Freundinnen immer von Henry Cavill, dem Hauptdarsteller der Serie, geschwärmt und auch darüber, dass er mit Abstand der beste „Superman" gewesen war.

Angelika weiß noch wie sie eines Abends zu Neslihan gesagt hatte, dass sie sich ihren persönlichen Superman wünschte und, dass er eines Tages geflogen kommt, um mit ihr gemeinsam hoch über den Wolken zu fliegen.

Das hatte sich Neslihan auch immer gewünscht und war ihr Wunsch wahr geworden. Sie hatte bereits ihren persönlichen Superman gefunden. Jetzt musste nur noch Angelika ihren Superman finden.

Dabei sollte es ihr als Kellnerin nicht so schwer fallen, jemanden kennenzulernen, aber Angelika hatte Probleme Menschen zu vertrauen. Sie hatte oft die Erfahrung gemacht, dass die Menschen nicht die waren, die sie vorgegeben hatten zu sein.

Angelika wurde schon oft enttäuscht, weswegen sie seitdem viel zu vorsichtig mit dem Umgang mit Menschen geworden ist.

Vor allem wenn es um eine ernsthafte Beziehung mit einem Mann ging.

Angelika musste dieses gewisse Etwas spüren können, um sich

demjenigen öffnen zu können. Sie musste tief in ihrem Herzen von ihm überzeugt werden, bevor sie ihm erlauben konnte, ein Teil ihres Lebens zu werden.

Und weil sie sich mit diesem Thema so schwer tut, hatte sie schon seit Jahren keine feste Beziehung mehr gehabt.

Sie ist eine von diesen Dauersingles. Auch wenn es ihr schwer fällt das zuzugeben, ist ihr bewusst, dass das wahr ist.

Und jetzt, wo Neslihan einen festen Freund hat, den sie abgöttisch liebt und sogar zu ihm eingezogen ist, plagt die Einsamkeit Angelika umso mehr.

Vielleicht war es ja ihre Bestimmung einsam und allein zu sein, dachte sie sich hin und wieder. Vielleicht aber würde es noch etwas dauern bis sie ihren Lebenspartner kennenlernen würde, dachte sie sich auch nebenbei. Meist, um sich selber nicht allzu sehr zu deprimieren.

Doch allzu viele Gedanken wollte sie nicht daran verschwenden und ließ es einfach drauf ankommen.

Sie hatte stets die Hoffnung, dass es schon passieren würde, wenn die Zeit dafür kommen würde.

Sie war ja schließlich auch eine sehr attraktive, freundliche und gar nicht so dumme junge Dame, tröstete sie sich immer wieder.

Das Liebesglück würde auch schon bald an ihrer Herzenstür klopfen.

Das wusste sie ganz genau.

Doch bis es tatsächlich so weit sein würde, würde es möglicherweise noch dauern.

Daher hörte sie auf weitere Gedanken daran zu verschwenden und konzentrierte sich voll und ganz auf ihre Serie und fixierte sich dabei auf Geralt von Riva und auf seinen muskulösen Körper. Verdammt konnte der aber sein Schwert schwingen, dachte sie sich beeindruckt während sie ein Schluck von ihrem Tee machte.

Für Angelika hatte ein neuer Tag angefangen und es war der erste Morgen seit langem in der sie alleine aufgestanden war. Sofort hatte sie festgestellt, dass es, ohne die Anwesenheit von Neslihan, ein sehr ruhiger Morgen war. An das musste sie sich auch wieder gewöhnen.

Denn für gewöhnlich wachten sie zur selben Zeit auf, um zur Arbeit zu gehen und rannten um die Wette, wer von den beiden zuerst das Badezimmer betreten würde. Oft war es Neslihan gewesen, die gewann.

Es war schon seltsam gewesen, welch einen großen Unterschied die Abwesenheit einer einzigen Person machen konnte. Vor vier Jahren, als sie noch alleine gewohnt hatte, hatte sie das gar nicht gemerkt. Doch jetzt, nach vier Jahren, konnte sie den Unterschied deutlich merken.

Es war für Angelika eindeutig gewesen. Es musste unbedingt jemand diese Leere wieder füllen, die nach Neslihan's Umzug entstanden ist.

Also beeilte sie sich und versuchte so schnell wie möglich im Badezimmer fertigzuwerden und ganz schnell eine Kleinigkeit zu frühstücken, um dann auf ihrem Smartphone ihren E-Mail Eingang nach neuen Nachrichten abzuchecken, bevor sie zur Arbeit ging. Sie hoffte so sehr, dass sie mittlerweile mehrere Anfragen auf ihr Inserat erhalten hatte.

Doch zu ihrem Bedauern hatte sich bisher noch niemand gemeldet.

Aber Angelika tröstete sich mit dem Gedanken, dass es noch zu früh dafür wäre und, dass sich bestimmt im Laufe des Tages einige bei ihr melden würden.

Sie verstaute ihr Smartphone in der rechten Gesäßtasche ihrer engen Jeans, sodass jedes kleine Detail davon zu erkennen war, stopfte sich das letzte Bissen von ihrem, mit einer Scheibe Gouda belegtem Kornspitz in den Mund und ging auf dem direkten Wege zur Arbeit.

So wie sie es bereits vorgehabt hatte, wollte Angelika in ihrer Mittagspause Neslihan anrufen und nach dem Stand der Dinge fragen. Abgesehen davon hatte sie die Gespräche mit ihr vermisst.

Sie wusste zwar, dass Neslihan sie schon anrufen würde, sobald sie Zeit dazu hätte, aber Angelika konnte es nun mal nicht abwarten und wollte jetzt schon hören, wie es ihrer ehemaligen Mitbewohnerin in der neuen Wohnung ging. Und vor allem das Zusammenleben mit ihrem festen Freund.

Ohne etwas Klatsch und Tratsch ging es eben nicht.

Sie hatte sich bereits ihr Mittagessen geholt und saß alleine im Pausenraum um ihr Wienerschnitzel vom Kalb mit Erdäpfel-Vogerl-Salat und Preiselbeeren zu genießen. Zum Trinken hatte sie ein Glas kühles Soda Orange dazu genommen.

Noch bevor sie mit dem Essen begann, zückte sie ihr Smartphone heraus um Neslihan anzurufen.

Doch auf dem Bildschirm konnte sie sehen, dass sie eine neue E-Mail erhalten hatte. In der Hoffnung, dass es sich um eine Interessentin für ihre Wohngemeinschaft handeln könnte, entschied sie sich dazu die E-Mail zuerst zu öffnen und erst danach Neslihan anzurufen.

Mit ihrem rechten Zeigefinger tippte sie auf das Icon mit dem Kuvert und öffnete so ihr digitales Postfach.

Tatsächlich hatte sie eine Anfrage bezüglich einer Wohngemeinschaft erhalten über die sie sich sehr gefreut hatte. Sofort öffnete sie die E-Mail und genau in diesem Moment war ihre Freude wieder ganz schnell davon geflogen.

Denn die E-Mail kam von einem gewissen Elias Lechner.

Angelika war verblüfft darüber, dass ein Mann sie angeschrieben hatte, obwohl sie ganz deutlich angegeben hatte, dass sie eine Mitbewohnerin sucht. Sie dachte sich, dass das klar sein würde. Doch anscheinend hatte es einer nicht begriffen und sie

tatsächlich bezüglich einer Wohngemeinschaft angefragt.
Schon allein der Gedanke, dass sie mit einem fremden Mann
eine Wohnung teilen musste war für sie mehr als nur unange-
nehm gewesen. Wie es in Wahrheit tatsächlich sein würde
wollte sich sich gar nicht erst vorstellen. Wirklich unheimlich.
Wie kam er überhaupt dazu eine fremde junge Frau anzufra-
gen, ob er bei ihr einziehen durfte? Was sollte das? Dachte sie
sich, während sie mit einer angewiderten Mimik die Nachricht
las. Es hatte sie trotzdem interessiert was dieser Elias Lechner
geschrieben hatte.
Es stand folgendes darin,

Hallo Angelika,

ich hoffe es geht in Ordnung, wenn ich dich mit ⬜ Du"
anspreche. Das wirkt viel sympathischer finde ich.
Nachdem ich deine WG Anzeige gelesen hatte, wollte
ich mich sofort bei dir melden.
Ich bin 26 Jahre alt und auf der Suche nach einer neuen
Wohnung, besser gesagt, nach einer neuen WG. Denn
die Mietpreise für eine Einzelperson sind nicht leistbar.
Daher bevorzuge ich es lieber in einer Wohngemeinschaft zu leben und die Kosten gerecht aufzuteilen.
Es wäre sowieso nur für eine kurze Zeit. Denn ich bin
ständig auf Reisen und bin daher nicht sesshaft. Ein
weiterer guter Grund, wieso ich keine eigene Wohnung

beziehen möchte. Für jemanden wie mich sind WG's optimal geeignet.

Daher ergreife ich jede, die sich mir bietende Chance und versuche mein Glück. In diesem Fall bei dir.

Ich hoffe, dass du mir für die Zeit, die ich in Wien bin, ein Zimmer anbieten kannst.

Dafür wäre ich dir sehr dankbar.

Alle weiteren Details können wir dann gerne bei einem persönlichen Treffen besprechen.

Würde mich sehr über eine positive Rückmeldung von dir freuen.

Ich wünsche dir noch einen schönen und angenehmen Tag!

Mit freundlichen Grüßen,
Elias Lechner

Nachdem sie die Nachricht zu Ende gelesen hatte, war sie sich absolut davon sicher, dass dieser Elias Lechner nicht die Person ist, die sie als Mitbewohner haben wollte.
Abgesehen davon, dass er ein Mann war, passte er generell nicht in ihr Konzept hinein. Denn Angelika wollte jemanden haben, die langfristig die Wohnung mit ihr teilen würde und nicht etwa jemanden, der für eine kurze Zeit einzieht und dann wieder verschwindet.

Sie wollte sich einfach nicht ständig nach neuen Mitbewohnerinnen umsehen müssen. Angelika wollte jemanden finden, die über viele Jahre mit ihr zusammenlebt. Auf das ständige Hin und Her konnte sie sehr gerne verzichten.

Also verzichtete sie auch, aus mehreren Gründen, auf den seltsamen Elias Lechner und löschte seine E-Mail, um sich anschließend auf ihr Mittagessen zu konzentrieren.

Da sie bereits viel Zeit mit der Nachricht von Elias Lechner verschwendet hatte, hatte sie nicht mehr viel davon übrig, um Neslihan anzurufen und ihren Schnitzel genüsslich aufzuessen. Daher hatte sie beschlossen, gleich nach Dienstschluss, Neslihan anzurufen. Und sie würde auch definitiv die WG Anfrage von Elias Lechner erwähnen. Das war auf jeden Fall ein interessantes Gesprächsthema.

Zu ihrem Glück war ihr Schnitzel noch warm genug.

Während sie so vor sich hin aß, hoffte sie auf weitere Anfragen und darauf, dass eine dabei ist, die für ihr WG Konzept geeignet wäre.

Auch dieser Arbeitstag ging nach ganzen acht Stunden zu Ende und Angelika hatte sich bereits fertig für den Heimweg gemacht.

Sie hatte sich noch schnell von ihren Kolleginnen und Kollegen verabschiedet und war unterwegs zu der U-Bahn Linie U2 gewesen, die sie auf direktem Wege, ohne umzusteigen, nach Hause bringen sollte.

Mit der Verbindung zwischen ihrer Wohnung und ihrem Arbeitsplatz hatte Angelika Glück. Das galt für Neslihan auch als sie noch mit ihr zusammengewohnt hatte. Doch jetzt war sie ein paar Bezirke weitergezogen und musste daher zwei U-Bahn Linien benützen. Das wiederum hieß, dass sie noch früher von Zuhause weggehen musste.

Angelika war froh darüber, dass sie diesen Stress nicht gehabt hatte.

Wobei, der Freund von Neslihan, wie war sein Name doch gleich? Ach ja, Faruk. Er hatte ein Auto mit der er sie herumchauffieren könnte.

Andererseits war Faruk selbst arbeitstätig und musste ebenfalls in der Früh losfahren, weshalb Neslihan dennoch auf die U-Bahnen angewiesen wäre. Zumindest könnte er sie eventuell von der Arbeit abholen. Wäre schon eine feine Sache, wenn man täglich zur Arbeit und dann wieder nach Hause gefahren werden würde, dachte sich Angelika nebenbei. Vor allem bei Schlechtwetter könnte ein solches Service sehr angenehm und gemütlich sein.

In diesem Moment schüttelte Angelika leicht ihren Kopf während sie weiterhin nachdenklich zur U-Bahn Station ging, weil ihr klar wurde, dass sie zu viele unnötige Gedanken daran verschwenden würde.

Sie sammelte ihre Gedanken wieder und rief Neslihan an, so wie sie das vorgehabt hatte.

Es klingelte einmal. Es klingelte ein zweites Mal. Es klingelte ein drittes Mal. Wo zum Teufel bleibt sie denn bloß? Dachte sich Angelika während sie auf die Uhr in der U-Bahn Station geschaut und festgestellt hatte, dass die nächste U-Bahn in vier Minuten ankommen würde.

Währenddessen hatte es insgesamt fünfmal geklingelt und als Angelika kurz davor gewesen war wieder aufzulegen, um Neslihan zu einem späteren Zeitpunkt anzurufen, ging Neslihan doch noch ran und sagte mit einer überaus erfreuten Stimme *>>Hallo Angie! Wie schön, dass du anrufst. Wie geht es dir? Ich vermisse dich so sehr.<<*

Ein leichtes Lächeln überkam Angelika's Gesicht und ihr wurde ganz weich um das Herz.

>>*Ach, ich vermisse dich auch sehr Nesli. Mir geht's gut danke und deiner Stimme zu urteilen, geht's dir auch ziemlich gut wie es scheint. Ich dachte, ich rufe dich mal an und frage wie es bei dir so läuft. Wieso hast du denn so spät abgehoben? Ich war schon kurz davor gewesen wieder aufzulegen.*<<

>>*Ja, ich kam gerade aus der Dusch heraus und habe dich gerade noch so erwischt.*<< Beantwortete Neslihan Angelika's Frage.

Angelika nickte mit ihrem Kopf verständnisvoll und sagte >>*Achso, tut mir Leid, dass ich dich so unpassend anrufe. Wenn du willst, rufe ich dich zurück, wenn ich Zuhause bin und du kannst dich bis dahin fertig machen?*<<

>>*Nein, nein. Ist schon in Ordnung. Ich habe ja ein Bademantel und abgesehen davon ist Faruk noch nicht zurück von der Arbeit. Er dürfte aber schon bald da sein.*<<

Das freute Angelika zu hören, woraufhin sie ganz neugierig folgendes fragte >>*Ja, das wollte ich natürlich auch fragen. Wie läuft es so zwischen euch beiden? Erzähl mal!*<<

Mit einer sehr verliebten Stimme fing Neslihan zu erzählen an >>*Es ist wundervoll. Es ist besser als ich es mir vorgestellt hatte. Faruk ist so ein toller Mann. Ich meine, das wusste ich natürlich bereits von Anfang an, aber so richtig erkenn konnte ich es, nachdem wir angefangen haben zusammenzuwohnen. Und, ich habe eine Neuigkeit für dich liebe Angie.*<<

Angelika hörte ganz gespannt zu und wartete darauf, was für eine Neuigkeit das wohl sein könnte. Neslihan verriet es ihr >>*Wie du ja auch weißt, sind wir seit acht Monaten ein glückliches Paar. Wir verstehen uns so gut und passen so gut zueinander, sodass wir sogar beschlossen haben gemeinsam zu wohnen. Daher werden wir demnächst unseren Familien von unserer Beziehung erzählen und und uns ihnen gegenseitig vorstellen.*<<

16

>>*Wow, das ist ja echt toll liebe Nesli. Das freut mich sehr für euch zwei, aber vor allem freue ich mich natürlich für dich.*<< Brachte Angelika ihre Freude zum Ausdruck. Aber Neslihan war noch nicht fertig mit ihren Neuigkeiten >>*Ja, danke Angie! Wir sind beide deswegen schon ganz nervös. Und die Nervosität wird nicht so schnell wieder verschwinden, weil wir uns bereits gestern Abend über eine gemeinsame Ehe unterhalten haben. Sowohl Faruk als auch ich, werden uns wohl, so wie es aussieht, schon kurz nach der Bekanntgabe, verloben. Ach Gott Angie, ich sag's dir. Das ist alles so aufregend. Ich könnte vor Freude Luftsprünge machen.*<<

>>*Das hört sich ja alles wunderbar an meine liebe Neslihan. Ich freue mich sehr für euch zwei.*<< Brachte Angelika ihr Freude zum Ausdruck.

>>*Was tut sich bei dir? Hast du dich inzwischen wieder an das Alleinleben gewöhnt?*<< Fragte Neslihan rhetorisch und lachte dabei, weil sie die Antwort darauf bereits kannte. Ihr war selbstverständlich bekannt, dass Angelika etwas paranoid sein konnte, wenn sie alleine bleiben musste. Sie wusste, dass ihre ehemalige Mitbewohnerin Angst hatte alleine zu leben. Zumindest wusste sie, dass sie es nicht für eine längere Zeit alleine aushalten würde. Das war auch eines der Gründe für ihren späten Auszug. Sie wollte und konnte ihre Freundin und Arbeitskollegin nicht sofort alleine lassen.

Im Nachhinein war ihnen beiden eingefallen, dass sie mit der Suche nach einer neuen Mitbewohnerin schon viel früher hätten anfangen sollen, aber da war es leider bereits zu spät gewesen. Doch Neslihan wusste oder sie redete sich das einfach so ein, um sich selbst vor Schuldgefühlen zu schützen, dass Angelika schon klar kommen und, dass sie schon sehr bald eine neue und nette Mitbewohnerin finden würde.

Das wünschte sie sich vom ganzen Herzen für sie.

>>*Ja, es geht. Noch bin ich nicht in Panik geraten.*<< Antwortete sie Neslihan und lachte dabei so laut, dass sich in der U-Bahn Station sämtliche Gesichter für einige Sekunden mit erstaunten Blicken zu ihr gerichtet hatten. Verlegen lächelte sie einige von ihnen an und konzentrierte sich wieder auf das Gespräch mit Neslihan.

>>*Auch ich habe einige Neuigkeiten für dich meine liebe Nesli. Du wirst mir nicht glauben, was mir heute passiert ist.*<< So wie sie das betont und gesagt hatte, wurde Neslihan plötzlich sehr ernst und begann ihr aufmerksam und interessiert zuzuhören, nachdem sie ihr folgende Frage einfach stellen musste

>>*Oh Gott, Angie! Erzähl's mir bitte sofort!*<<

>>*Da du ja offiziell ausgezogen bist, habe ich eine neue Anzeige im Internet aufgegeben, um mir eine neue Mitbewohnerin zu suchen.*<< Erzählte Angelika während Neslihan ganz gespannt und beinahe ohne zu atmen ihr zuhörte.

>>*Obwohl ich ausdrücklich angegeben hatte, dass ich eine MitbewohnerIN...*<< sie betonte die letzten zwei Buchstaben, um es ganz deutlich zu machen >>*...suche, hat sich doch tatsächlich ein Mann bei mir gemeldet. Also ein junger Mann, denn er ist laut eigenen Angaben 26 Jahre alt, aber dennoch ein Mann. Also ein männlicher. Kannst du dir das bitte vorstellen?*<< Neslihan war verwundert darüber, aber zeigte nicht die Reaktion, die Angelika von ihr erwartet hatte.

>>*Also, ja, schon etwas creepy, aber...*<< jetzt war Angelika darauf gespannt, wie Neslihan ihren Satz zu Ende bringen würde >>*...vielleicht solltest du ihm eine Chance geben.*<< Das hatte Angelika nun tatsächlich nicht erwartet und war verblüfft darüber es zu hören. Sofort musste sie dagegen kontern

>>*Was? Ist das dein ernst? Das könnte ja sonst irgendein Perverser oder so sein. Abgesehen davon würde ich mich total unwohl dabei fühlen mit einem fremden Mann zusammenzuwoh-*

nen.<< Sagte sie entsetzt, woraufhin Neslihan folgendes darauf antwortete >>*Ja, da könntest du natürlich recht haben, aber du solltest dennoch keine Vorurteile haben. Vielleicht ist er ja ein ganz netter oder möglicherweise sogar Homosexuell. Ich denke du solltest ihm eine Chance geben.*<<

Angelika ist immer noch entsetzt und weiß nicht, was sie darauf antworten soll und sagt >>*Also Neslihan, ich weiß ja nicht.*<<

Neslihan versucht sie zu beruhigen und sagt >>*Ja klar, gib ihm mal eine Chance. Trefft euch irgendwo auf ein Kaffee und gib ihm mal die Chance sich richtig vorzustellen und lernt euch mal kennen. Vielleicht änderst du dann deine Meinung. Und wer weiß, vielleicht ist er ja doch Hetero und er gefällt dir so sehr, dass eine ernsthafte Beziehung zwischen euch beiden entsteht.*<<

Über den letzten Satz musste Angelika herzhaft lachen. Denn dazu würde es definitiv nicht kommen.

>>*Also, ich weiß immer noch nicht so recht. Und außerdem hatte er geschrieben, dass er nicht sesshaft werden möchte. Aus irgendeinem Grund scheint er ständig unterwegs zu sein und sucht daher nur vorübergehend nach Unterkünften.*<< Informierte sie Neslihan weiter, woraufhin Neslihan nur ein nachdenkliches >>*Hmmm!*<< von sich gegeben hat.

>>*Ja, hmmm!*<< bestätigte Angelika Neslihan's Bedenken.

>>*Na dann...*<< fuhr Neslihan mit ihrem Gedanken weiter, die sie mit Angelika teilte >>*...könntet du mit ihm ein kurzes Verhältnis anfangen.*<<

>>*Also, jetzt klingst du wirklich verrückt.*<< Ließ Angelika Neslihan wissen. Doch Neslihan blieb dabei und setzte sogar einen drauf >>*Ja also, überleg doch mal Angie! Auch du hast etwas Liebesglück verdient. Auch du hast etwas Romantik und auch etwas Erotik verdient. Verschließe dich nicht allzu sehr.*

Das könnte eine recht interessante Beziehung zwischen euch beiden werden. So eine kurze Affäre voller heißer und inniger Leidenschaft.<<

Jetzt wurde Angelike richtig verlegen und ihr wurde etwas mulmig in der Magengegend. So wie Neslihan das gesagt hatte, klang es schon nach einem Liebesabenteuer, das sie sich nur ungern entgehen lassen würde, aber nachdem sie wieder zu sich gekommen war, sagte sie >>*Ja, es mag sein, dass ich schon länger keinen festen Freund und auch kaum Sex in letzter Zeit hatte, aber dennoch finde ich das ehrlich gesagt unheimlich.<<*

Neslihan seufzte ins Telefon und sagte >>*Naja Angie, ich bin dennoch der Meinung, dass ihr euch mal treffen solltet. Gib dir selbst eine Chance. Vielleicht ist er die wahre Liebe, die du dir immer gewünscht hattest. Abgesehen davon wäre es doch super, wenn wir dann Paardatings hätten. Zu viert ausgehen und Spaß haben. Also, das ist natürlich alles nur meine Meinung darüber. Die Entscheidung liegt bei dir. So oder so, du wirst dich schon richtig entscheiden meine Süße. Ich muss jetzt leider schon auflegen. Faruk ist soeben Heim gekommen. Ruf mich wieder an und lass mich wissen, was passiert ist. Pass auf dich auf Angie! Bis dann, tschüss!<<*

>>*Ja, mache ich! Hat mich auch gefreut deine Stimme zu hören. Liebe Grüße an Faruk, biss dann und Bussi!<<*

Hatten sich Angelika und Neslihan verabschiedet. Und in diesem Moment fuhr auch schon die U-Bahn in die Station hinein. Nachdenklich stieg Angelika in die U-Bahn hinein.

Auf dem gesamten Weg bis zu ihr nach Hause, konnte Angelika nicht aufhören an das Telefongespräch und daran, was Neslihan ihr nahegelegt hatte zu denken.

Sie spielte jetzt ernsthaft mit dem Gedanken, ob sie ihren Rat befolgen und sich mit diesem Elias Lechner treffen sollte.

Eine Stimme in ihr sagte ja und wieder eine andere sagte eindeutig nein. Sie war noch sehr unentschlossen und wusste nicht, wie sie tatsächlich vorgehen sollte.

Sie warf einen letzten Blick auf ihre E-Mail's, in der erneuten Hoffnung, dass Nachrichten von weiblichen Interessenten gekommen sind, musste jedoch enttäuscht feststellen, dass sich immer noch niemand gemeldet hatte.

Enttäuscht und mit einem leichten Seufzer packte sie ihr Handy weg und stieg aus der U-Bahn aus.

Kurz bevor sie ihre Wohnung betrat, ertönte auf ihrem Smartphone der typische Klang, wenn eine neue Nachricht eingegangen war. Verwundert, was das wohl sein könnte, griff sie in ihre Gesäßtasche hinein, holte das Handy heraus und warf ein Blick auf das Display. Sie hatte eine neue E-Mail erhalten, die sie neugierig öffnete.

Sie erkannte den Absender sofort. Die E-Mail war von Elias Lechner. Er hat ihr eine neue Nachricht gesendet.

Sie vermutete schon, dass er sie erneut angeschrieben hatte, um eine endgültige Antwort von ihr zu erhalten. Denn auf seine erste Nachricht hatte sie ja nicht geantwortet.

Sie öffnete die Nachricht und konnte folgendes darin lesen,

Hallo,

ich bin es wieder. Ich wollte nur wissen, wie es nun aussieht? Habe bisher keine Rückmeldung von dir erhalten. Bitte schreibe mir so schnell wie möglich zurück, damit ich mich danach richten kann und nicht unnötig Zeit verschwenden muss. Für mich ist diese Sache nämlich

¾ußerst dringend, da ich im Moment so gar nicht weiß,
wo ich noch suchen kann.

Danke und liebe Grüße,
Elias

Ihre Annahme hatte sich somit bestätigt und sie bekam Schuld-
gefühle, weil sie das Gefühl bekommen hatte, dass sie ihn im
Stich lassen würde. Anscheinend war es wirklich dringend und
er hatte Hilfe nötig.
Doch trotz dessen war sie nach wie vor unentschlossen und
konnte sich einfach nicht entscheiden, ob sie ihm zu- oder absagen sollte.
Sie betrat ihre Wohnung, setzte sich auf das Sofa, biss sich
nachdenklich auf die Unterlippe und wippte nervös vor und
zurück.
Ihr Handy hatte sie auf dem Kaffeetisch vor sich liegen.
Sie fasste ihren Mut zusammen und fing an ihm doch eine Antwort zu senden.
Sie hatte sich doch dazu entschieden, sich mit ihm zu treffen
und ihn besser kennenzulernen. So gutmütig war Angelika. Sie
wollte ihm zumindest diese Chance geben und nicht einfach so
sitzen lassen.
Vielleicht hatte ja Neslihan recht. Vielleicht ist er ja tatsächlich
ein netter Mensch. Zumindest schrieb er nett und wirkte dadurch recht freundlich.
Nachdem sie ihre Nachricht fertiggeschrieben hatte, las sie sie
noch einmal durch und drückte anschließend auf „Senden".
Jetzt hieß es, abwarten.

KAPITEL 2

DER FEINSCHMECKER

Eigentlich war Elias ein gewöhnliches Kind wie jedes andere auch. Er wuchs als der jüngste von zwei Geschwistern in einer liebevollen Familie auf und führte bis zu seinem elften Geburtstag eine ganz normale Kindheit.

Als er eines Tages mit seinem neuen Fahrrad, das er von seinen Eltern zu seinem elften Geburtstag geschenkt bekommen hatte, nach Hause gefahren war, hatte er ein paar schnelle Tritte am Pedal zu viel gemacht als er die Straße bergab hinuntergefahren war.

Er hatte die Kontrolle über sein Fahrrad verloren, kam mit der Lenkstange ins Schleudern und war in dieser Geschwindigkeit mit voller Wucht zu Boden gefallen.

Doch zu seinem Glück war er gerade noch mit ein paar Blauen Flecken, kleinen Kratzern und einigen Schürfwunden sowohl an den beiden Unterarmen, an seinen Knien und an seiner linken Stirnseite davongekommen.

Sein Fahrrad jedoch hatte einen Totalschaden erlitten. Ein kaputter Griff an der Lenkstange, zerfetzter Sattel und zwei völlig verbogene Räder.

Kaum hatte er das Fahrrad bekommen und schon war es reif für den Schrottplatz gewesen.

Doch interessanterweise kümmerte ihn das nicht allzu sehr. Er zeigte kein Gefühl von Traurigkeit und fing auch nicht zu Weinen an.

Es schien ihm egal gewesen zu sein was mit seinem neuen Fahrrad geschehen war.

Viel mehr hatte er seine Konzentration auf das Blut gerichtet, das aus seiner rechten Handfläche geronnen war. Ein kleiner

Teil von seiner Haut, mit etwa drei Zentimeter Durchmesser, hatte sich abgezogen, sodass es unaufhörlich blutete. Um das Blut irgendwie zum Stoppen bringen zu können, war er auf die Idee gekommen es abzulecken. Leicht angewidert näherte er seine angespitzte Zunge an seine Handfläche und berührte schließlich mit der Spitze seiner Zunge das dick tropfende Blut. Zu seiner Überraschung, hatte er festgestellt, dass es gar nicht so schlimm gewesen war. Also hatte er begonnen sein gesamtes Blut abzulecken und sogar auszusaugen.

Das war der Moment gewesen in der er gemerkt hatte, dass er Hämatomanie hatte. Die Sucht danach Blut zu trinken. Doch zu diesem Zeitpunkt wusste er das noch nicht. Erst nach einigen Jahren sollte er den richtigen Begriff für seine abscheuliche Sucht herausfinden.

So hatte er bis dahin und auch fortwährend immer wieder und immer öfter menschliches Blut getrunken. Anfangs verletzte er sich selbst mit Messern, Schraubenziehern, Nadeln und Scheren, um sich selbst zum Bluten zu bringen, sodass er sein eigenes Blut trinken konnte.

Doch schon nach einiger Zeit, als er vierzehn geworden war, war ihm das nicht mehr genug gewesen. Elias wollte mehr. Er wollte mehr Blut kosten. Blut, das ausnahmsweise nicht von ihm gestammt hatte.

Er war bereit gewesen Neues auszuprobieren.

Die damalige alleinstehende 46-jährige Nachbarin, Frau Dittmann, hatte einen grauen Nymphensittich namens Sweety, den sie so sehr liebte als sei er ihr Kind gewesen. Sie hatte sich rund um die Uhr um ihr Vogel gekümmert, ihn gepflegt und sich sogar mit ihm unterhalten. Er war ihre gesamte Welt gewesen. Er war alles was sie je hatte und was ihr wichtig gewesen war. Für ihren Sweety hätte sie alles getan.

Mit dem schrecklichen Schicksal, das ihm widerfahren war,

hätte sie in ihren tiefsten Albträumen nicht erlebt.

Wie jeden Sonntag, sofern das Wetter schön gewesen war, hatte sie auch an jenem Sonntag ihren geliebten Sweety samt Käfig hinaus auf ihren Gartentisch gestellt.

Frau Dittmann war es einfach wichtig gewesen, dass ihr Vogel auch von der Sonne profitiert und auch etwas frische Luft schnuppert. Und sie wusste ganz genau, dass Sweety den Duft ihrer farbenfrohen Blumen geliebt hatte.

Er spannte dann immer seine Flügel ganz weit aus und streckte sein Kopf mit geschlossenen Augen in die Höhe. Daran konnte Frau Dittmann erkennen, dass er sich im Garten am wohlsten gefühlt hatte.

Das einzige Problem war der Vogelkäfig gewesen. Doch Frau Dittmann konnte ihren Vogel, wie in ihrem Wohnzimmer, nicht einfach frei im Garten fliegen lassen, weil sie die große Befürchtung gehabt hatte, dass er davonfliegen würde. Und das wollte sie auf gar keinen Fall erleben. Das letzte was sie gebrauchen könnte, wäre ein vermisster Vogel. Es würde sie zutiefst traurig machen, wenn ihrem geliebten Sweety etwas schlimmes zustoßen würde.

Um das zu verhindern musste Sweety das herrliche Wetter und den wundervollen Garten in seinem Käfig genießen, während sie in aller Ruhe und mit ruhigem Gewissen das Mittagessen in der Küche zubereitete.

Frau Dittmann war viel zu sehr mit dem Zubereiten ihres Essens beschäftigt, sodass sie es gar nicht mitbekommen hatte, dass ein Eindringling ihren mit bunten Blumen ausgestatteten Garten betreten hatte.

Sweety hatte den uneingeladenen Gast sehr wohl bemerkt, aber er war ein Vogel, der kein Alarm schlug, solange man ihn nicht gedrängt hatte. Mit seinen kleinen und schwarzen Kugelaugen beobachtete er die langsamen Bewegungen des jungen Mannes, der sich Schritt für Schritt ihm näherte.

Als Elias schließlich direkt vor dem Käfig gestanden und einen großen Schatten drauf geworfen hatte, hatte Sweety ganz neugierig darauf, was wohl nun geschehen würde, seine Kopffedern senkrecht aufgestellt.

Elias hatte einen kurzen Blick durch die Gartentür in das Wohnzimmer geworfen, um sicherzustellen, ob Frau Dittmann in sichtbarer Nähe gewesen war oder nicht.

Als die Luft rein war, wollte er nicht länger zögern und machte mit langsamen Bewegungen die Käfigtür auf und streckte seine Hand hinein, um nach dem, inzwischen verängstigtem Vogel, zu greifen.

Als Sweety kurz davor gewesen war seine Kehle wie eine Kirchenglocke läuten zu lassen, packte Elias ihn wie eine Kobra ihre Beute ganz schnell am Kopf und holte ihn aus dem Käfig heraus.

Er sah sich den erschrockenen Vogel mit kalten und leeren Augen für einige Millisekunden an und riss ihm mit einer wuchtigen Bewegung den Kopf von seinem kleinen und gefiederten Körper ab.

Wie ein Trinkglas hatte er den enthaupteten Körper des Vogels an sein Mund gepresst und das Blut des Tieres getrunken. Er quetschte den Körper in seiner Hand fest zusammen und saugte aus, was zum Aussaugen vorhanden war.

Doch Elias war enttäuscht von der kleinen Menge, die der Vogel ihm angeboten hatte. Sein Durst nach Blut war damit nicht gestillt gewesen. Er wollte mehr. Er wollte ein größeres Tier.

Da war ihm das Kaninchen Purzel von Julia eingefallen. Sie war seine Klassenkameradin und hatte bald Geburtstag. Zu diesem Anlass hatte sie die gesamte Klasse zu ihrer Geburtstagsfeier bei sich zu Hause eingeladen.

Für Elias war dies die perfekte Gelegenheit, um an ihren Hasen zu gelangen.

Er dachte sich, dass ein pummeliger Hase wie Purzel mehr zu bieten hätte als so ein jämmerlicher, kleiner Vogel, dessen entstellten Körper er auf die eine Seite und den abgetrennten Kopf auf die andere Seite des Gartens geworfen hatte, bevor er ihn wieder genau so still und unbemerkt verlassen hatte.

Als Frau Dittmann einiger Zeit später hinaus in den Garten ging, um nach ihrem Sweety zu sehen, bekam sie bei dem grausamen Anblick auf der Stelle ein Herzinfarkt und war tot umgefallen. Sie hatte diesen schrecklichen und barbarischen Anblick einfach nicht ertragen können.

Einige Tage später war es dann schließlich so weit. Die Geburtstagsfeier von Julia lief wie geplant auf Hochtouren. Alle, die sie eingeladen hatte waren gekommen. Einschließlich Elias. Um nicht allzu sehr verdächtig aufzufallen, hatte er ihr ein Geschenk überreicht und sich dann unter das Getümmel gemischt. Er feierte mit ihnen mit und führte mit einigen ein paar nette Gespräche über Videospiele, Filme und neue Sammelkarten.

Doch mit den Gedanken war er die ganze Zeit über bei Purzel gewesen.

Er konnte es nicht erwarten endlich dem Hasen die Kehle aufzuschlitzen und sich an seinem Blut zu erfreuen.

Er hatte nur auf eine gute Gelegenheit gewartet, um sich unbemerkt von der Menge zu lösen und sich in das Zimmer zu schleichen in dem sich Purzel befunden hatte.

Und diese Gelegenheit ließ nicht länger auf sich warten.

Kurz nachdem die Geburtstagstorte angeschnitten und verteilt worden war, war es an der Zeit gewesen die Geburtstagsgeschenke auszupacken.

Als alle gespannt mitverfolgten wie das Geburtstagskind ein Geschenk nach dem anderen öffnete, hatte Elias die Chance ergriffen und sich ganz unbemerkt davon geschlichen.

Nun war er mit dem Hasen Purzel vollkommen alleine im ein und derselben Raum.

So wie er das Zimmer betreten hatte, hatte er sofort Blickkontakt mit dem Hasen aufgenommen. Genau wie Sweety vor ihm, schien auch Purzel die sich ihm nähernde Gefahr zu wittern. Auch hier wollte Elias nicht allzu viel Zeit verschwenden. Er ging zum Hasenkäfig, öffnete ihn, packte das Tier an den Ohren und holte ihn heraus.

Purzel trat immer wieder mit seinen beiden Füßen gegen die Luft und versuchte seinem Feind zu entkommen. Doch es war vergebens. Er war ihm vollkommen ausgeliefert gewesen.

Elias holte ein Springmesser aus seinem Hosenbund hervor und mit einem kleinen Knopfdruck kam das spitze und scharfe Messer auch schon herausgeschossen. Selbst das Messer wirkte in diesem Moment beinahe lebendig. Es schien so, als ob es kaum erwarten konnte den Hasen aufzuschlitzen. Elias konnte die Gier des Messers so richtig spüren. Oder aber, es war einfach auch nur seine Gier, die er in diesem Moment verspürte. Er setzte das Messer schließlich direkt an die Kehle des Hasen an.

Mit einer schnellen Bewegung hatte er die Kehle von Purzel aufgeschnitten und der zappelnde Hase war auf der Stelle gestorben. Sein Blut spritzte an die weiße Wand, die direkt vor ihm war und verpasste ihm einen neuen Anstrich.

Schnell hatte er den toten Hasen an sein Mund gepresst und trank so viel Blut wie er nur konnte.

Und diesmal war er zufrieden gewesen. Diesmal hatte er die Menge an Blut bekommen, um sein Durst auszulöschen.

Nachdem er genug hatte, blieb er eine Weile nachdenklich stehen. Er hatte festgestellt, dass das Blut der Tiere, doch nicht so köstlich gewesen war, wie das der Menschen. Zumindest konnte er diese Theorie festlegen, weil er oft genug sein eigenes Blut getrunken hatte. Und er dachte sich, wenn sein Blut besser schmeckt als das Blut der Tiere, dann müsste das Blut von anderen Menschen eigentlich auch gut schmecken. Und es gab einen Weg, um das herauszufinden.

Elias warf den toten und aufgeschnittenen Hasen auf den Boden und machte sich auf den Weg in das Badezimmer, um das Blut von seinen Händen und aus seinem Gesicht zu waschen. Auch das Messer hatte er gründlich gewaschen, bevor er es wieder in sein Hosenbund zurückgesteckt hatte.

Nachdem auch das gesamte Waschbecken keinen einzigen Blutfleck mehr aufgewiesen hatte, hatte er sich wieder unter das Partyvolk gemischt und noch eine Weile mitgefeiert, bevor er sich auf den Weg nach Hause gemacht hatte.

Nachdem die Geburtstagsfeier zu Ende gegangen war und alle Kinder und Gäste ihre Wohnung verlassen hatten, wollte Julia nach ihrem Hasen sehen, weil sie sich den ganzen Tag nicht um ihn kümmern konnte.

So wie sie das Zimmer betreten hatte, hatte sie zunächst eine Schockstarre erlitten, bevor sie wie eine Sirene zu Schreien angefangen hatte. Sofort eilten ihre Eltern zu ihr, um nach ihrer Tochter zu sehen. Auch sie waren erschüttert und schockiert darüber gewesen, was sie in dem Zimmer vorgefunden hatten. Es war wie ein schreckliches und grausames Massaker gewesen.

Es würde lange dauern bis sie alle diesen Schock von sich abwerfen und dieses Trauma verarbeiten können.

Vor allem Julia würde von diesem Zeitpunkt an nicht mehr die Julia sein, die sie einmal gewesen war.

Selbst mit der Hilfe der Polizei war es ihnen nicht gelungen die Täterin oder den Täter ausfindig zu machen.

So mussten sie all die Jahre damit leben. Wissend, dass die

grausame Person, die das zu verantworten hatte, immer noch frei herumlief.

Weil die Wohnung für Julia nicht mehr erträglich gewesen war, waren sie und ihre Eltern, auf ihren Wunsch hin, kurzer Zeit später ausgezogen.

Seit diesem schrecklichen und tragischen Vorfall war sie nie wieder in der Lage gewesen ein Haustier zu besitzen.

Einige Tage nach diesem schrecklichen Ereignis hatte sich Elias fest in den Kopf gesetzt, dass er unbedingt wieder menschliches Blut trinken muss.

Aber es sollte nicht sein eigenes sein.

Er wollte erneut etwas Neues ausprobieren. Er wollte unbedingt wissen, was für ein Gefühl es wohl wäre, wenn er sich an fremdes Blut heran machen würde.

Doch mit wem sollte er denn nur bloß anfangen?

Vielleicht mit seiner zwei Jahre jüngeren Schwester Emilia Lechner?

Oder vielleicht doch mit einem seiner Eltern?

Nein, keiner von ihnen.

Elias wollte niemanden aus seiner Familie miteinbeziehen.

Von diesem Moment an, hatte er sich für ein Kodex entschieden, an den er sich sein Leben lang strikt halten würde.

Familienmitglieder waren absolut tabu gewesen.

Freunde hingegen, waren ihm egal. Denen würde er, ohne mit der Wimper zu zucken, Leid und Schmerzen zufügen.

So war ihm gleich darauf ein weiterer Name eingefallen. Ein Name aus seinem Freundeskreis.

Es war Javier Navarro.

Javier stammte ursprünglich aus Spanien und ging mit Elias in die selbe Schule.

Sie waren in getrennten Klassen, kannten sich jedoch vom

Sportunterricht.
Sie waren nämlich beide im selben Basketball Team der Schule und gehörten zu den besten.
Sie waren gut miteinander befreundet und hatten auch gemeinsam an außerschulischen Aktivitäten teilgenommen.
Elias hatte es geschafft, Javier dazu zu überreden, dass sie sich beide am Sonntag im Esterházypark treffen und gemeinsam Basketball spielen.
Elias meinte zu Javier, dass es ihnen auch helfen würde ihre Technik zu verbessern.
Da Javier zufälligerweise nichts anderes vorgehabt hatte, hatte er Elias zugesagt und war mit seinem Spalding Basketball gekommen.
Sie spielten bereits eine Weile und während Javier tatsächlich sich auf seine Spieltechnik konzentriert hatte, hatte Elias etwas vollkommen anderes im Sinn gehabt.
Javier's Blut.
Er hatte sich ein Plan ausgedacht und wollte ihn auch in die Tat umsetzen.
Und das gelang ihm auch wieder.
Er hatte Javier mutmaßlich gefoult, jedoch so getan, als ob es ein Versehen gewesen war. Javier war gestürzt und hatte sich unter anderem seine frei gelegten Knie aufgeschürft.
Das linke Knie war besonders schwer angeschlagen gewesen, sodass eine Wunde, direkt unterhalb der Kniescheibe, unaufhörlich blutete.
Javier war nicht mehr in der Lage gewesen weiterzuspielen und wollte lieber wieder nach Hause gehen und sich versorgen.
Doch um die Blutung vorerst stillen zu können, hatte er vorgehabt sein Handtuch dagegen zu drücken.
Elias jedoch war ihm zuvor gekommen und sagte zu ihm, dass er sich schon darum kümmern würde.

Nicht ahnend, was Elias tatsächlich damit gemeint hatte, wollte sich Javier von ihm helfen lassen.

Elias hatte sich auf Javier's Blut fixiert.

Und ehe sich Javier versah, hatte Elias angefangen das Blut vom Knie seines Freundes abzulecken.

Verschreckt und verwirrt war Javier sofort aufgesprungen und wusste nicht was er darauf sagen sollte.

Anstatt Elias zur Rede zu stellen und herauszufinden, was sein seltsames und überaus ekelerregendes Verhalten sein sollte, bevorzugte er es den Platz zu verlassen und so lange wie möglich Elias aus dem Weg zu gehen.

Es war eine sehr schwere Zeit für ihn damals gewesen, da sie sich einmal in der Woche beim Basketballtraining in der Schule gesehen hatten. Jedoch hatte Javier sich immer stets bemüht, so gut es ging, kein Kontakt mit Elias zu haben. Und den Vorfall mit dem Knie hatte er aus Scham für sich behalten und das selbe auch von Elias verlangt.

So waren schließlich die Jahre vergangen und je älter er wurde, umso größer war auch seine Sucht nach Blut geworden.

Er war bereits ein erwachsener Mann und lebte seit seinem achtzehnten Lebensjahr alleine und pflegte den ständigen Kontakt zu seiner Familie. Denn seitdem er mit sechsundzwanzig Jahren seine Heimat Deutschland verlassen und nach Österreich umgezogen war, konnte er weder seine Eltern noch seine Schwester besuchen.

Sie kommunizierten meist über WhatsApp. Ansonsten hatte er nicht mehr viel mit ihnen zu tun.

Doch als er noch in Deutschland zu Hause war, hatte er sich oft mit seinem eigenen Blut und hin und wieder mit dem Blut von Tieren zufrieden geben müssen. Selten war er dazu gekommen das Blut von Menschen zu trinken.

Und weil ihm das einfach nicht genügt hatte und er dadurch durchgedreht war, wollte er dem endlich ein Ende setzen.

Elias hatte sich gedacht, dass wenn es ihm nicht einfach gelingen möchte irgendwie an menschliches Blut heranzukommen, dann musste er es sich einfach holen. Und wenn es erforderlich gewesen war, würde er auch nicht davor zurückschrecken Gewalt anzuwenden.

So hatte er schon bald damit angefangen auf Menschenjagd zu gehen und sich deren Blut und sogar deren Fleisch anzuschaffen.

Denn inzwischen hatte sich Elias zu einem richtigen Kannibalen entwickelt.

Doch obwohl er sehr gerne Vampir- und Zombiefilme angesehen hatte, hatte er sich nie mit einem von ihnen assoziiert. Er sah sich die Filme vielmehr deswegen an, weil er dachte, dass er eventuell einiges dazulernen könnte.

Seine Sucht nach menschlichem Blut, aber auch seine Lust nach menschlichem Fleisch waren weitaus unterschiedlicher als die von Vampiren und Zombies. Denn sowohl Vampire als auch Zombies machten naturgemäß Jagd auf Menschen. Sie mussten sich unbedingt von Menschen ernähren. Sie wurden dazu angetrieben.

Elias jedoch verspürte nichts dergleichen. Im Laufe der Jahre hatte er es gelernt seine Sucht beziehungsweise sein Drang nach menschlichem Blut und Fleisch zu kontrollieren. Er sah sich vielmehr als ein Feinschmecker, der herausgefunden hatte, dass Menschen viel besser schmecken als so manche Tiere.

Jedes ihrer einzelnen Organe hinterließen bei ihm verschiedene köstliche Geschmäcker auf seinem Gaumen. Zudem hatte er entdeckt, dass Frauen viel besser schmeckten als Männer. Ihr Fleisch war viel zärtlicher, ihr Blut etwas dünner und ihr Leber viel saftiger und nicht allzu bitter wie die von den Männern.

Selbstverständlich gab es immer wieder Ausnahmen, aber im Großen und Ganzen bevorzugte er das weibliche Fleisch.

Kinder gehörten ebenfalls wie seine eigene Familie zum Kodex und waren somit tabu für ihn. Und mit der Zeit hatte er auch aufgehört Tiere für seine Triebe zu schlachten und zu verzehren.

Hin und wieder, wenn er mal keinen Menschen auftreiben konnte, ernährte er sich wie gewöhnliche Menschen vom Rind, Lamm, Schwein, Geflügel, Fisch und Meeresfrüchte.

Manchmal gönnte er sich sogar etwas Hirsch-, Krokodil- oder Kängurufleisch. Diese Vielfalt machte das Ganze erst so richtig exotisch und genießbar.

Doch keiner von diesen Tieren schmeckte ihm so gut wie eine menschliche Person.

Beim ersten Mal als er menschliches Fleisch gekostet hatte, war er zweiundzwanzig Jahre alt gewesen.

Als er gerade von seiner damaligen Arbeit als Kassierer einer Supermarktkette nach Hause gegangen war, war ihm ein leicht angetrunkener Obdachloser über den Weg gelaufen.

Sofort wollte Elias die Gelegenheit ergreifen und bot dem Obdachlosen Mann seine angebliche Hilfe an.

Er hatte ihn mit zu sich nach Hause genommen und ihm zunächst etwas Wasser zum Trinken angeboten.

Schon nach wenigen Minuten wollte Elias zur eigentlichen Tat überschreiten und griff nach einem Küchenmesser mit einer außerordentlich scharfen Klinge.

Zeitgleich dachte er sich, dass niemand einen Obdachlosen vermissen würde.

Denn seine Idee war es, den fremden Mann umzubringen und sein Blut zu konservieren. Damit er stets Blut vorrätig haben konnte war dieser Vorgang notwendig gewesen.

Also schlich er sich von hinten an sein Opfer heran und hielt das Küchenmesser bereit zum Zustechen fest in seiner Hand. Das Deckenlicht am Wohnzimmer reflektierte kurzweilig auf der Klinge des Messers.

Der ahnungslose Mann saß weiterhin dankend auf seinem Platz, dem Elias ihm zuvor angeboten hatte und trank sein Kaffee mit Milch und Zucker.

Er genoss ihn so richtig, weil er schon seit Langem keinen so guten Kaffee mehr getrunken hatte.

Und als er gerade seinen nächsten Schluck gemacht hatte, spürte er gleich danach ein leichtes Ziehen an seinem Hals.

Er konnte noch vor seinem Tod deutlich spüren, wie die Stelle, wo er das Ziehen verspürt hatte, plötzlich zu Brennen angefangen und gleich darauf Literweise Blut von seiner Kehle hinabfließen gesehen hatte.

Bevor ihm schwarz vor den Augen geworden war, konnte er noch einen letzten Blick in das feindliche Antlitz seines feigen Angreifers werfen.

Elias wollte weder allzu viel Zeit noch allzu viel Blut verschwenden.

Daher legte er das blutige Küchenmesser auf dem Kaffeetisch ab, nahm den Mann in seine Arme, trug ihn in das Badezimmer und legte ihn in die Badewanne ab. Er begann den toten Mann vollkommen auszuziehen. Seine Kleidungsstücke und auch seine Schuhe stopfte er in einen großen schwarzen Müllbeutel und knotete ihn fest zu.

Die würde er dann später ganz einfach in einem der großen Müllcontainer entsorgen.

Danach holte er die nötigen Werkzeuge, um den einst obdachlosen Mann aufzuschneiden und auszuweiden.

Er ließ ihn ordentlich in die Badewanne ausbluten, die sich schon kurz darauf bis zur Hälfte mit dem Blut des Mannes aufgefüllt hatte.

Während Elias begonnen hatte sein Opfer in Stücke zu zerschneiden, dachte er daran, wie und wo er am besten die einzelnen Körperteile versorgen könnte.

Denn soweit hatte er noch nie gedacht. So etwas hatte er noch nie zuvor gemacht. Selbst diese Tat hatte er spontan unternommen. Es hatte sich ihm zufällig eine Gelegenheit angeboten und die hatte er, ohne großartig zu überlegen, ergriffen.

Aber Elias hatten derartige spontane Handlungen nie aus der Ruhe bringen können. Er wusste sich immer zu helfen und fand immer auf die Schnelle eine Lösung.

So wie auch in diesem Fall.

Während er weiter ein Stück nach dem anderen vom Körper seines Opfers entfernt hatte, war ihm ein überaus plausibler Gedanke in den Sinn gekommen.

Er dachte sich nämlich, dass wenn er schon menschliches Blut trinkt, dann könnte er eigentlich auch genauso gut menschliches Fleisch verzehren.

Dieser Einfall war gar nicht mal so abwegig gewesen, weswegen er auf der Stelle mit dem Schlachten aufgehört hatte.

Er wollte wissen, wie das Fleisch eines Menschen wohl so schmecken würde.

Also schnappte er sich das Leber des toten Mannes und schnitt von seinem abgetrennten Oberschenkel noch etwas Muskelfleisch ab und ging damit direkt in die Küche.

Er drehte den Herd auf und bereitete die Pfanne vor.

Nachdem alles fertig war fing er an das Fleisch zu braten.

Er war schon mal erfreut darüber gewesen, dass es gar nicht so schlecht gerochen hatte.

Er konnte es kaum erwarten das Fleisch zu kosten.

Etwas Salz und Pfeffer dazu und schon war das durchgebratene Fleisch zum appetitlichen Verzehr bereit gewesen.

Elias stellte sein Essen auf dem Esstisch ab, holte das passende

Besteck, ein Messer und ein Gabel, dazu, setzte sich hin und schnupperte vorerst genüsslich an seiner Mahlzeit, bevor er zu essen angefangen hatte.

Schon nach dem ersten Bissen hatte er festgestellt, dass es womöglich das köstlichste Gericht gewesen war, das er bis zu diesem Zeitpunkt je in seinem Leben gegessen hatte.

Es schmeckte ihm unfassbar gut, sodass er von diesem Zeitpunkt an beschlossen hatte sich weniger von den Tieren und vielmehr von Menschen zu ernähren.

So hatte er sein Teller aufgegessen und beinahe ihn auch abgeleckt.

Es war eine deftige und schmackhafte Mahlzeit gewesen, wie er sie noch nie zuvor gehabt hatte.

Jetzt wusste er, was er mit den restlichen Körperteilen machen würde. Anstatt sie irgendwie zu entsorgen, würde er sie ebenfalls einlagern, um sie von Zeit zu Zeit aufzutauen und aufzuessen.

Doch beim Essen fehlte noch etwas, hatte er sich ganz intensiv überlegt, während er an dem Leber gekaut hatte.

Ganz klar, er hatte das Getränk zu seinem Essen vergessen.

Sofort lief er zurück in das Badezimmer, holte sich ein volles Trinkglas Blut sowie das Herz seines frischen Opfers und ging damit wieder in die Küche.

Er hatte das Herz in den Mixer geworfen und darüber das Blut gegossen. So hatte er sich einen blutigen, aber auch irgendwie einen herzhaften Shake gemacht mit dem er anschließend das köstlich zubereitete Fleisch hinunterspülen konnte.

So hatte sich Elias von einer Person mit Hämatomanie zu einem Kannibalen entwickelt.

Im Laufe der folgenden Jahre hatte er bereits mehrere Männer und Frauen ermordet und gegessen.

Vielmehr bevorzugte er die Frauen, weil ihm deren Fleisch

ganz besonders mundete.

So hatte er seine weiblichen Opfer auch unter den zahlreichen Prostituierten finden können und war somit nicht immer auf die Obdachlosen oder die Ausreißerinnen angewiesen gewesen.

Zu seinen Opfern gehörten auch einige Touristen, die einfach das Land bewundern wollten, stattdessen jedoch als sein nächstes Abendessen auf dem Teller gelandet waren.

Dadurch hatten sich in Deutschland die Zahl der Vermissten Menschen in Kürze vermehr, sodass Elias angefangen hatte sich dabei ein wenig unwohl zu fühlen.

Er hatte Angst, dass die Spuren irgendwann zu ihm führen könnten, weswegen er beschlossen hatte das Land zu verlassen und sein Leben woanders fortzuführen.

Elias hatte sich, nach reichlicher Überlegung, für das Nachbarland Österreich entschieden und hatte sich schon kurz darauf in Wien neu eingerichtet.

Auch in Wien begann er in einer bekannten Supermarktkette als Kassierer zu arbeiten an und machte sich unter seinen Kolleginnen und Kollegen ganz schnell beliebt.

Elias bevorzugte es stets alleine zu wohnen, weil niemand seine unnatürliche Lebensweise und auch sein Verlangen nach Menschenfleisch verstehen oder sogar akzeptieren würde.

Doch zu seinem Bedauern waren schon nach kurzer Zeit die Mietpreise gestiegen, weswegen er sich nicht mehr länger leisten konnte alleine zu wohnen.

Er war gezwungen mit weiteren Personen gemeinsam ein Haushalt zu teilen. Oder aber mit nur einer Person.

Ob es ihm gefiel oder nicht musste er eben ein Doppelleben auch in den vier Wänden führen und sein wahres Ich so lange wie möglich versteckt halten.

Schon allein der Gedanke daran war sehr frustrierend für ihn gewesen. Am Liebsten würde er die Personen, die für die Erhöhung der Mietpreise gesorgt hatten, aufessen. Doch das würde nichts an den neuen Verträgen ändern.

So hatte er, auf seiner Suche nach neuen Mitbewohnern, die WG Anzeige von Angelika entdeckt und sich sofort bei ihr gemeldet.

Da er flexibel gewesen war, war es ihm egal gewesen, ob sie zu ihm oder, ob er zu ihr einzieht.

Und so wartete er gespannt auf eine Rückmeldung von Angelika und hoffte sehr, dass es ihr nichts ausmachen würde, dass er angegeben hatte, dass er nicht langfristig einziehen würde, sondern nur vorübergehend.

Doch er wollte das erwähnen, weil es eventuell wieder nötig wäre das Land zu verlassen, sodass weiterhin die Polizei oder sonstige Einheiten nicht auf seine Spur kommen konnten.

Angelika sollte einfach darauf vorbereitet sein und nicht mit einer langfristigen Wohngemeinschaft rechnen.

Elias saß gerade vor dem Fernseher und trank das Blut seines jüngsten Opfers, das er in eine Tasse abgefüllt hatte als er gerade eine Nachricht auf seinem Handy erhalten hatte.

Er sah sich die Nachricht an und stellte fest, dass es eine E-Mail von Angelika gewesen war, worüber er sich sehr gefreut hatte.

Sofort öffnete er die Nachricht und fing die folgende Nachricht zu lesen an,

Hallo Elias,

danke für deine Anfrage! Wir können uns gerne auf ein Kaffee treffen und uns über eine mögliche gemeinsame WG unterhalten. Bitte gib mir Bescheid,

wann es für dich passen würde und ich melde mich dann wieder bei dir.
Freue mich auf ein persönliches Kennenlernen!

Liebe Grüße,
Angelika

Das ist ja großartig, dachte sich Elias und lächelte bis über beide Ohren.
Sofort schrieb er ihr, ohne länger Zeit zu verlieren, folgendes zurück,

Hallo Angelika,

das ist ja wunderbar.
Ich könnte mir schon morgen Abend, gleich nach Dienstschluss, Zeit nehmen.
Sagen wir, so etwa um 18.00 Uhr?
An welchen Treffort hast du denn gedacht?
Freue mich auch sehr auf ein persönliches Kennenlernen!

Liebe Grüße,
Elias

Und jetzt hieß es, erneut auf eine Antwort warten. Doch es sah schon mal sehr gut für ihn aus.

KAPITEL 3

DAS „KENNENLERNEN"

Angelika hatte bereits am Vormittag darauf Elias per E-Mail geantwortet und die Uhrzeit bestätigt.

Als Treffort hatte sie sich für ihren Arbeitsplatz entschieden. Denn dort kannte sie jeden und somit war er für sie ein vertrauter Ort gewesen. Der perfekte Ort um sich mit einem fremden Mann zu verabreden.

So konnte sie sich ganz entspannt und ohne auf schlechte Gedanken zu kommen mit Elias unterhalten.

Es war auch schon bald soweit gewesen.

Sie machte noch ihre letzten Bestellungen fertig und kassierte noch das Geld von ihrem letzten Gast, bevor sie sich in das Personalzimmer begeben hatte, um sich für das Treffen mit Elias umzuziehen.

Noch hatte sie nicht vor ihm zu erwähnen, dass sie genau in diesem Café arbeitete.

Da sie Elias kaum kannte, wollte sie Einzelheiten wie diese vorerst für sich behalten.

Er könnte ja sonst irgendein verrückter Stalker oder so etwas sein, dachte sie sich.

Um mehr über sich und über ihr Leben verraten zu können, musste sie ihn schon besser und länger kennen.

Abgesehen davon wollte sie ohnehin nicht allzu persönliches erzählen und lieber sachlich bleiben.

Denn es war kein Date, sondern es ging um eine mögliche Wohngemeinschaft, die nichts zu bedeuten hatte.

Sie fuhr sich noch schnell mit ihren beiden Hände über ihr blondes Haar und war nun für das aufregende Treffen bereit.

Es war nun einmal aufregend für sie, weil sie sich zum einen jeden Moment mit einem fremden Mann treffen würde und zum anderen würde sie sich mit ihm ernsthaft über eine Wohngemeinschaft unterhalten.

Schon allein der Gedanke daran brachte sie leicht aus der Fassung.

Sie dachte sich erneut, ob das tatsächlich eine gute Idee gewesen war und sie das Treffen vielleicht doch nicht absagen sollte. Es wäre zwar sehr kurzfristig und gemein, aber sie ging davon aus, dass Elias es schon verstehen und bestimmt auch verkraften würde.

Doch sie dachte wieder an die Worte, die von ihrer ehemaligen Mitbewohnerin stammten. Nämlich, dass sie ihm doch eine Chance geben sollte.

Und mit diesem Gedanken ging sie aus dem Personalzimmer wieder heraus, suchte sich eine nette und bequeme Ecke, setzte sich auf ihren Platz und wartete völlig nervös auf den jungen Mann mit dem Namen Elias Lechner.

Während sie wartete, hatte sie von ihrem Kollegen schon mal eine Soda Orange bestellt.

Sie musste dafür sorgen und achten, dass ihr nicht allzu warm wurde und, dass sie keinen trockenen Mund bekam.

Angelika konnte es sich auch nicht selber erklären, wieso sie so nervös und aufgeregt war. Sie hoffte nur, dass er das nicht bemerkt. Denn das wäre viel zu peinlich für sie. Abgesehen davon würde sie ihm dadurch vermitteln, dass sie eine Scheue Person ist und dadurch eher schwach wirken könnte. Das alles wollte sie um jeden Preis verhindern.

Sie wollte Elias gegenüber ganz cool und gelassen erscheinen. Und ihre frische, kühle und zischende Soda Orange sollte ihr dabei behilflich sein.

Zudem befand sie sich ja ohnehin an ihrem Arbeitsplatz, wo sie jeden, selbst die meisten Gäste kannte. Wozu also all diese

Aufregung, dachte sie sich und wirkte dadurch schon mal viel selbstsicherer.

Ihr Kollege brachte auch schon ihre Soda Orange an ihren Tisch, die sie mit einem netten Lächeln dankend annahm.

Sofort machte sie einen großen Zug durch den Strohhalm und ließ das kühle Getränk ihren Hals passieren.

Es war ein unbeschreiblich gutes Gefühl, zu fühlen, wie sich das Getränk im Inneren des Körpers verteilte und die Kohlensäure die Gedärme kitzelte.

Der Schluck hatte ihr wirklich gut getan.

Sie tippte auf den Bildschirm ihres Smartphones, um nachzusehen wie spät es ist und stellte fest, dass es bereits zehn vor sechs gewesen war. Es war also jeden Moment soweit. Elias Lechner dürfte jeden Moment durch die Tür hereinspazieren.

Es sei denn, er gehörte zu diesen Personen, die auf die Sekunde genau pünktlich erscheinen.

Während sie die gesamte Zeit da saß und auf ihn wartete, waren so einige junge Männer hereinspaziert, aber keiner von ihnen war der auf den Angelika gewartet hatte.

Denn um Elias erkennen zu können, hatte er in seiner letzten E-Mail Nachricht vom Vormittag angegeben, dass er ein blankes blutrotes T-Shirt und darüber ein schwarzes Jeanshemd tragen würde. Dazu eine schwarze Jeanshose und schwarze Halbstiefel.

Es sollte also unmöglich sein, jemanden mit einer solch dunklen Bekleidung, bei dem die rote Farbe deutlich hervorstechen dürfte, zu übersehen.

Gerade als Angelika einen weiteren Zug von ihrem Getränk gemacht hatte, trat auch schon der Mann in Schwarz herein.

Bei dem äußerst attraktiven Anblick, den der junge Mann ausstrahlte, hätte sich Angelika beinahe verschluckt. Doch zum Glück konnte sie die Flüssigkeit in ihrem Mund gerade noch so hinunterschlucken, sodass sie sich selbst aus einer peinlichen Situation gerettet hatte.

Einen so gut aussehenden Typen hätte sie nun wirklich nicht erwartet.

Dunkle aufgestellte Haare mit einem Undercut. Athletischer Körper. Dreitagebart. Sympathisches Gesicht. Gut über 1,80 cm groß. Sieht sehr gut aus in Schwarz.

Das war schon einmal eine positive Überraschung für sie gewesen, sowie auch ein Pluspunkt für Elias, der aber vorerst nichts davon erfahren sollte. Schließlich wollte Angelika ja sachlich bleiben und sich nicht von ihren sexuellen Trieben leiten lassen.

Elias suchte mit seinen Augen ganz konzentriert nach einer jungen und weiblichen Hand, die hoffentlich zu ihm zuwinkte, hatte jedoch nichts dergleichen sehen können.

Angelika war noch ein wenig verblüfft gewesen und hatte einige Sekunden gebraucht, um wieder zu sich zu kommen.

Dann, als sie wieder auf dem Boden gelandet war, winkte sie schließlich Elias lächelnd zu und bekam dadurch seine Aufmerksamkeit.

Erleichtert und mit einem strahlenden Gesicht eilte er sofort zu ihr an den Tisch, reichte ihr seine rechte Hand und sagte mit einem verführerischen Ton in seiner Stimme >>*Hallo! Du musst dann wohl Angelika sein. Ich bin Elias. Freut mich deine Bekanntschaft zu machen.*<<

Erneut war Angelika positiv überrascht nachdem sie seine verführerische und männliche Stimme gehört hatte und war wieder kurz außer sich geraten.

Doch sie hatte sich erneut ganz schnell gesammelt und antwortete ihm, während sie sich gleichzeitig in seinen dunklen Augen, die umringt mit schönen langen Wimpern waren, verloren hatte >>*Hallo Elias! Freut mich ebenso deine Bekanntschaft zu machen. Sehr angenehm.*<<

Sie lächelten sich noch eine Weile gegenseitig an bis Elias auf die Idee gekommen vor folgendes vorzuschlagen >>*Wollen wir uns vielleicht hinsetzen?*<<

>>*Oja, stimmt, aber sicher. Bitte, nimm doch Platz!*<< Antwortete Angelika ganz verlegen darauf und dachte sich innerlich, dass sie nun endlich aufhören müsse sich wie ein verliebter Teenager zu verhalten.

Sobald sie sich hingesetzt hatten, war auch schon der Kellner gekommen, um weitere Bestellungen aufzunehmen.

>>*Guten Abend und herzlich willkommen! Was darf ich Ihnen beiden servieren?*<<

>>*Also, ich nehme ein weiteres Mal Soda Orange bitte!*<< sagte Angelika freundlich.

>>*Soda Orange klingt gar nicht mal so schlecht, aber ich denke, ich sehe mir lieber noch vorher die Getränkekarte an bitte.*<< Sagte Elias ganz freundlich, woraufhin der Kellner

>>*Sehr wohl. Bitte sehr!*<< sagte und überreichte ihm die Getränkekarte.

Danach verabschiedete er sich, um später mit Angelika's Soda Orange wieder zurückzukehren.

Elias warf Angelika hin und wieder lächelnd ein Blick zu während er in der Getränkekarte herumblätterte. Angelika erwiderte sein Lächeln und bemühte sich nicht allzu schwärmerisch herüberzukommen. Denn wenn es nach ihr ginge, dürfte er sofort mit zu ihr nach Hause gehen und gerne auch übernachten. Es war für sie also bereits eine beschlossene Sache gewesen, aber man durfte ja bekanntlich nichts überstürzen. Daher wollte sie erst einmal abwarten, wie der Abend beziehungsweise das Gespräch zwischen ihnen beiden so ablaufen würde.

Der Kellner kam mit einer weiteren Glas kühlen Soda Orange an und legte es vor Angelika auf den Tisch ab.

Gleich danach wandte er sich zu Elias und wollte wissen, ob er sich inzwischen entscheiden konnte >>*Haben Sie sich bereits entscheiden können?*<<

Elias gab ihm sofort eine Antwort darauf >>*Ja, in der Tat. Das habe ich. Und zwar hätte ich gerne ein Glas Apfelsaft naturtrüb bitte!*<<

>>*Sehr wohl!*<< Sagte der Kellner und ging erneut los.

>>*Hmmm.*<< Gab Angelika von sich, woraufhin Elias sie mit fragenden Blicken angesehen und reagiert hatte >>*Was denn?*<<

>>*Ach nichts...*<< sagte Angelika mit einem Lächeln und beendet ihren Satz >>*...hätte nicht gedacht, dass du ein Typ bist, der Apfelsaft trinkt.*<<

>>*Wieso nicht?*<< fragte Elias interessiert.

Angelika war schon recht verlegen geworden und bereute ihre Bemerkung bereits, aber es war ihr klar, dass sie jetzt da durch musste >>*Naja, ... also, ich meinte das eher so, dass ich mir jemanden wie dich, also einen gestandenen Mann, nicht mit einem Apfelsaft vorstellen kann.*<<

Was hatte sie da bloß für ein Quatsch dahergeredet, fragte sie sich selbst in ihren Gedanken und würde sich am liebsten vor das nächste vorbeifahrende Auto werfen. -*Reiß dich doch zusammen Angelika!*- schimpfte sie mit sich selbst in Gedanken.

>>*Oh, vielen Dank für das Kompliment Angelika!*<< sagte Elias mit einem geschmeichelten Lächeln. >>*Also dafür, dass du mich als einen gestandenen Mann siehst.*<< Hatte er noch hinzugefügt, woraufhin Angelika >>*Bitte, ist doch wahr. Wieso? Siehst du dich nicht selbst wie einer?*<< fragte.

>>*Doch, klar sehe ich mich so. Es ist nur so, dass mir das noch niemand zuvor gesagt hat. Daher war das ganz neu für mich.*<< Hatte er sie mit einem leicht verlegenem Lächeln aufgeklärt.

>>*Ach so, jetzt verstehe ich es.*<< Sagte Angelika und lachte dabei.

>>*Aber wenn wir schon dabei sind, dann möchte ich auch gerne erwähnen, dass du auch sehr attraktiv bist.*<< Machte Elias ihr ebenfalls ein Kompliment, worüber Angelika sehr erfreut war und ihre Freude darüber mit folgenden Worten zum Ausdruck brachte >>*Oh, danke schön! Das ist je nett.*<<

>>*Und um auf die Sache mit dem Apfelsaft zurückzukommen. Ich trinke gerne natürliche Getränke. Auf so Limonaden oder ähnliche Getränke, die nicht einhundert Prozent natürlich sind, verzichte ich gerne. Smoothies zum Beispiel trinke ich sehr oft.*<< Hatte er Angelika schließlich aufgeklärt.

>>*Ah, du achtest also auf eine gesunde Ernährung. Das ist doch gut.*<< Teilte Angelika ihre Bewunderung mit.

>>*Ja, so könnte man das sagen.*<< Stimmte Elias ihr mit einem Lächeln zu und sagte anschließend >>*Danke nochmals, dass du einem Treffen mit mir zugesagt hast! Das weiß ich sehr zu schätzen.*<<

Und genau in dem Augenblick kam auch schon der Kellner mit einem Glas naturtrübem Apfelsaft an, stellte ihn am Tisch ab und ließ die beiden jungen Leute wieder alleine.

>>*Ja, du, überhaupt kein Problem. Habe ich gerne gemacht. Ich meine, jeder Mensch verdient eine Chance. Also dachte ich, wir lernen uns erst mal kennen und wenn wir uns gegenseitig einen positiven Eindruck machen, könnten wir ja mal so eine Art Probewohnen arrangieren.*<< Beantwortete Angelika seine Frage.

Elias nickte ihr verständnisvoll zu und gab ihr somit zu verstehen, dass das eine fabelhafte Idee ist.

>>*Das finde ich gut, ja.*<< Sagte er begeistert.

>>*Nicht wahr?*<< sagte Angelika lachend darauf, führte den Strohhalm in ihren Mund und nahm einen kräftigen Zug von

ihrem Getränk.

Elias nutzte diesen Moment aus, um auch ein Schluck von seinem Apfelsaft zu machen und stellte fest, dass es gar nicht mal so schlecht gewesen war.

>>*Also, erzähl mal! Was machst du beruflich? Wo kommst du ursprünglich her? Was machst du so in deiner Freizeit? Hast du vielleicht eine Freundin? Wieso suchst du nur eine kurzfristige Wohnmöglichkeit?*<< Wollte Angelika ihren potenziellen Mitbewohner ganz neugierig kennenlernen und bombardierte ihn mit vielen Fragen.

Elias war nach wie vor vollkommen entspannt und begann all ihre Fragen zu beantworten. Er konnte ihre Interesse und Neugierde verstehen. Schließlich wollte er ja zu ihr einziehen. Da würde jeder jeden über alles ausfragen. Das war vollkommen natürlich und in Ordnung.

>>*Puh, ja also, das waren jetzt viele Fragen auf einmal, aber ich werde versuchen sie nacheinander zu beantworten.*<<

Er nahm einen weiteren Schluck von seinem Getränk und fing an. >>*Ich arbeite als Kassierer in einem Supermarkt und bin auch für die Lieferungen zuständig. Und hin und wieder helfe ich beim Einräumen der Regale. Ist ein Vollzeitjob, bei dem ich auch an Samstagen arbeiten muss. Habe aber dennoch, klarerweise, zwei Tage in der Woche, abgesehen von Sonntag, frei. Sind zwar immer verschiedene Tage, aber Hauptsache ich habe meine freien Tage.*

Und um deine nächste Frage zu beantworten.

Ich komme ursprünglich aus Thüringen, Deutschland und bin erst seit einigen Monaten in Wien. Auch in Thüringen war ich als Kassierer in einem Supermarkt tätig.

In meiner Freizeit unternehme ich gerne Outdoor Sport. Also Laufen auf der Straße, Mountainbike fahren, Wandern, Bergsteigen und so. Ich liebe die Natur und verbringe gerne Zeit

*mit ihr. Das ist auch der Grund, wieso ich nicht sesshaft blei-
ben möchte. Ich suche immer nach neuen Herausforderungen
und bin gespannt darauf, wohin mich meine Ziele führen werden und wo ich am Ende landen werde.*

*Und weil das so ist, wäre es nicht sinnvoll ständig Hauptmieter
einer Wohnung zu sein und immer wieder Wohnungen zu mie-
ten. Das ist alles Zeit- und Geldraubend. Daher wäre es besser
und sinnvoller für mich, wenn ich zu einer Person einziehen
könnte, die bereits Hauptmieterin oder Hauptmieter ist und wir
die Kosten untereinander aufteilen. Abgesehen davon müsste
ich mich dann auch nicht um viel Papierkram kümmern. Vor
allem hier bei euch in Österreich herrscht eine breite Bürokra-
tie, habe ich schon nach kurzer Zeit festgestellt. Kann schon
teilweise recht mühsam und anstrengend sein.<<*

An dieser Stelle mussten beide herzhaft zu Lachen anfangen,
weil man in Österreich tatsächlich mit viel Papierkram zu tun
hatte. Sie nahmen wieder einen weiteren Schluck von ihren Getränken und Angelika war bisher sehr zufrieden gewesen.

Doch sie ahnte dabei natürlich nicht, dass Elias ihr nur Lügen
auftischte. Zumindest was seine Umzüge betraf.

Elias versuchte sich wieder zu erinnern *>>So, was war die
nächste Frage doch gleich? ... Ach ja, richtig. Du wolltest wissen, ob ich bereits in festen Händen bin. ... Nein, bin ich nicht.
Ich habe keine feste Freundin. Ist schwer sich eine feste Beziehung aufzubauen, wenn man sich nur kurzweilig an einem Ort
befindet. Daher denke ich gar nicht erst daran.<<*

Angelika gab ihm hierbei recht.

*>>So, ich denke, dass ich nun alle deine Fragen beantwortet
habe. Hast du noch weitere Fragen?<<* Wollte Elias von ihr
wissen.

>>Hmmm, mal überlegen.<< Sagte Angelika während sie
nachdenklich auf die Decke starrte.

>>*Ja, doch. Ich hätte noch eine Frage. Hast du eine Familie?*<<

>>*Ja, meine Eltern und meine jüngere Schwester, Emilia ist ihr Name, leben noch in Thüringen.*<< Antwortete Elias.

>>*Wie jung ist deine Schwester denn?*<< Wollte Angelika wissen.

>>*Sie ist nur zwei Jahre Jünger als ich. Also vierundzwanzig.*<< Antwortete Elias auch hier ehrlich.

>>*Hast du studiert? Hast du eine erlernten Beruf?*<< Wollte Angelika noch wissen.

>>*Nein zu beidem.*<< Sagte Elias mit einer ernsten Stimme und fügte hinzu >>*Ich schätze, auch dafür war einfach keine Zeit neben meinen ständigen Reisen.*<<

Angelika wippte langsam verständnisvoll mit ihrem Kopf und stellte eine weitere Frage >>*Und angenommen, ich sage zu und nehme dich bei mir als meinen neuen Mitbewohner auf. Wie lange würdest du denn bleiben, bevor du wieder weiterziehst?*<<

Elias fand die Frage ebenso berechtigt und hatte auch eine Antwort darauf gehabt >>*Das weiß ich leider nie.*<< Jedoch war diese Antwort nicht besonders erfreulich für Angelika. Sie hätte gerne einen fixen Termin gehabt, damit sie sich darauf einstellen konnte. Doch Elias wusste es tatsächlich nicht. Er konnte nie vorher wissen, wieviele Menschen, an den Orten an denen er verweilte, er verzehren würde. Und wann es schließlich wieder Zeit wäre zu gehen. Das kam ja immer darauf an. Das konnte man nicht wirklich berechnen. Am liebsten würde er gar nicht die Orte wechseln und sich irgendwo fix niederlassen, aber das konnte und durfte er einfach nicht riskieren. Denn es machte keinen Spaß ständig umzuziehen und einen neuen Job zu finden und versuchen das Leben irgendwie weiterzuführen. Das war ihm alles viel zu stressig und aufwendig gewesen.

Um endlich sesshaft werden zu können, fehlten ihm noch die nötigen Erfahrungen, die er dann auch, so hoffte er zumindest, schon bald machen würde.

Elias konnte erkennen, dass Angelika nicht sonderlich erfreut über seine Antwort gewesen war, aber das war nunmal die Wahrheit gewesen und er wollte ihr keinen Termin geben, den er höchstwahrscheinlich nicht einhalten konnte. Das würde nur erneut viel Stress verursachen.

Doch Angelika schien doch nicht allzu sehr daran unerfreut zu sein.

Denn sie sagte folgendes darauf >>*Hmmm, verstehe. Es wäre zwar für mich hilfreich gewesen, damit ich mich rechtzeitig wieder auf die Suche nach jemand neuem machen kann, aber so schlimm ist das nicht. Ich werde das schon regeln.*<<

Sie lächelte ihn an und machte einen weiteren Zug von ihrer Soda Orange.

Elias war auch erleichtert über ihre Reaktion gewesen und nahm ebenfalls einen Schluck von seinem Apfelsaft.

Nun war es an der Zeit gewesen, dass Elias ihr einige Fragen stellte.

>>*Nun, dann erzähl doch mal einiges von dir. Was machst du zum Beispiel beruflich?*<<

Obwohl Angelika der Meinung gewesen war, dass er bisher einen recht sympathischen Eindruck gemacht hat, war sie sich dennoch unschlüssig darüber, ob sie ihm jetzt schon verraten sollte, dass sie bereits an ihrem Arbeitsplatz sitzen. Doch nach kurzer Überlegung, entschied sie sich die Wahrheit doch noch für sich zu behalten, weil sie ihn noch viel zu wenig kannte.

Klar, sie unterhielten sich schon eine Weile und er machte einen recht guten Eindruck, aber das hieß noch gar nichts. Denn ist es nicht immer so gewesen, dass die meisten Menschen beim ersten Kennenlernen einen sehr guten Eindruck machen, kurzer Zeit jedoch ihr wahres Ich zeigen? Wie konnte sie sich denn nur sicher sein, dass auch er nicht einer von diesen Menschen gewesen war, die so tun als wären sie die perfekten Menschen, doch dann ihre Maske fallen lassen und man plötzlich einem wahren Monster gegenübersteht?

Nein, sie bestand immer noch darauf nicht allzu viel von sich Preis zu geben, bevor sie ihm nicht vertrauen konnte.

Und sie bemühte sich zudem sehr weder in seine verführerische Stimme noch in seine verführerischen Augen hereinzufallen.

Sie durfte sich auf gar keinen Fall erlauben, sich seinem verführerischem Aussehen hinzugeben.

Also antwortete Angelika wie folgt >>*Ja, also ... ich arbeite als Serviceberaterin in einer Bank.*<< Sie hatte ihm die Lüge sehr überzeugend verkauft, sodass Elias sie tatsächlich ihr abgekauft hat.

>>*Wow, das klingt doch großartig!*<<

>>*Ja, es geht so.*<< Sagte sie darauf. Mehr war ihr in diesem Moment nicht dazu eingefallen.

>>*Dann hast du also auch viel mit Menschen zu tun. Ich kenne das nur allzu gut.*<< Sagte Elias lachend und kratzte sich dabei an seiner Stirn.

>>*Ja, total. Alle möglichen Gesichter bekommt man dort zu sehen.*<< Hatte Angelika ihn bestätigt und nahm einen weiteren langen Zug von ihrem Getränk. Sie hob dabei beide Augenbrauen an.

>>*Und seit wann lebst du alleine? ... Ich meine seit wann bist du auf der Suche nach einem Mitbewohner?*<< Wollte Elias wissen.

Angelika befreite den Strohhalm, der zwischen ihren Lippen klebte, schluckte die Flüssigkeit hinunter und antwortete ihm >>*Seit Kurzem erst. Also seit ein paar Tagen. ... Also offiziell* seit dem Tag an dem ich das Inserat dafür aufgegeben hatte. Davor hatte ich nämlich eine Mitbewohnerin, die zudem auch meine Kollegin ist.<<

>>Ah, klingt ja interessant.<< Sagte Elias.

>>Was ist passiert? Habt ihr euch zerstritten oder so? ... Oh, bitte entschuldige! Du musst die Frage selbstverständlich nicht beantworten, wenn sie zu persönlich sein sollte.<<

Angelika fing zu lachen an und sagte darauf >>Nein, nein. Ist schon gut. Hast nichts Falsches gesagt. ... Sie ist endlich zu ihrem festen Freund umgezogen mit dem sie schon von Anbeginn, also seitdem sie sich kennengelernt haben, zusammen wohnen wollte.<<

>>Ach so, verstehe<< War Elias erleichtert und entließ auch einen kleinen Lacher von sich.

>>Ja.<< Fuhr Angelika fort >>Wir haben vier Jahre zusammengewohnt und dann zieht sie zu einem Typen, den sie erst seit acht Monaten kennt. Und jetzt wollen sie auch noch heiraten.<< Sie lachte wieder, jedoch nicht verhöhnend, sondern ganz warmherzig.

>>Oh, na die haben's aber eilig.<< Sagte Elias lachend darauf und trank einen Schluck Apfelsaft.

Daraufhin lachte Angelika noch mehr und sagte >>Ja, Nesli ist schon eine ... ahh, aber ich gönne es ihr. Sie hat sich etwas Liebe verdient. Ich freue mich so für sie.<<

>>Nesli? So heißt deine Freundin?<< Wollte Elias mit halb zusammengekniffenen Augen und zusammengepressten Lippen wissen.

>>Ja, also Nesli ist der Kurzform von Neslihan. So heißt sie wirklich.<< Klärte Angelika ihn auf.

Elias nickte einleuchtend mit dem Kopf.

>>Sie nennt mich auch Angie.<< Hatte Angelika ihn davon in Kenntnis gesetzt.

>>*Hmm, Angie. Klingt auch gut.*<< Sagte Elias lächelnd und grinste sie weiter an, sodass sie ein wenig verlegen dadurch wurde.

>>*Ich nenne dich ab jetzt auch Angie, wenn dir das recht ist?*<< Fragte Elias sie um Erlaubnis, woraufhin sie folgendes antwortete >>*Ja, sicher. Kannst du gerne.*<< Sie lächelte zurück und konnte kaum ihre Augen von seinen trennen.

Und während sie so intensiv in seine Augen hinein starrte und sich dabei dachte, wie großartig er doch ist, erwiderte Elias ihre Blicke und dachte sich in dem selben Moment, wie gut Angie wohl schmecken würde und wie zart ihr Fleisch wohl wäre.

Bei dem Gedanken lief ihm fast das Wasser im Mund zusammen. Aber Elias konnte sich beherrschen. Er hob lächelnd sein Glas mit Apfelsaft in die Luft und sprach ein Trost aus >>*Na dann trinken wir auf deine Freundin, sodass sie eine glückliche und gesunde Zukunft haben möge!*<<

Das hatte Angelika nicht erwartet und musste an dieser Stelle laut zu Lachen anfangen. Doch schon nach wenigen Sekunden konnte sie sich wieder sammeln. Sie hob ebenfalls ihr Glas in die Luft und sagte >>*Oja, auf Neslihan!*<< Danach tranken sie lachend jeweils einen großen Schluck von ihren Getränken.

Es war schon langsam an der Zeit sich wieder zu verabschieden, sodass Elias nach dem Kellner Ausschau hielt.

>>*Ich werde dann mal den Kellner um die Rechnung bitten.*<<
>>*Ja, ist gut. Ist eh schon wieder so spät geworden.*<< Stellte Angelika lächelnd fest.

Der Kellner war noch nicht in Sichtweise, sodass Elias diese Gelegenheit für eine weitere und somit auch für die wichtigste Frage nutzen wollte >>*Ich schätze, der Kellner ist momentan mit anderen Gästen beschäftigt. Der wird bestimmt gleich wieder auftauchen. ... Und? Was denkst du über mich und über eine Wohngemeinschaft mit mir? Also, ich würde mich sehr da-*

rüber freuen, weil ich denke, dass wir uns ziemlich gut ver-
stehen. Aber selbstverständlich ist deine Meinung hier die
wichtigste.<<

Angelika lehnte sich zurück, verschränkte ihre Arme unterhalb
ihrer Brüste, neigte ihren Kopf leicht auf die rechte Seite,
presste ihre Lippen zusammen, hob ihre Augenbrauen an und
dachte einen Augenblick darüber nach, was sie ihm wohl am
besten antworten sollte.

Sie löste ihre Arme, lehnte sich ein wenig vor und sagte >>*Ja,*
also ... ich muss sagen, dass ich mir auch sehr gut eine Wohn-
gemeinschaft mit dir vorstellen könnte, jedoch würde ich gerne
vorher in aller Ruhe noch einmal darüber nachdenken. Ich
melde mich in den nächsten Tagen bei dir und teile dir meine
endgültige Entscheidung mit. ... Wäre das ok für dich?<<

>>*Ja, absolut. Das hört sich schon mal gut an. Dann machen*
wir das so.<< Antwortete Elias glücklich und zufrieden, während er sich gleichzeitig, aber unauffällig überlegte wie er sie
am besten marinieren sollte.

Da zeigte sich auch schon der Kellner wieder, sodass Elias ihm
sofort zugewunken und ihn dadurch an den Tisch bestellt hatte.

>>*Bitte sehr! Was hätten Sie gerne?*<<

>>*Ja, also, ich hätte gerne die Rechnung bitte.*<< Sagte Elias.

>>*Ja, sehr gerne.*<< Sagte der Kellner und griff nach seinem
Bonierapparat, das an seinem Gürtel hing und nannte anschließend die Gesamtsumme >>*So, es waren zweimal Soda Orange*
klein und einmal Apfelsaft naturtrüb. Das macht dann insge-
samt 13,80 Euro bitte.<< Der Kellner druckte die Rechnung
direkt aus seinem Bonierapparat aus und legte sie auf den
Tisch. Elias griff in seine Hosentasche beobachtete dabei, dass
Angelika ebenfalls in ihre kleine Damentasche griff und ihre
noch kleinere Geldbörse herausholte.

Als Elias verstanden hatte, was sie damit vorgehabt hatte, sagte er zu ihr >>*Das ist schon gut Angie. Heute geht es auf mich.*<< Angelika hatte eine solche Aktion nicht erwartet, weshalb sie sich darüber zwar geschmeichelt fühlte, aber dennoch mit einem netten Lächeln darauf bestand ihre zwei Getränke selbst zu bezahlen >>*Ach, das ist nett, aber das musst du wirklich nicht.*<<

>>*Das geht schon in Ordnung Angie. Du bist ja schließlich wegen mir hergekommen. Lass mich bitte die gesamte Rechnung übernehmen.*<< Versuchte Elias sie zu überreden, woraufhin Angelika schließlich damit einverstanden war.

Elias gab dem Kellner 15 Euro in Bar und sagte freundlich >>*Das passt so danke!*<<

Der Kellner nahm das Geld dankend und mit einem zufriedenen Lächeln an und verabschiedete sich von den beiden.

>>*Danke nochmals!*<< Sagte Angelika und man konnte auch ihre Zufriedenheit in ihren Augen deutlich erkennen.

>>*Bitte, gerne!*<< Antwortete Elias lächelnd zurück und sagte >>*Es war mir wirklich eine Freude, deine Bekanntschaft gemacht zu haben liebe Angelika! Es war ein schönes und angenehmes Treffen, das ich, selbst wenn es mit der WG nichts werden sollte, noch lange in Erinnerungen behalten werde.*<<

Das freute Angelika sehr und auch sie versuchte ihre Freude in Worten auszudrücken >>*Ja, finde ich auch. Es hat mir auch großen Spaß gemacht und ich habe mich ebenso über deine Bekanntschaft gefreut. Hätte nicht erwartet, dass das Treffen so positiv verlaufen würde.*<<

>>*Großartig!*<< Sagte Elias mit einem großen Lächeln und sie beide standen gleichzeitig auf und verließen das nette Kaffeehaus.

Draußen verabschiedeten sich die beiden noch und Angelika vergewisserte ihm, dass sie sich schon in Kürze bei ihm melden würde und, dass er sich keine Sorgen darüber machen müsse keine Antwort zu erhalten. Sie garantierte ihm, dass sie sich selbst dann melden würde, wenn sie sich gegen ihn entscheiden sollte.

Das beruhigte Elias sehr und die beiden trennten sich noch vor dem Café Museum.

Zufrieden und positiv überrascht stieg Angelika in die U-Bahn ein und machte sich auf den Heimweg.

Sie war sehr über das Auftreten und das allgemeine Verhalten von Elias beeindruckt gewesen.

Er hatte bei ihr den Eindruck eines klugen, freundlichen und höflichen Gentlemans mit Sinn für Humor hinterlassen.

Somit standen die Chancen für ihn sehr gut es sich in Zukunft bei Angelika gemütlich zu machen.

Doch, trotz seinen guten Manieren und seinem äußerst gutem Aussehen, wollte Angelika nichts überstürzen. Sie hatte tatsächlich vor noch ein wenig darüber nachzudenken, bevor sie eine endgültige Entscheidung treffen wollte.

Abgesehen davon musste sie noch vorher unbedingt mit Neslihan darüber sprechen. Sie konnte es schon kaum erwarten ihr vom Treffen mit Elias zu erzählen.

Und obwohl Neslihan bereits am nächsten Tag wieder zur Arbeit kommen sollte, wollte Angelika ihr schon vorher ein wenig am Telefon darüber erzählen.

Sie war die ganze Zeit über positiv aufgeregt gewesen und die selbe Energie konnte sie nach wie vor spüren.

Denn zum ersten Mal in ihrem Leben sollte sie, falls es überhaupt dazu kommen sollte, mit einem Mann, mit einem fremden Mann zusammenwohnen. Das sorgte nicht nur in ihrem Bauch für ein ganz großes Kribbeln. Sie spürte es auch deutlich in ihren unteren Regionen.

Sobald sie sich auch schon mit Neslihan darüber unterhalten

hatte, wollte sie sich dieser Sache im Anschluss intensiver widmen.

Es war ja auch eine vollkommen natürliche Reaktion ihres Körpers gewesen. Zu einem mag sie gut aussehende Männer und zum anderen hatte sie schon seit geraumer Zeit keinen festen Freund gehabt, geschweige denn den Liebesakt vollzogen. Sie konnte das Verlangen ihres Körpers danach deutlich spüren. Sie hatte sich ohnehin schon während des gesamten Gesprächs mit Elias beherrschen müssen, sodass sie ja keine peinlichen Momente erleben musste.

Doch sobald sie wieder zu Hause sein würde, würde sie sich so richtig austoben.

Endlich war Angelika zu Hause angekommen.

Sie war zwar schon müde, weil es ein stressiger und langer Tag für sie gewesen war, aber dennoch hatte sie genug Kraft und Energie, um ein Telefonat mit Neslihan führen zu können, bevor sie sich unter die Dusche und anschließend ins Bett begibt. Sie legte sich auf ihr blaues Sofa, streckte ihre Füße aus und rief Neslihan an.

Als hätte Neslihan bereits auf ihren Anruf gewartet, hatte sie sofort abgehoben.

>>*Wow! Das ging ja diesmal ziemlich schnell.*<< War Angelika begeistert.

>>*Hallo Angelika! Ja, ich hatte das Handy gerade in der Hand, weil ich mich ein wenig auf Instagram herumtreibe.*<<

>>*Aha, verstehe. ... Du, ich bin gerade erst wieder vom Treffen mit diesem Elias, von dem ich dir erzählt hatte, nach Hause gekommen.*<< Informierte Angelika ganz begeistert ihre Freundin.

>>*Ach jaaaaa! Stimmt, stimmt. Du wolltest dich heute mit ihm treffen, wegen dieser WG Sache. Und? Wie war's denn? Erzähl*

mal!<< Wollte Neslihan aufgeregt und neugierig wissen.
>>*Ja, also! Es war ziemlich gut. Ich meine, er scheint recht in Ordnung zu sein. Er machte bei mir einen sehr positiven und guten Eindruck.*<< Teilte Angelika ihr mit.
Neslihan hatte sich sehr über diese Neuigkeiten gefreut und wollte unbedingt mehr wissen >>*Na das klingt doch hervorragend Angie! ... Aber ich hatte es dir gesagt, du sollst ihm mal eine Chance geben. Siehst du, es hat dir doch gefallen. Also, erzähl mal weiter! Worüber habt ihr geredet? Wie sah er aus? Hat er versucht dich anzumachen, mit dir zu flirten oder so? Erzähl mir alles!*<< Neslihan lachte anschließend etwas zu laut, sodass ihr fester Freund Faruk sie etwas überrascht angesehen hatte. Einen solchen Lacher von ihr hatte er bisher nicht gekannt. Sie beachtete ihn jedoch nicht und fixierte sich noch mehr auf das interessante Gespräch mit Angelika. Faruk widmete sich wieder seiner türkischen Lieblingsfernsehsendung mit dem Namen „Biz'den Siz'e". Übersetzt bedeutete der Titel „Von uns an euch". Die wöchentliche Sendung strahlte verschiedene Dokumentationen sowie geschichtliche und wissenschaftliche Themen rund um die Welt aus.
Angelika erzählte also weiter >>*Neeeiinn, er hat natürlich nicht versucht mich anzumachen. Aber ja, er ist schon ein gutaussehender Typ muss ich zugeben. Wir haben uns ein wenig kennengelernt und ein wenig von uns erzählt. Ich habe ihm aber nicht gesagt, wo ich wirklich arbeite, weil ich dachte, dass das so am besten ist. Ich meine, man kann heutzutage nicht vorsichtig genug sein.*<<
Neslihan gab ihr dabei recht und nickte mit dem Kopf. Sie drückte das Handy noch fester an ihr Ohr.
>>*Ja, und natürlich wollte er wissen, wie seine Chancen stehen.*<< Fuhr Angelika fort. >>*Ich sagte ihm, dass ich mich in den nächsten Tagen bei ihm melden werde.*<<

>>*Das hört sich doch alles schon mal recht gut an.*<< Sagte Neslihan und war vom Gesamtablauf zufrieden gewesen.

>>*Ja, mal sehen. Ich denke, dass ich ihm doch zusagen werde. Er ist echt ein attraktiver Mann.*<< Sagte Angelika und fing an zu lachen. Neslihan lachte auch am anderen Ende des Telefons und freute sich für Angelika. Sie wollte ebenso, dass Angelika den richtigen Mann kennenlernt und mit ihm glücklich sein kann.

>>*Ja also, echt der Wahnsinn! Da mache ich mich ganz un-schuldig und ohne Hintergedanken auf die Suche nach einer neuen Mitbewohnerin und lerne dabei einen attraktiven Typen kennen.*<< Stellte Angelika fest, woraufhin Neslihan folgendes antwortete >>*Ja, ich würde sagen Schicksal.*<<

>>*Ja, vielleicht. Ich weiß es nicht.*<< Sagte Angelika darauf und wollte sich schon wieder verabschieden.

>>*Na gut Nesli meine Liebe. Du kommst ja eh morgen wieder zur Arbeit richtig?*<<

>>*Ja, morgen ist wieder Arbeitstag.*<< Bestätigte Neslihan.

>>*Alles klar, dann sehen wir uns ja morgen. Dort können wir auch wieder darüber reden. Freue mich schon darauf dich wiederzusehen. Habe dich echt vermisst.*<<

>>*Jaaa Angie, ich habe dich auch sehr vermisst. Ich freue mich auch darauf dich wiederzusehen.*<<

>>*Na gut, dann liebe Grüße an Faruk! Ich wünsche euch noch einen schönen Abend! Bis morgen meine Schöne!*<< Verab-schiedete sich Angelika.

>>*Ja, danke! Werde ich ihm ausrichten. Auch dir einen schönen Abend meine Hübsche! Bis morgen!*<<

Und sie legte beide auf.

Angelika blieb noch für ein paar Sekunden nachdenklich lie-gen, bevor sie aufstand und duschen ging.

Nach einer erholsamen und angenehmen Dusche machte sie

sich schnell bettfertig und ging ins Bett.

Sie machte die oberste Schublade ihrer kleinen Kommode neben ihrem Bett auf und holte einen kleinen silbernen Vibrator heraus. Sie versuchte sich zu entspannen. Sie zog ihre Pyjamahose und ihr hellblaues Höschen bis zu ihren Knien hinunter, schaltete den Vibrator ein, schloss ihre Augen und begann eine recht intime Fantasie zwischen sich und Elias zu kreieren.

KAPITEL 4

WEISSER KALBSFOND UND PREISELBEERSAUCE

Endlich hatten sich Angelika und Neslihan wieder gefunden und waren hoch motiviert für den bevorstehenden Arbeitstag gewesen.

Neslihan hatte sich bereits in ihrer neuen Wohnung eingerichtet und kam bestens mit Faruk zurecht.

Genauso erhoffte sich Angelika, dass sie mit ihrem neuen Mitbewohner Elias zurechtkommen würde. Denn sie hatte bereits letzte Nacht, bevor sie glücklich eingeschlafen war, entschieden, dass sie Elias doch erlauben würde zu ihr einzuziehen.

Und diese Neuigkeit hatte sie selbstverständlich mit Neslihan geteilt, worüber sie sich sehr gefreut hatte.

An diesem Tag war einfach alles hervorragend gewesen.

Die Sonne schien und sorgte für ein angenehm warmes Wetter.

Neslihan hatte wieder zu arbeiten angefangen. Der Stammgast, der immer ein hohes Trinkgeld gab, war anwesend und trank genüsslich sein Franziskaner. Letzte Nacht hatte sie sich selbst zum Höhepunkt gebracht. Und sie hatte eine sehr wichtige Entscheidung getroffen, die ihr Leben recht beeinflussen würde.

Angelika war überglücklich und fühlte sich einfach großartig. Vor allem war sie über die bevorstehende Lebensumstellung sehr aufgeregt gewesen.

Noch bevor sie Elias die gute Nachricht überbringen wollte, hatte sie vor die Wohnung schön und ordentlich aufzuräumen, sodass Elias einen guten Eindruck davon haben konnte.

Darum würde sie sich dann am kommenden Samstag kümmern, sodass Elias am Sonntag darauf einziehen konnte.

Kurz darauf hatte sie auch schon vorgehabt ein nettes Treffen zwischen ihren Freunden Neslihan und Faruk zu organisieren, damit sich alle kennenlernen konnten. So würde Neslihan auch die Gelegenheit bekommen ein besseres Bild von Elias machen und Angelika ihre Meinung sagen zu können.

Angelika war es nämlich wichtig gewesen, welchen Eindruck Elias bei Neslihan hinterlassen würde. Sie schätzte ihre Meinungen sehr.

Doch bis dahin war ja noch genug Zeit.

Angelika hatte sich überlegt, dass sie nach Dienstschluss Elias eine E-Mail schreiben und ihm mitteilen würde, dass er bereits am Sonntag mit all seinem Gepäck an ihrer Tür klopfen durfte. Bis Sonntag waren es noch vier Tage. Da konnte er sich noch in aller Ruhe um die Abmeldung seiner Wohnung sowie um den Umzug kümmern. Alles Weitere konnte er auch danach erledigen.

Sie konnte es kaum erwarten seine Reaktion darauf zu sehen. Sie dachte sich, dass er sich mindestens genauso freuen würde wie sie.

Angelika wollte es also ernsthaft wagen mit einem fremden Mann eine Wohnung zu teilen. Obwohl sie sich bereits kennengelernt haben, war er dennoch ein Fremder für sie. Denn richtig gut kannte sie ihn noch nicht. Das würde sich dann schon mit der Zeit ergeben. Mit jedem Tag würden sie sich schon etwas besser und mehr kennenlernen. Vielleicht sogar so gut, dass sie einander gewisse Geheimnisse anvertrauen und über so einige private Themen sprechen konnten.

Doch das alles hing davon ab, was für eine Person Elias tatsächlich war.

Doch was ihren Job betraf, musste sie ihm wohl oder übel schon bald die Wahrheit erzählen. Denn unter selbem Dach eine solche Lüge langfristig aufrecht zu halten, wäre wohl nicht möglich, dachte sich Angelika. Daher hatte sie beschlossen schon kurz nach seinem Einzug zu verraten wo sie tatsächlich beschäftigt ist und hoffte, dass er ihr nicht böse sein, sondern er ihr mit Verständnis entgegen kommen würde.

Und während Angelika dachte, dass man eine Lüge unter selbem Dach nicht langfristig aufrecht halten konnte, ahnte sie nicht, dass einer wie Elias dies sehr wohl schaffen konnte. Doch auch sie würde schon bald die schreckliche Wahrheit über ihren zukünftigen Mitbewohner erfahren und sich wundern, wie es ihm gelingen konnte sie all die Zeit zu belügen. Doch bis es soweit war, standen den beiden viele gemeinsame und aufregende Tage bevor.

Elias hatte seinen freien Tag. Er saß auf seiner Couch und las „Das Schweigen der Lämmer" von Thomas Harris.

Dazu trank er einen Schwarzen Kaffee. Sein zweitliebstes Getränk. Denn den Geschmack vom menschlichen Blut konnte nichts ersetzen.

Elias trank sein Kaffee schon immer ohne Milch und Zucker, weil er der Meinung gewesen war, dass ein echter Kaffee pur getrunken werden sollte. Milch und Zucker würden den Kaffee nur zerstören. Genauso war er der Meinung, dass Whiskey und sonstige alkoholische Getränke, bis auf gewisse Cocktails, ohne Eiswürfeln getrunken werden sollten. Denn Eis würde das Alkohol nur unnötig verdünnen und den Geschmack zerstören. Er sagte immer, entweder pur oder gar nicht.

Und auch er hatte, genau wie Angelika, letzte Nacht gut geschlafen. Jedoch nicht, weil er ebenfalls sexuelle Fantasien mit Angelika hatte. Elias schlief meist immer gut.

Elias hatte daher nicht sonderlich an Angelika gedacht, weil er keine sexuellen Neigungen hatte. Die hatte er noch nie. Denn Elias war ein Asexueller. Er verspürte nie sexuelle Triebe oder hatte sich in sexueller Hinsicht für Frauen interessiert. Er interessierte sich einzig und allein für deren Fleisch. Er hatte nur das Verlangen sie zu verspeisen und sonst nichts. Das menschliche Fleisch war das einzige, das ihn zum Höhepunkt bringen konnte.

Während gewöhnliche Menschen Pornovideos angesehen hatten, sah er sich Videos von Tierschlachtungen an. Während gewöhnliche Menschen sich mit erotischen Magazinen vergnügten, vergnügte er sich mit Büchern und Texten über Kannibalismus.

Während gewöhnliche Menschen über gewöhnliche Witze lachten, amüsierte er sich mit Schwarzem Humor.

Einer seiner Lieblingswitze war zum Beispiel folgender.

„Wie bezeichnet ein Kannibale einen Rollstuhlfahrer? Die Antwort: Essen auf Rädern."

Derartige Witze fand er sehr amüsant.

Elias hatte keine Interesse an einer festen Beziehung, Ehe oder Sex. An all das dachte er nicht einmal im Entferntesten.

Er war ein zufriedener Einzelgänger und das konnte auch gerne so bleiben.

Er verbrachte auch oft Zeit im Internet.

Es gab einen ungewöhnlichen Chatroom namens „Take Me!" wo sich bestimmte Personen jeden Alters aus aller Welt zum Verzehr anboten. Man konnte sie nach Regionen filtern. Ihr sehnlichster Wunsch war es, von einer anderen Person verspeist zu werden.

Elias hatte einige Personen aus diesem Chatroom kennengelernt. Er hatte sich mit ihnen getroffen und sie schließlich, auf ihrem Wunsch hin, gegessen.

Einige sagten ihm sogar, wie er sie töten und welchen Körperteil er zuerst essen sollte. Anderen wiederum waren diese Details egal gewesen. Hauptsache sie wurden verspeist.

Und einige Tage zuvor hatte Elias den Chatroom erneut besucht und eine junge 28-Jährige Dame aus Tulln kennengelernt, deren größter Wunsch es war, von einem anderen Menschen aufgegessen zu werden. Dafür hatte sie sich auf „Take Me!" angeboten.

Elias hatte sie angeschrieben und sich ein wenig mit ihr unterhalten. Nachdem alles für ihn in Ordnung zu sein schien, wollte er sich mit ihr treffen.

Also gab er ihr seine Adresse und plante das Treffen für seinen freien Tag ein.

In wenigen Stunden sollte die junge Dame, die Kornelia hieß, bei ihm eintreffen.

Selbstverständlich hatte er bereits seine Utensilien für ihre Verarbeitung vorbereitet. Er hatte sogar extra weißen Kalbsfond und Preiselbeersauce eingekauft. Denn Kornelia's Wunsch war es mit diesen Zutaten zubereitet und verspeist zu werden. Alles was noch gefehlt hatte, war die junge Tullnerin gewesen.

Das mochte Elias am liebsten. So war es viel einfacher an menschliches Fleisch heranzukommen anstatt sich spezifisch auf die Suche nach irgendwelchen Personen zu begeben. Das konnte zwar sehr mühsam und zeitraubend sein, aber wenn es gerade mal sein musste, wollte er dabei nicht zögerlich sein. Schließlich musste er stets darauf achten, dass er genügend Vorrat hatte. Und Dank des Chatrooms, würde er genug Vorräte sichern können.

„Take Me!" war keine herkömmliche Website, zu der jeder einfachen Zugang hatte. Die Seite war nur im Darknet zu finden. Und man musste sich als Mitglied registrieren, um den vollen Zugang genießen zu können. Ein Mitgliedsbeitrag oder sonstige Kosten gab es nicht.

Das hatte das Darknet so an sich. Darin kursierten unzählige Beiträge, die das wahre Grauen beinhalteten. Viele verstörende Inhalte für noch verstörte Menschen. Wer es schaffte sich einen Zugang zu verschaffen, wurde direkt mit dem wahren Horror konfrontiert. Das Darknet war ganz und gar nicht ein Ort für Menschen mit einem gesunden Verstand. Am besten hielt man sich davon weit fern.

Elias las weiter in aller Ruhe in seinem Buch und trank die gesamte Kaffeekanne leer. Irgendwie musste er die Zeit bis zur Ankunft von Kornelia vertreiben.

Er warf einen kurzen Blick auf seine Wanduhr, die über der Wohnzimmertür angebracht war und stellte fest, dass sich seine Mahlzeit schon in zwei Stunden selbst zuliefern würde.

Elias blätterte eine Seite im Buch um und konzentrierte sich wieder auf das Lesen.

Der langersehnte gemeinsame Arbeitstag neigte sich schon langsam dem Ende zu.

Angelika und Neslihan hatten vollkommen vergessen, dass der Dienst, jedes Mal, wenn sie gemeinsam Schicht haben, sehr schnell zu Ende ging.

Sie merkten weder etwas vom Stress noch davon, dass sie erschöpft waren.

Gemeinsam hatten sie einfach viel zu viel Spaß und Freude an der Arbeit. Und genau das ließen sie auch immer die Gäste zu spüren bekommen. Das bescherte ihnen nicht nur ein Lob, sondern auch jede Menge Trinkgeld.

Und weil Angelika den ganzen Tag so gut gelaunt war, konnte sie es nicht erwarten bis sie zu Hause angekommen war, um Elias die erfreuliche Nachricht zu übermitteln.

Sie wollte ihm jetzt schon davon berichten und die E-Mail unbedingt absenden.

Das war ein sehr seltsames Gefühl für sie, da sie schon seit längerer Zeit, diese Art von Gefühlen nicht empfunden hatte.

Aber es machte ihr Spaß. Es bereitete ihr viel Freude so zu empfinden. Hin und wieder dachte sie sich auch, wie schräg das Ganze eigentlich auch gewesen war. Denn einerseits hatte sie noch Bedenken was Elias anging und andererseits konnte sie es nicht erwarten ihn endlich bei sich Zuhause zu haben. Das war ein sehr komisches Gefühl. Sie wusste zwar nicht auf welches davon sie mehr Wert legen sollte, aber sie hoffte einfach auf das Beste und ließ es drauf ankommen.

So schlimm wird das schon nicht werden, dachte sie sich und versuchte sich immer wieder nur Gutes einzureden. Und mit der Unterstützung und der optimistischen Einstellung von ihrer Freundin und Kollegin Neslihan, fiel ihr das auch nicht allzu schwer. Das motivierte sie umso mehr und sorgte für eine positive Aufregung in ihr.

Und genau mit dieser Energie verschwand sie in das Personalzimmer und schrieb folgenden Text per E-Mail an Elias.

Hallo Elias,

ich hoffe es geht dir gut.

Nochmals vielen Dank, dass du gestern zum Treffen gekommen bist! Hat mich wirklich sehr gefreut.

Ich wollte dir nur mitteilen, dass ich bereits über unser Thema nachgedacht habe und dir hiermit offiziell mitteile, dass wir beide in Zukunft eine gemeinsame Wohnung teilen werden. :-)

Also, herzlichen Glückwunsch mein Lieber!

Du kannst gerne schon diesen Sonntag mit all deinem Kram zu mir einziehen. :-)

Ich werde dir später noch meine Adresse zusenden.

Also, bis dann! Ich freue mich sehr! :-) :-)

Liebe Grüße, Angelika

Nachdem sie mit einem breiten Grinsen die E-Mail abgesendet hatte, dachte sie sich, ob das zweite Smiley doch nicht etwas zu viel gewesen war, aber daran konnte sie ja nichts mehr ändern.

Die E-Mail war bereits abgesendet und nun hieß es abwarten. Sie war sehr gespannt darauf zu erfahren, wie die Reaktion von Elias darauf aussehen würde.

Es war schon mal sicher, dass er sich auch mindestens so irrsinnig darauf freuen würde, wie sie selbst.

Ihr Herz klopfte wie verrückt und sie verstreute pure Glückshormone. Das war wohl der aufregendste Moment ihres ganzen Lebens gewesen.

Angelika versuchte sich wieder etwas zu beruhigen und ging wieder hinaus, um die letzten Bestellungen zu kassieren und sich anschließend gemeinsam mit Neslihan in den wohlverdienten Feierabend zu verabschieden.

Währenddessen hatte Elias sein Buch wieder zurück in das Bücherregal gestellt und machte sich langsam fertig für den Besuch von Kornelia.

Seine E-Mail's hatte er noch nicht abgecheckt. Im Moment wollte er sich auf nichts anderes konzentrieren als auf Kornelia. Sie hatte oberste Priorität für ihn.

Er ging in das Badezimmer um sich zu erleichtern, er hatte wohl eine Tasse Kaffee zu viel gehabt, und wollte sich im Anschluss fein anziehen.

Schließlich wollte er sein Ehrengast nicht mit irgendwelchen Klamotten empfangen.

Er putzte sich fein für sie heraus.

In der Küche standen sämtliche Gegenstände und Zutaten, die für die köstliche Mahlzeit gedacht waren, bereit. Er hatte alles sorgfältig vorbereitet.

Der Küchenboden war komplett mit einer Plastikfolie ausgelegt gewesen. Die Plastikfolie sollte verhindern, dass das ganze Blut auf den schönen Küchenboden ausläuft, während er Kornelia Stück für Stück zerlegt.

Genauso hatte er auch für sich einen langen und weißen Regenmantel bereit gestellt, den er vor hatte anzuziehen, damit keine Blutspritzer auf seiner Kleidung landen.

Er warf einen weiteren Blick auf die Wanduhr drauf und stellte fest, dass es jeden Moment soweit war.

Jeden Moment würde Kornelia an seiner Tür klopfen und er würde sie herzlichst empfangen.

Und kaum hatte er daran gedacht und schon klopfte es auch tatsächlich an der Tür.

Aufgeregt war Elias nicht. Er war diszipliniert und wusste sich zu beherrschen. Er konnte stets ruhig und gelassen bleiben.

Nichts konnte ihn so richtig aus der Ruhe bringen.

Elias ging vollkommen gelassen zur Tür und öffnete sie.

Und da stand sie in ihrer wunderschönen Pracht. Kornelia aus Tulln.

Sie war eine recht hübsche junge Dame. Irgendwie fand Elias es auch sehr Schade, dass sie sich für ein solches Schicksal entschieden hatte, aber er wollte weder darauf eingehen noch länger darüber nachdenken.

Denn das dümmste was er je machen konnte, war es, seinen freiwilligen Opfern den Tod auszureden.

Sie begrüßten sich beide freundlich und mit einem Lächeln.

Elias hatte sie hereingebeten und die Tür wieder zugemacht.

Kornelia hatte selbstverständlich kein Gepäck bei sich gehabt.

Denn sie war ja nicht gekommen, um Urlaub zu machen oder Zeit mit ihrem Geliebten zu verbringen.

Sie war gekommen, um einfach nur genüsslich von jemandem verspeist zu werden, der ihr zartes Fleisch zu schätzen wusste.

Und da war sie bei Elias genau richtig.

73

Denn Elias war nun mal ein Feinschmecker und er wusste das zarte Fleisch einer jungen Frau stets zu schätzen. Darin war er bereits ein Spezialist.

Als Kornelia endlich Elias persönlich kennengelernt hatte, war sie erleichtert gewesen ein Gesicht zu all den Chat Nachrichten, die sie untereinander ausgetauscht hatten, zu haben. Denn nun hatte sie die Person direkt vor sich stehen.

Sie wirkte dennoch leicht besorgt und Elias konnte in ihren Augen sehen, dass sie ein wenig unschlüssig darüber zu sein schien, ob sie diese Sache auch wirklich durchziehen sollte.

Doch damit sie nicht auf andere Gedanken kam und ihre Entscheidung so kurz vor der Finale ändern konnte, wollte Elias sie in ein Smalltalk verwickeln und ihr die Verspannung und Nervosität abzunehmen. Die ganze Zeit über wirkte er überaus nett, freundlich und zuvorkommend. Er hatte immer ein sympathisches Lächeln und strahlende Augen im Gesicht.

Er bemühte sich es ihr so angenehm wie möglich zu machen.

>>*Also Kornelia! Willkommen in meinem Bescheidenen Zuhause! Ich hoffe, du hattest eine angenehme Reise?*<<

>>*Oja, die hatte ich. Und nochmals danke für die so kurzfristige Einladung!*<< Sagte Kornelia mit einem Lächeln.

>>*Gar kein Problem. Habe ich gerne gemacht. Bitte nimm doch Platz! ... Was darf ich dir zu Trinken anbieten?*<< Wollte Elias wissen.

>>*Oh, eigentlich völlig* egal.<< Antwortete Kornelia, woraufhin Elias in die Küche ging und währenddessen sagte

>>*Na wenn das so ist, werde ich dir ein Glas süßlichen Rotwein einschenken. Ich hoffe das ist ok?*<<

>>*Ja,* absolut.<< Sagte sie darauf.

Nach knapp einer Minute kam Elias auch schon aus der Küche heraus und hielt zwei Gläser Rotwein in seinen Händen von denen er eines Kornelia überreichte. Sie nahm es dankend an.

>>*Auf unser Kennenlernen!*<< Sagte Elias mit einem großen Lächeln und streckte dabei sein Weinglas aus. Kornelia lachte und, streckte ebenfalls ihr Weinglas aus und sagte >>*Ja, auf unser Kennenlernen!*<< Die beiden Gläser berührten sich zärtlich. Danach nahmen beide einen kleinen Schluck vom köstlichen Merlot und sahen sich dabei gegenseitig in die Augen. >>*Und? Warst du schon einmal in Wien oder ist es das erste Mal?*<< Fragte Elias und versuchte die Unterhaltung aufrecht zu halten.

>>*Nein, nein. Ich war schon ein paar Mal in Wien. ... Das letzte Mal vor vier Monaten.*<< Teilte Kornelia ihm mit.

>>*Ah, wunderbar!*<< Sagte Elias und fragte ganz interessiert >>*Hast du jemandem davon erzählt, dass du hier bist oder so?*<<

>>*Oh nein, um Gottes Willen!*<< Beruhigte sie ihn und sprach weiter >>*Wie ich bereits schon im Chat geschrieben hatte, habe ich natürlich niemandem davon erzählt.*<<

Elias war sehr erfreut darüber und trank genüsslich einen weiteren Schluck vom Rotwein, nachdem er >>*Hervorragend!*<< gesagt hatte.

>>*Hast du auch die Zutaten besorgt, um die ich dich gebeten hatte?*<< Wollte Kornelia wissen.

>>*Weißer Kalbsfond und Preiselbeersauce. Ja, alles hier.*<< Antwortete Elias mit einem kleinen Lächeln, das Kornelia zufrieden und erleichtert erwiderte.

Sie schwiegen für einen Moment und genossen den weichen und geschmeidigen Geschmack vom Merlot.

Nachdem sie damit fertig waren und ihre leeren Weingläser am Tisch abgestellt hatten, fragte Elias folgendes >>*Und? Bist du soweit?*<<

Kornelia blickte entschlossen in seine Augen und antwortete ihm leicht mit dem Kopf nickend >>*Ja, ja, das bin ich.*<<

>>*Wunderbar!*<< sagte Elias fröhlich darauf und bat sie darum ihm in die Küche zu folgen >>*Bitte! Dann hier entlang!*<<
Als Kornelia direkt hinter ihm die Küche betreten hatte, wurde ihr klar, dass sie es mit einer erfahrenen Person zu tun hatte. Er hatte die Küche sorgfältig für sein Vorhaben vorbereitet.
Alles Nötige war schön ordentlich aufgereiht.
Dieser Anblick gab ihr das Gefühl von Verborgenheit. Sie wusste, dass sie in guten Händen war. Diese Erkenntnis brachte sie beinahe zum Weinen, aber sie konnte ihre Freudentränen gerade noch zurückhalten.
Sie war eindeutig zutiefst berührt gewesen.
Noch während sie die wundervolle Küche bewunderte, sagte sie >>*Es wird mir eine Ehre sein von dir verspeist zu werden.*<<
Das hörte Elias gerne, weswegen er sich umso mehr über diesen Satz freute. Er stellte sich mitten in der Küche auf und sagte >>*Dann bitte! Entledige dich deiner Kleidung sowie Unterwäsche und lege dich auf den Boden.*<<
Kornelia tat auf der Stelle das, worum Elias sie gebeten hatte und zog alle ihre Kleidungsstücke sowie ihre Unterwäsche aus.
Für ihre Bekleidung hatte er bereits zuvor eine Mülltüte auf die Seite gelegt, sodass er sie darin verstauen und anschließend im Müll entsorgen kann.
Mit langsamen, jedoch überzeugten Schritten bewegte sie sich zu ihm und legte sich mit dem Rücken auf den kalten Fließenboden. Sie musste für einen Moment zucken, weil die Kälte des harten Bodens blitzartig ihren gesamten Körper durchflossen hatte und sich dabei ihre beiden Brustwarzen härteten.
Nachdem sie sich an die Kälte gewöhnt hatte, versuchte sie sich zu entspannen. Sie starrte auf die weiße Decke, der sich, in dieser Position, weit über sie hinauf erstreckte. In diesem Moment kam ihr die Decke unerreichbar vor. Sie freute sich, weil

ihr sehnlichster Wunsch jeden Moment in Erfüllung gehen würde.

Zur selben Zeit starrte Elias zufrieden auf den jungen, nackten und weiblichen Körper hinunter, der sich direkt vor seinen Füßen erstreckt hatte.

Er genoss diesen schönen und befriedigenden Anblick noch einen kurzen Moment, bevor er sich den weißen Regenmantel angezogen hatte und sich zur Küchentheke zubewegte, um nach einem großen und scharfen Fleischmesser zu greifen.

Er kniete sich direkt über Kornelia's Kopf und blickte in ihre Augen. Sie sah ihn kopfüber an und schenkte ihm ein letztes Lächeln, bevor sie ihre Augen geschlossen hatte.

Elias packte den Messergriff mit beiden Händen fest an und hob es entspannt über sein Kopf.

Mit einem schnellen und starken Hieb ließ er das Fleischmesser auf den nackten Oberkörper von Kornelia fallen und durchdrang mit der scharfen Klinge ihren Brustkorb, als wäre er aus Butter.

Er hatte das Messer bis zum Anstoß direkt zwischen ihren beiden Brüsten hineingestochen, sodass Kornelia auf der Stelle gestorben ist.

Noch während das Messer in ihrem zarten und hellen Oberkörper tief drinnen steckte, traten aus der Wunde, die ersten Bluttropfen hinaus und bildeten eine Blutlache auf der Plastikfolie.

Elias fand diesen Anblick immer hoch befriedigend sowie sehr berauschend, weshalb er in eine Art Trance verfiel.

Er war überaus zufriedengestellt gewesen.

An dieser Stelle musste er sich erneut die Frage stellen, wie Menschen sich nur mit Sex zufrieden geben konnten. Das hier war das eigentliche Vergnügen. Das konnte einen Menschen so richtig zum Höhepunkt bringen. All diese Menschen hatten einfach keine Ahnung, was gut war und was schlecht.

Er konzentrierte sich wieder auf den toten Körper der jungen Frau und zog mit einer langsamen Bewegung das Fleischmesser aus ihrem Brustkorb heraus und beobachtete dabei genüsslich, wie all das Blut heraussprudelte.

Das war ein herrlicher Anblick.

Ganz besonders mochte er die Stelle, an der er die Klinge des Messers komplett herauszog und das Blut hinterher aus der Wunde, wie das Wasser eines Springbrunnens, hoch schoss. Es dauerte zwar ein Bruchteil einer Sekunde, aber es war dennoch amüsant es zu beobachten.

Elias stand wieder auf und holte sein spezielles Messerset mit allen möglichen Messern und einem Küchenbeil zu sich.

Ohne viel Zeit zu verlieren begann er Kornelias Körper zuerst in seine Einzelteile und danach in viele kleinere Teile zu zerlegen. Das war eine sehr Zeitaufwendige, aber auch eine blutvolle Arbeit gewesen.

So ordentlich wie Elias nun mal gewesen ist, packte er sämtliche Fleischstücke und sonstige klein gehackte Körperteile in verschiedene Plastiktüten und verstaute einige von ihnen sofort in dem Kühlfach seines Kühlschrankes und andere in einer weiteren, größeren Kühltruhe.

Kornelia's Augen, die er wie jedes Mal sehr sorgfältig herausgeschnitten hatte, packte er zu den Augen seiner früheren Opfer. Aus ihnen machte er sehr gerne Suppen oder rollte sie in Teig ein, um frittierte Teigbällchen herzustellen.

Auch ihre Zunge schnitt er fein und sorgfältig heraus, um sie zu den anderen Zungen dazuzugeben. Die briet er gern Morgens in der Pfanne, um sich ein nahrhaftes Frühstück zu gönnen. Sie schmeckten ihm viel besser als Schweinespeck. Am liebsten aß er sie mit pikantem Senf.

Die Finger bereitete er gerne mit Brathuhn-, Fleischgewürzmischung zu und briet sie im Ofen wie Chicken Wings. Er liebte es an den knusprigen Fingern zu knabbern.

Genauso hatte er ihre sämtlichen Organe sowie ihr Herz immer separat verpackt und sie sorgfältig in seiner Tiefkühltruhe verstaut.

Aus dem Herz konnte er jede Menge Speisen und Getränke, wie zum Beispiel Shakes, Smoothies, Herzbraten und Geschnetzeltes, zubereiten.

So machte er mit dem Zerteilen und Einpacken weiter bis Kornelia komplett in seiner Kühltruhe verschwunden war.

Er hatte lediglich etwas Fleisch von ihren beiden Oberarmen abgeschnitten, um sie später als Abendessen mit weißem Kalbsfond zuzubereiten und anschließend mit Preiselbeersauce zu verzehren. Genau das wollte Kornelia doch schließlich. Und er würde nur zu gern ihrem Wunsch mit dem größten Vergnügen nachkommen.

Darauf freute er sich nun wieder. Auf eine köstliche und deftige Mahlzeit.

Nachdem er alles fertig abgepackt und verstaut hatte, rollte und faltete er die Plastikfolie vorsichtig vom Boden ab und verstaute sie in einem schwarzen Müllbeutel. Anschließend zog er vorsichtig seinen mit vollkommen Blut verschmierten Regenmantel aus und stopfte ihn ebenfalls in den Müllbeutel mit der Plastikfolie hinein. Er band ihn gut zu und stellte ihn auf die Seite. Dasselbe machte er mit den Kleidungsstücken von Kornelia und stellte den vollen Müllbeutel zu dem anderen dazu.

Später würde er den Müllbeutel mit den Kleidungsstücken darin im Müllcontainer entsorgen und den anderen mit den blutigen Sachen darin, würde er verbrennen.

Dafür besuchte er immer die Müllverbrennungsanlage und gab sie als verschmutzte Folien, die stofflich nicht verwertbar waren, dem zuständigen Personal vor Ort ab. Der Inhalt wurde nie überprüft und abgesehen davon, war es dem Personal klar, dass

es sich tatsächlich um Folien handelte, sobald sie die gut ver-
knoteten Müllbeutel anpackten. Und da sie sich sowieso auf einer Müllverbrennungsanlage befanden, musste sich Elias über
den Geruch vom Blut auch keine Sorgen machen. Dennoch
musste er jede Menge vom Geruchsneutralisierer sowohl innen
als auch außen versprühen, weil er kein eigenes Auto besaß
und deswegen mit dem Taxi hinfuhr. Die Fahrer durften kei-
nesfalls Verdacht über den fragwürdigen Inhalt schöpfen.
Er gab sein Abfall dann wie ein gewöhnlicher Bürger ab und
fuhr dann wieder seelenruhig mit einem Taxi nach Hause.
Doch jetzt hieß es erst einmal, ran an den Herd. Denn es wurde
schon höchste Zeit für das proteinreiche Abendessen.
Wie zauberhaft das Fleisch sich im Kochtopf von Rot zu Braun
verfärbte. Nahezu ein magischer Anblick für Elias gewesen.
Und der dichte Dampf, der ihm direkt ins Gesicht hochstieg,
stärkte seine Vision von einer Zaubershow umso mehr.
Elias liebte es nunmal zu kochen. Er liebte es Menschen zu
kochen. Sie zu essen mochte er aber mehr. Daher freute er sich
umso mehr Kornelia's Fleisch, das im brodelnden weißen
Kalbsfond kochte, mit Preiselbeersauce zu verspeisen.
Er war schon ganz neugierig darauf, wie diese Kombination
wohl schmecken würde.
Und nachdem es schon seit einer Weile kochte und brodelte,
war es nun an der Zeit gewesen, dem Gaumen die Freude zu
machen, die er verdiente.
Die würfelförmigen Fleischstücke, die den Kalbsfond aufge-
sogen hatten, waren schön dick geworden und sahen blendend
aus. Elias konnte es kaum erwarten an ihnen zu kauen. Auch
die Preiselbeersauce daneben sorgte für ein majestätisches
Bild. Und der umwerfende Geruch gab dem ganzen Gericht die
Krönung.
Nun war er tatsächlich darauf gespannt gewesen, wie Kornelia

80

schmeckte.

Er spießte eines der kleinen und wässrigen Fleischwürfel mit seiner Gabel auf und strich mit seinem Messer ein wenig Preiselbeersauce darauf.

Langsam führte er die Gabel zu seinem Mund und hielt das Fleisch für einen Moment unter seine feine Nase, um den wunderbaren Geruch ordentlich inhalieren zu können.

Es war herrlich und überwältigend.

Elias dachte sich in diesem Moment, wenn es schon so gut riecht, wie gut es wohl dann erst schmecken würde.

Gleich danach steckte die Gabel auch schon in seinem Mund.

Es fühlte sich an, als ob er auf einem Stück Wattebällchen kauen würde. So weich und zart war das Fleisch von Kornelia. Er war fast so sehr dahingeschmolzen wie das Fleisch in seinem Mund. So etwas köstliches und atemberaubendes hatte er noch nie zuvor gegessen. Es war ein himmlisches Gefühl.

Und die Geschmackskombination mit der Preiselbeersauce war eine hervorragende Entscheidung gewesen.

Dafür war er Kornelia umso dankbarer.

So aß er Bissen für Bissen alles auf seinem Teller genüsslich auf und trank dazu vom selben Rotwein, den er mit Kornelia zuvor begonnen hatte. Ein richtiger Gourmet eben.

Er freute sich auf den Rest von ihr und wusste, dass viele schmackhafte Tage auf ihn warteten.

Angelika war inzwischen wieder zu Hause angekommen. Sie hatte geduscht, gegessen und entspannte sich mit einer Tasse köstlichem Pfefferminztee vor ihrem Fernsehapparat und sah sich eine weitere Folge von ihrer Lieblingsserie „The Witcher" auf Netflix an.

Auch sie hatte Fleisch zum Abendessen gehabt, jedoch hatte sie, im Gegensatz zu ihrem zukünftigen Mitbewohner Elias,

Rindfleisch gegessen.

Angelika hatte sich nämlich auf dem Weg nach Hause einen saftigen Burger von Le Burger geholt, weil sie den plötzlichen Drang danach verspürt hatte.

Zuvor hatte sie schon mehrmals ihre E-Mails abgecheckt um zu sehen, ob Elias ihr bereits geantwortet hatte. Doch bislang hatte sie keine Rückmeldung seinerseits erhalten.

Sie hatte sich gedacht, dass er wohl noch in der Arbeit sei und sich schon melden würde, sobald er die Zeit dafür findet.

Dass er seinen freien Tag hatte und dabei gewesen war einen weiteren Menschen zu verzehren wusste sie natürlich nicht.

Sie dachte nicht allzu sehr darüber nach und würde sich dann schon selber bei ihm melden, falls er ihr im Laufe des Abends immer noch nicht antworten sollte.

Jetzt wollte sie erst einmal in aller Ruhe Henry Cavill in seiner Paraderolle als der Hexer Geralt von Riva bewundern.

Bereits einige Minuten später kam auch schon die langersehnte Antwort von Elias an.

Sofort nach dem Nachrichtenklang auf ihrem Smartphone, stellte sie ihre Tasse Pfefferminztee am Tisch und öffnete ihre E-Mail's.

Ein Lächeln war über ihr schönes und helles Gesicht gekommen, als sie folgende Nachricht zu Lesen bekam.

Hallo liebe Angie,

bitte entschuldige, dass ich mich erst jetzt bei dir melde, aber ich musste wieder einmal Überstunden machen.

Ich freue mich sehr über deine Zusage und dafür, dass du mir diese großartige Chance gibst!

Du kannst dir gar nicht vorstellen, wie glücklich ich in diesem Moment bin.

Ich werde mich auf jeden Fall dafür bei dir revanchieren.

Ich freue mich schon sehr darauf mit einem solch sympathischen und lieben Menschen wie dir zukünftig eine Wohnung zu teilen.

Ich bin mir sicher, dass wir beide gemeinsam sehr viel Spaß haben werden. ;-)

Bitte teile mir noch deine Adresse und am besten auch gleich deine Telefonnummer mit, sodass ich mich bei dir melden kann, wenn etwas unerwartetes dazwischen kommen sollte.

Ich freue mich irrsinnig! :-)

Bis dann und liebe Grüße,
Elias

Jetzt, nachdem sie die erfreuliche Antwort gelesen hatte, würde die noch ahnungslose Angelika gut schlafen können.
Jetzt hieß es für sie, ab morgen für ein wenig Ordnung in der Wohnung zu sorgen und sämtliche Zimmer aufzuräumen und für die Ankunft beziehungsweise für den Einzug von Elias vorzubereiten.
Schon in der Arbeit hatte sie dafür auch die Zusage von Neslihan erhalten. Gemeinsam würden sie die Wohnung noch besser herrichten, als sie ohnehin schon gewesen war.

KAPITEL 5

WELCOME HOME

Elias war bereits vor zwei Tagen in seine neue Wohnung eingezogen und hatte sich auch schon komplett eingerichtet.
Viel Gepäck hatte er nicht dabei als er am Sonntag vor Angelika's Tür gestanden hatte.
Nur einen großen Koffer gefüllt mit seiner Bekleidung, ein Rucksack gefüllt mit Kosmetikartikel, ein paar Schachteln mit Büchern, sein spezielles Messerset und seine transportierbare Tiefkühltruhe gefüllt mit jede Menge Menschenfleisch, die er Angelika als Rind- und Schweinefleisch untergejubelt hatte.
Selbstverständlich hatte er ihr den Inhalt nicht gezeigt und sie darum gebeten, dass nur er die Tiefkühlbox bedienen darf und niemand sonst. Er hatte ihr gesagt, dass eines seiner Hobbies Kochen und Grillen sei und er sehr empfindlich sei, wenn es um sein kostbares Fleisch ging. Angelika hatte natürlich Verständnis dafür und respektierte seinen Wunsch. Sie hatte sich sehr über diese äußerst angenehme Fleischüberraschung gefreut. Denn Angelika aß nun mal gern Fleisch.
Sie hatten die Tiefkühltruhe im Wohnzimmer angesteckt, da sonst keines der anderen zwei Räume genügend Platz dafür angeboten hatten.
Seine restlichen Sachen wie Möbel und ein paar Elektronikartikel, hatte Elias bereits vor seinem Umzug auf den Online-Marktplatz www.willhaben.at zum Verkauf angeboten. Über die App konnte er auf seinem Smartphone die gesamten Vorgänge verfolgen.
Es waren sowieso nur eine handvoll Dinge, die er verkaufen wollte. Denn Elias lag immer viel Wert darauf nicht allzu viele und vor allem keine unnötigen materiellen Dinge zu besitzen,

da er ja an einem Ort nie länger blieb als maximal ein ganzes Jahr.

Angelika hatte zu ihm gesagt, dass es eine sehr gute Idee von ihm gewesen war das ganze Fleisch mitzunehmen, da es hervorragend zu seiner „Willkommen Zuhause" Party passte, die sie für ihn am Freitag organisieren wollte.

Die Party sollte auch zudem ein Anlass dazu werden ihre beiden Freunde Neslihan und Faruk mit ihm bekannt zu machen. Und Angelika hatte den beiden bereits berichtet, dass Elias ein Grillmeister sei und daher am Freitag ordentlich viel Fleisch am Tisch stehen würde, worüber sich die beiden sehr gefreut hatten und es kaum erwarten konnten sich in das köstliche Fleischparadies zu stürzen.

Elias freute sich auch darauf und wollte ihnen ein Festmahl bescheren, das sie dahinschmelzen lassen sollte.

Elias hatte sich für den Umzug zwei Tage freigenommen und würde bereits am nächsten Tag wieder zur Arbeit gehen. Angelika befand sich auch bereits seit knapp zwei Stunden wieder zu Hause. Sie hatte, wie die meiste Zeit auch, einen ruhigen und lustigen Arbeitstag mit ihrer Freundin Neslihan gehabt.

Denn auf dem Weg zur Arbeit, war Angelika einem Mann Ende vierzig begegnet, der gerade auf dem Weg zu der grünen U-Bahn Linie U4 unterwegs gewesen war.

Er war zu ihr gegangen, um sie zu fragen, ob er sie auf ein Bier einladen dürfte. Selbstverständlich hatte Angelika diese äußerst Merkwürdige und ein wenig beängstigende Einladung abgelehnt. Zum einen, weil sie gerade auf dem Weg zur Arbeit gewesen war und zum anderen trank sie kein Bier. Schon gar nicht so früh am Vormittag. Abgesehen von all dem, würde sie niemals mit einem fremden Mann, der sie einfach so auf der

Straße angesprochen hatte, ausgehen. Mag sein, dass es vielleicht diese Art von Frauen gab, aber sie gehörte definitiv nicht zu ihnen. Das war einfach unvorstellbar für sie. Wer weiß, was für Hintergedanken sie alle im Sinne hatten?

Doch da sie zum ersten Mal in ihrem Leben diese Art von Erfahrung gemacht hatte, fand sie das im Nachhinein witzig und musste ihr Erlebnis mit Neslihan teilen. Als Neslihan sich die Geschichte angehört hatte, konnte sie sich nicht mehr einkriegen. Sie mussten während der Arbeit, den ganzen Tag über, mit gewissen Abständen darüber lachen. Irgendwann wurde ihr Vorgesetzter, Herr Böhm, darauf aufmerksam und warf den beiden strenge Blicke zu, sodass sie auf der Stelle aufgehört hatten zu lachen, aber dafür hin und wieder kichern mussten. Herr Böhm hatte es den beiden durchgehen lassen, weil er sie, aufgrund ihrer charmanten Art, dem überaus freundlichen Umgang mit den Gästen und ihrer fleißigen Dienste, ganz besonders mochte. Er würde niemals gegenüber den beiden laut werden, jedoch als ihr Vorgesetzter erlaubte er sich hin und wieder ihnen strenge Blicke zuzuwerfen.

Auch Angelika und Neslihan wussten, dass Herr Böhm sie gut leiden konnte, aber sie wollten die Grenzen lieber nicht überschreiten, weswegen sie sich auch stets zu benehmen wussten. Selbstverständlich hatte sie diese Geschichte auch mit ihrem neuen Mitbewohner Elias geteilt, der zwar so tat, als ob er sie ebenfalls lustig gefunden hatte, in Wahrheit jedoch es nicht tat. Er schenkte Angelika einen gestellten Lacher, den er sehr gut beherrschte, und behielt seine wahren Gedanken darüber, für sich. Elias dachte sich nämlich, dass er eventuell auch nach diesem Konzept vorgehen könnte, um an seine Opfer zu gelangen.

Weil sich die beiden nicht bereits bei Ihrem Treffen über die Mietkosten unterhalten hatten, hatten sie es an diesem Abend nachgeholt. Insgesamt betrugen die Mietkosten inklusive Betriebskosten 650,00 Euro, die sie nun untereinander gleich aufteilten.

Alle weiteren Rechnungen wie Strom, Gas, Internet, TV und Sonstiges, hatten sie ebenfalls halbiert und sich auch gleich über den allgemeinen Haushalt geeinigt.

Abgesehen von ihrer eigenen Privatwäsche, deren Reinigung jeder für sich selbst übernehmen würde, hatten sie sich darüber geeinigt, dass sie immer wöchentlich und abwechselnd das Aufräumen im gesamten Haushalt übernehmen würden. Als sie mit Neslihan zusammen gewohnt hatte, hatten sie ihre Wäsche immer zusammen gewaschen, doch jetzt wäre dieser Teil der Hausarbeiten zu intim. Sie wollten ihre Privatsphäre zwar respektieren, doch Angelika hatte Zweifel daran, ob sie es auch wirklich langfristig schaffen würde. Denn sie wusste, es wäre nur eine Frage der Zeit bis sie sich dem gutaussehenden Jungen Mann an den hals werfen würde. Natürlich behielt diese Gedanken für sich.

Den Lebensmitteleinkauf würde ebenfalls jeder für sich selbst machen und die Kühl- und Küchenschränke teilen.

Bevor Freunde oder Verwandte eingeladen werden, mussten sie sich immer rechtzeitig vorher darüber informieren, damit es nicht zu gewissen Überraschungen kommen sollte.

Doch im Falle von Elias war diese Regel nicht besonders relevant, da er einfach keine Freunde hatte. Er verstand sich zwar mit seinen Kolleginnen und Kollegen recht gut, aber mehr waren sie für ihn auch nie gewesen. Kolleginnen und Kollegen, die er nur in der Arbeit und nicht in seiner Freizeit sehen wollte.

Angelika hatte ja bekanntlich auch nur zwei Freunde, die sie ab und zu besuchen würden. Neslihan und Faruk.

Und genau diese beiden würden sie am Freitag besuchen kommen und den neuen Mitbewohner kennenlernen.

Bis auf Elias fanden das alle sehr aufregend.

Im Prinzip war es ihm stets egal gewesen, wen er kennenlernte.

Er achtete meist sowieso nur darauf, ob er sie auf seine Kochliste setzten sollte oder nicht.

Er hatte keine Menschen in seinem Umfeld nötig.

Sie waren nur als verschieden zubereitete Mahlzeiten interessant für ihn gewesen.

Sie saßen beide vor dem Fernsehapparat und sahen sich einen Film an, den Elias Angelika empfohlen hatte.

Der Film trug den Titel „Nackt und zerfleischt", „Cannibal Holocaust" hieß der Originaltitel und war ganz und gar nichts für Angelika gewesen.

Während sie also angeekelt den Film verfolgte, saß Elias mit einem entspannten Lächeln und genoss ihn.

Nach einer Weile brach Angelika das Zusehen mit den Argumenten, es sei ihr zu brutal und viel zu widerwärtig, ab.

Doch sie sagte es nicht etwa in einem strengen oder verängstigtem Ton, sondern mit einem verlegenem und peinlich berührtem Lächeln.

Denn sie wollte nicht, dass Elias mitbekommt, wie abscheulich und entsetzlich sie den Film eigentlich gefunden hatte. Sie war absolut kein Fan von Horrorfilmen beziehungsweise Horrorgeschichten allgemein. Und erst recht nicht von einem derartig verstörenden Film.

Sie sagte, dass es ohnehin schon spät geworden war und sie viel lieber duschen und danach ins Bett gehen wollte, damit sie am nächsten Tag rechtzeitig und munter zur Arbeit gehen konnte.

Danach war sie im Badezimmer verschwunden und Elias sah sich den Film alleine weiter an.

Angelika hatte mit Absicht die Badezimmertür nicht abgesperrt, da sich plötzlich eine erotische Fantasie in ihrem Kopf breit gemacht hatte.

Sie erhoffte sich, dass der verführerische Elias, während sie sich in der Badewanne befindet, hereinspaziert und sie völlig nackt und durchnässt vorfindet.

Immerhin war er bereits seit zwei Tagen bei ihr und so langsam könnte sich gerne etwas in diese Richtung entwickeln.

Doch sie hatte noch immer keine Ahnung darüber, dass Elias sich für diese Art von Befriedigungen nicht im Geringsten interresiert, weswegen ihre Fantasie nur ein feuchter Traum bleiben musste.

Es war bereits zwei Uhr in der Nacht und Angelika schlief tief und fest ein.

Womöglich hatte sie einen feuchten Traum nach dem anderen.

Gleich nebenan befand sich das Zimmer von ihrem neuen Mitbewohner Elias, in das er sich, gleich nach dem der Film zu Ende war, zurückgezogen hatte.

Elias war eine Nachteule und schlief nie vor Mitternacht ein.

Diese Eigenschaft hatte er bereits seit seiner Kindheit. Er war stets die letzte Person, die sich schlafen legte.

Und obwohl er so spät schlafen ging, konnte er recht früh wieder munter werden. Vier bis Fünf Stunden Schlaf genügten ihm vollkommen.

Sein Zimmer war dunkel. Das Licht hatte er abgedreht. Er lag ganz still in seinem Bett, starrte auf die Decke hinauf und bewegte sich kein Bisschen.

Man könnte meinen, dass er die Fähigkeit besaß mit offenen Augen zu schlafen so regungslos er da gelegen war.

Doch so war es nicht.

Er war ganz einfach noch nicht müde gewesen.

Und weil er sich, genau wie seit Sonntagnacht, der Tag seines Einzuges, langweilte, kam er wieder auf die Idee seine Beine ein wenig zu vertreten, bevor er sich dann auch endgültig schlafen legte.

Also machte er sich erneut mit langsamen und leisen Schritten, wie als wäre er ein Einbrecher, auf dem Weg in das Zimmer von Angelika.

Er öffnete langsam die Tür zu ihrem Schlafzimmer und ließ einen kleinen Spalt von etwa zehn Zentimetern offen.

Und erneut fixierte er seine Blicke direkt auf seine schlafende Mitbewohnerin, die einen so tiefen und festen Schlaf hatte, dass selbst ein Meteoriteneinschlag sie nicht aufwecken würde.

Elias stand, genau wie die letzten Nächte davor, ganze acht Minuten vor der Tür und beobachtete Angelika.

Danach machte er, ebenfalls wie die Nächte davor, die Tür etwas mehr auf und betrat das Zimmer von Angelika mit langsamen Schritten.

Und auch im Zimmer drinnen, stand er weitere zehn Minuten und beobachtete sie von der Nähe.

Seine Atmung war dabei völlig normal. Das Rhythmus seines Herzschlages ebenso. Er war nicht im Geringsten aufgeregt oder nervös.

Er empfand dieses ungewöhnliche Benehmen von sich auch überhaupt nicht pervers.

So war Elias nun mal.

Er hatte eben so seine Macken.

Macken, die für ihn vollkommen natürlich waren.

Nachdem er, ohne Pause, Angelika beim Schlafen zehn Minuten lang beobachtet hatte, verließ er das Zimmer wieder und machte die Tür langsam und leise hinter sich zu.

Er ging wieder zurück in sein Zimmer und schlief schließlich auch ein.

91

Es war soweit.

Der von allen langersehnte Freitagabend war endlich gekommen.

Elias hatte bereits einige Tage zuvor bei seinem Vorgesetzten gemeldet, dass er an diesem Tag früher Dienstschluss machen werde.

Denn er wollte rechtzeitig vor der Ankunft seiner Gäste mit dem Kochen und dem Zubereiten des bevorstehenden Abendessens beginnen.

Und während er sich bereits in der Küche befand und eifrig seinen Kochkünsten nachging, waren Angelika und Neslihan noch fleißig am Arbeiten.

Sie hatten sich ausgemacht, dass Faruk sofort nach Dienstschluss die beiden abholt und sie alle gemeinsam zu Angelika und Elias nach Hause fahren, wo Elias bereits mit dem fertigen Abendfestmahl auf sie warten sollte.

Eigentlich hatte Angelika vor früher Dienstschluss zu machen, damit sie zu Ehren ihres neuen Mitbewohners eine Art Welcome Home Party mit leckeren Speisen und kühlen Getränken vorbereiten konnte, jedoch bestand Elias sehr darauf sich um das Abendessen zu kümmern, da er ihnen allen unbedingt vorführen wollte, welch ein genialer Grillmeister er doch gewesen war.

Angelika konnte und wollte ihm diesen Wunsch nicht abschlagen und war damit einverstanden.

So hatte Elias inzwischen verschiedene Fleischgerichte zubereitet und hatte für jedes einzelne davon das beste Stück von seinem jüngsten Opfer Kornelia und auch ein wenig von Ebba zu köstlichen Speisen verarbeitet. Ebba war eine junge Studentin aus Schweden, die er am zweiten Tag seines Aufenthaltes in Wien kennengelernt und ermordet hatte. Kurz darauf hatte er sie in viele kleine Stücke zerteilt, die teile ordentlich abgepackt und in der Tiefkühltruhe sowie in seinem Kühlschrank aufbewahrt. Nach und nach hat er Ebba's Fleisch verspeist bis nur noch ein wenig von ihr übrig geblieben war. Genau diese Reste hatte er mit Kornelias Fleisch vermischt und eine köstliche Mahlzeit aus ihnen gemacht.

Es mangelte an nichts.

Er hatte regelrecht in der Wohnung eine Oase für Fleischliebhaberinnen und Fleischliebhaber errichtet.

Seine Gäste hatten somit die Wahl, ob sie ein saftiges Geschnetzeltes möchten oder doch lieber schmackhaft gewürzte Fleischstücke am Holzspieß. Vielleicht hatten sie aber auch Appetit auf deftige Steaks, die er mit Rotwein abgelöscht hatte. Und dazu eine cremige Pilzsoße.

Und falls noch Platz in ihren Mägen sein sollte, gäbe es da noch eine pikante Gulaschsuppe mit Kartoffelstücken darin zu der er auch ein wenig Blut seiner Opfer beigemischt hatte, um die Suppe dadurch ein wenig dickflüssiger zu machen.

Ja, seine Gäste würden bestimmt staunen und ihre Augen aufreißen, wenn sie all das köstliche Fleisch zu sehen bekommen.

Elias konnte es kaum erwarten.

Er hatte sich selbst übertroffen. So viel Spaß beim Kochen hatte er noch nie gehabt. Und umso glücklicher er war, umso schmackhafter wurden seine Gerichte.

Ein wenig Zeit hatte er noch bis Angelika, Neslihan und Faruk ankommen würde.

Elias deckte noch in aller Ruhe den Esstisch und stellte ein Teller nach dem anderen darauf ab, die allesamt mit reichlich Fleisch ausgestattet waren.

Auch das passende Besteck sowie genügend Trinkgläser, sowohl für den Wein als auch für diverse Fruchtsäfte, fanden am Esstisch ihre Plätze.

Nachdem der Tisch komplett fertig gedeckt war und er an alles gedacht hatte, blickte er auf sein Smartphone, um die Zeit abzulesen. Auf seinem Display zeigte die Uhr an, dass es bereits viertel nach Sieben war und seine Gäste jeden Moment eintreffen müssten.

Er ging noch schnell in das Badezimmer und wusch sich gründlich die Hände.

Er blickte sich selbst am Spiegelschrank tief in die Augen und verharrte einen Moment in dieser Position.

Dann sprach er zu sich selbst folgenden Satz zu >>*Heute Nacht bekomme ich mein Nachtisch.*<<

Und dann hörte er, wie jemand den Schlüssel in das Schloss der Wohnungstür hineinsteckte.

Es war Angelika.

Seine Gäste waren also endlich angekommen.

Schon beim Eintreten drangen die wunderbaren Düfte der vielen Fleischgerichte in ihre Nasen, sodass sie auf der Stelle dahingeschmolzen sind.

Ohne noch länger darauf zu warten, hatten sich alle drei, nachdem sie ihre Hände gewaschen hatten, sofort zum traumhaft gedeckten Esstisch gestürzt und waren bei diesem Anblick ein weiteres Mal dahingeschmolzen.

Und erst recht schmolzen sie dahin, nachdem sie ihre ersten Bissen gemacht hatten.

Alle drei hatten zu Elias gesagt, dass sie noch nie zuvor so derart köstlich zubereitetes Fleisch gegessen hatten und dankten ihm dafür.

Faruk hatte sogar sein Hut vor ihm gezogen, indem er die dafür vorgesehene Geste mit seiner rechten Hand gemacht hatte.

Elias hatte sich sehr darüber gefreut, dass das Essen seinen Gästen schmeckte.

So aßen sie alle im gemütlichen Beisammen sein und erfreuten sich an der nahrhaften Mahlzeit.

Weil sie sich alle wie wilde und hungrige Tiere auf das Fleisch gestürzt hatten, hatten sie die Vorstellrunde übersprungen.

Also holten sie sie jetzt, mit halb gefüllten Mägen, nach, während sie noch dabei gewesen waren, die restliche Hälfte auch zu füllen.

Elias wusste natürlich bereits wer von den beiden Neslihan und wer Faruk gewesen war, damit es jedoch formell werden sollte, stellte Angelika ihre beiden Freunde ihrem Mitbewohner vor.

Sie spülte vorher noch schnell das kleine Stück Fleisch, das sie mit ihren Vorderzähnen ganz sachte vom Holzspieß abgezogen hatte, mit einem Schluck Rotwein hinunter. Ein kurzes verlegenes Lachen und schon fing sie zu reden an >>*Ach Elias, es tut mir sehr Leid! Wir haben uns einfach so gierig auf dein wunderbar hergerichtetes Abendessen drauf gestürzt, sodass wir die Vorstellrunde völlig übersprungen haben. Aber ich muss zu unserer Verteidigung sagen, dass wir vom Geruch, als wir die Wohnung betreten hatten, einfach nur hypnotisiert waren. Und es ist sogar noch köstlicher als es riecht. Daher möchte ich mich persönlich und auch im Namen unserer beiden Gäste hier, Neslihan und Faruk, bedanken.*<<

Neslihan und Faruk nickten wie ein Wackeldackel mit ihren Köpfen und stimmten Angelika mit Zufriedenheit in ihren Augen zu. Noch brachten sie kein Ton aus sich heraus, weil sie gerade dabei gewesen waren an ihren zarten Steaks mit cremiger Pilzsoße zu kauen.

Faruk zeigte Elias noch ein begeistertes Daumen hoch.

Elias fühlte sich äußerst geschmeichelt und freute sich darüber, dass alle Anwesenden seine Kochkünste zu schätzen wussten.

>>*Überhaupt kein Problem liebe Angelika! Vielen Dank für diese netten Worte! Es freut mich sehr euch beide endlich persönlich kennenzulernen. Es ist mir eine große Ehre. Ich fühle*

mich überaus geschmeichelt und freue mich, dass euch mein Essen so gut schmeckt. In diesem Sinne also, liebe Neslihan und lieber Faruk, aber auch du meine liebe Mitbewohnerin Angelika, lasst es euch weiterhin schmecken und esst bis ihr platzt. Denn es ist ja genügend Fleisch da.<<

Nach dem Schlusssatz mussten sie alle zu lachen anfangen.

Doch bei dem vielen Lachen fingen ihre Mägen zu schmerzen an, weswegen sie es bevorzugten damit noch ein wenig zu warten.

Denn sie waren tatsächlich kurz davor zu platzen.

So viel wie an diesem Abend, hatten sie in ihrem Leben nicht gegessen.

Neslihan scherzte sogar damit, dass sie womöglich die nächsten Wochen kein Fleisch mehr sehen, geschweige denn essen kann.

Sie hatten es alle ein wenig damit übertrieben, aber so gut wie die Fleischspezialitäten von Elias geschmeckt hatten, war es unmöglich für sie die Beherrschung beizubehalten.

Mittlerweile saßen sie alle mit vollgefüllten Mägen und aufgeblasenen Bäuchen im Wohnzimmer und versuchten erst einmal alles zu verdauen.

Sie hatten alle ein Glas gespritzten Mineralwasser in ihren Händen, das ihnen beim Verdauungsprozess behilflich sein sollte.

Außer Elias.

Denn im Gegensatz zu den anderen, hatte er nicht so viel gegessen.

Er saß einfach nur auf dem blauen Ohrensessel, direkt vor Neslihan und Faruk, die auf dem blauen Sofa saßen und schweifte mit seinen Augen über alle hinweg. Auch über Angelika, die es sich auf dem zweiten blauen Ohrensessel gemütlich gemacht hatte.

Elias wartete geduldig darauf bis sich alle wieder erholt hatten, bevor sie ihre Gespräche beziehungsweise die Kennenlernrunde fortsetzen konnten.

>>*Also Elias mein Freund!*<< Kämpfte Faruk mit seinen Worten, die er kaum über seine Lippen brachte während er mit seiner rechten Hand sein Bauch streichelte. >>*Das nenne ich mal ein ordentliches Festmahl. So viel Fleisch hatte ich noch nie im Leben gegessen und ich stamme aus einem Gebiet der Türkei, wo man zum Frühstück Fleisch grillt.*<<

>>*Danke Faruk!*<< Sagte Elias mit einem netten Lächeln.

>>*Woher genau aus der Türkei stammst du denn?*<< Wollte er anschließend wissen.

>>*Aus Adana.*<< Antwortete Faruk und ergänzte folgendes dazu >>*Die Stadt liegt im südlichen Teil der Türkei.*<<

>>*Ach ja, alles klar.*<< Sagte Elias darauf.

>>*Aber ganz ehrlich, was hast du bloß in all das Fleisch hineingetan? Es liegt echt schwer im Magen.*<< Stellte Faruk Elias die Frage, die vielmehr als Scherz gedacht war als eine ernst gemeinte Frage.

Elias dachte sich in diesem Moment, dass er eben ein wenig Kornelia und ein wenig Ebba hineingetan hatte, behielt es jedoch für sich und antwortete wie folgt darauf >>*Na ja, es war pures Fleisch wie ihr ja selbst gesehen habt. Da ist nichts drinnen, außer Gewürze selbstverständlich. Ihr habt es einfach ein wenig übertrieben und zudem auch teilweise schnell gegessen. Deshalb habt ihr jetzt alle einen gereizten Magen. Doch das wird schon wieder. Ruht euch noch eine Weile aus und trinkt euer Mineralwasser. Das wird euch dabei helfen.*<<

Das klang für alle sehr einleuchtend, zumal es ihnen ohnehin bereits klar gewesen war. Doch es laut ausgesprochen zu hören, beruhigte sie ein wenig.

Es folgte eine kurze und erholsame Schweigepause.

Schließlich waren sie alle wieder zu sich gekommen, sodass sie gesättigt und mit guter Laune ihre Gespräche weiterführen konnten.

>>*Also, letztens habe ich mir Spongebob Schwammkopf ange-schaut und ich muss sagen, die neuen Folgen sind nicht so gut wie die alten.*<< Fing Neslihan plötzlich ein Gespräch an. >>*Hah, du meinst wohl Spongebob Psychokopf.*<< Sagte Faruk gleich darauf wie aus der Pistole geschossen und fügte folgendes hinzu >>*Ich schaue sie mir gar nicht mehr an, weil die Folgen einfach nur absurd und richtig hirnverbrannt geworden sind. Einfach nur sinnlos. Die ersten Folgen waren ziemlich gut und unterhaltsam, das ist richtig, aber mittlerweile nur noch Psychokram.*<<
Angelika nickte und stimmte ihm zu >>*Ja, stimmt eigentlich. Die alten Folgen beziehungsweise die alten Teile sind immer die besten. Je länger sie etwas in die Länge ziehen, umso schlechter wird es einfach. Es verliert an Qualität und wird ir-gendwann nur noch langweilig und uninteressant.*<<
>>*Ja, voll. Da gebe ich dir absolut recht Angie.*<< Unterstützte Faruk ihre Meinung.
>>*Ich zum Beispiel sehe mir gerne Dokumentationen an. Denn so etwas wird nie langweilig.*<< Fuhr Faruk fort und sprach weiter >>*Ich sehe mir gerne den türkischen Sender „Biz'den Siz'e" an. Heißt übersetzt „Von uns an Sie". Da strahlen sie immer Dokumentationen über alles mögliche aus. Es sind sehr interessante und auch überaus lehrreiche Themen dabei. Neu-lich habe ich zum Beispiel erfahren, was Geodäsie bedeutet und, dass die Form der Erde so ist und nicht etwa rund wie wir alle immer dachten. Also die Erde soll weder rund noch flach oder sonst irgendwie sein, sondern sie soll eine ähnliche Form wie etwa eine Kartoffel haben. Ungefähr so könnt ihr euch das*

vorstellen. In einer anderen Folge haben sie über Mustafa Kemal Atatürk berichtet und, dass er die Uniformen des türkischen Militärs von der weltberühmten Modedesignerin Coco Chanel anfertigen ließ. Oder während der Belagerung von Kut ein türkischer Soldat namens Osman Oğlu Mehmet mit seinem Gewehr ein britisches Kampfflugzeug abgeschossen hat. Und viele weitere, richtig interessante Beiträge bekommt man bei diesem Sender serviert. Könnte ich nur empfehlen, aber die Sendung gibt's leider nur in türkischer Sprache.<<

Alle drei hatten ihm still und konzentriert zugehört, während Faruk, die ganze Zeit über, all sein Wissen begeistert und fieberhaft weitergegeben hatte.

Die anderen drei Freunde zeigten sich weniger beeindruckt und nickten nur mit ihren Köpfen.

>>*Also ich sehe mir momentan The Witcher an.*<< Sagte Angelika in die Gruppe. >>*Ich finde die Serie echt gut.*<<

>>*Ja, total. Ich finde die Serie auch voll gut.*<< Schwärmte Neslihan davon.

So ließen sie einige Minuten vergehen, indem die jungen Damen noch ein wenig weiter über den genialen Henry Cavill schwärmten.

Doch Faruk hatte genug davon gehört, welch großartigen Körperbau Henry Cavill hatte und versuchte das Thema zu wechseln. >>*Ja, ja. Wir wissen schon. Er ist einfach ein Super-Mann.*<< Angelika und Neslihan konnten den Neid in seiner Stimme erkennen und warfen sich gegenseitig spöttische Blicke zu, während sie damit kämpften Faruk aus vollem Hals nicht auszulachen.

>>*Ich erzähle euch mal ein Witz. Dann haben wir mal alle etwas zu lachen. ... Also Freunde, hier kommt der Witz ... Chuck Norris liest keine Bücher: Er starrt sie so lange an, bis sie ihm freiwillig sagen was er wissen will.*<<

Sofort danach war Faruk der einzige unter ihnen, der sich vor lauter lachen nicht mehr einkriegen konnte. Anscheinend war er der einzige, dem sein eigener Witz so gut gefallen hatte. Neslihan verdrehte ihre Augen und sagte darauf >>*Ach Gott, schon wieder so ein bescheuerter Chuck Norris Witz.*<< Als er das gehört hatte, versuchte Faruk sich wieder einzukriegen. Mit Tränen in seinen Augen, die ihm gekommen waren, weil er so sehr gelacht hatte, als hätte man ihm Lachgas verabreicht, versuchte er zwischen seinen kleinen Lachanfällen folgendes zu sagen >> *Hey, hey, hey! Etwas mehr Respekt, wenn ich bitten darf! Immerhin sprechen wir hier über die Legende Chuck Norris.*<<

Und wieder verdrehte Neslihan höhnisch ihre Augen. Angelika zeigte ebenfalls die selbe Reaktion drauf.

>>*Was meinst du Elias? Ist doch wahr oder nicht? Chuck Norris ist nunmal der beste. Deswegen sind die Witze über so gut.*<<

Elias zuckte mit seinen Schultern und sagte nur eines darauf >>*Ja, mag sein.*<<

Faruk war nicht besonders froh über diese kalte Reaktion von Elias gewesen. Er hörte wieder zu lachen auf und sagte >>*Na ja, du kannst vielleicht gut kochen, aber du hast wohl kein Sinn für Humor, mein Freund.*<<

Elias lächelte ihm zu und sagte >>*Also ich habe schon Humor. Ich kenne auch ein paar Witze. Wenn ihr wollt, erzähle ich euch welche?*<<

>>*Ja, sicher. Bitte!*<< Jubelte Angelika in die Hände klatschend.

>>*Also gut.*<< Sagte Elias und fing den ersten Witz zu erzählen an >>*Ein Tropenforscher wird von Kannibalen gefangen. Doch der Kannibalenhäuptling beruhigte ihn: "Wir sind ein zivilisierter Stamm, der seit Jahren Entwicklungshilfe be-*

kommt. Sie kommen nicht in den Kochtopf." Der Forscher atmet erleichtert auf. Häuptling: "Sie kommen selbstverständlich in die Mikrowelle!"<<

Elias blickte mit einem schadenfrohen Lächeln und leuchtenden Augen seine drei Freunde an.

Sie alle hatten große Augen gemacht und sich erst einmal gegenseitig besorgte Blicke geworfen, bevor sie alle ein gestelltes und verkrampftes Lächeln von sich gegeben haben.

Den schwarzen Humor von Elias fanden sie alle sowohl sehr seltsam als auch beängstigend. Doch alle drei behielten ihre Meinungen lieber für sich.

Weil Elias dachte, dass ihnen der ungewöhnliche Witz so gut gefallen hatte, erzählte er ihnen einen weiteren >>*Hier habe ich ein Witz mit Österreichbezug für euch. ... Ein Bergführer in Österreich sagt zu den Touristen: "Der nächste Grat am Felsen vorbei ist sehr steil und gefährlich! Halten Sie sich gut fest und passen Sie auf! Wenn Sie trotzdem abstürzen sollten, vergessen Sie nicht nach links zu schauen, dort haben Sie eine tolle Aussicht!"*<<

Und erneut zeigte ihm sein Publikum die selbe Reaktion wie zuvor, während er selbst grinste wie ein Totenschädel.

Keiner von den anderen wusste, was sie oder er darauf sagen sollte, weswegen eine kleine und stille Pause danach erfolgt war.

Schließlich ergriff Faruk das Wort und versuchte sich selbst und auch die beiden anderen Damen von den scheußlichen Witzen von Elias zu verschonen. >>*Sooo, also Elias. ... Du arbeitest also im Einzelhandel. Als Kassierer richtig?*<<

>>*Ja, das ist richtig.*<< Sagte Elias und sprach weiter >>*Hin und wieder räume ich auch die Regale ein und kümmere mich auch um die Lieferungen.*<<

>>*Klingt ja toll.*<< Sagte Faruk darauf.

>>*Ja, ist ganz ok. Hauptsache ich arbeite und verdiene mein eigenes Geld.*<< Sagte Elias.

>>*So muss es auch sein.*<< Sagte Faruk mit einem Lächeln.

Neslihan stand auf und richtete ihre Worte an Angelika >>*Hey Angie, lass uns in die Küche gehen und uns allen was zum Trinken holen.*<<

Angelika stand ebenfalls auf und sagte >>*Ja, ist gut.*<<

Die beiden Freundinnen verschwanden dann in die Küche und ließen die beiden Männer alleine im Wohnzimmer zurück.

>>*Oh mein Gott Angie! Er ist echt fesch und kann gut kochen und so, aber sein Geschmack an Witzen ist die unterste Schublade.*<< Teilte Neslihan ihre Meinung über Elias mit und machte sich darüber lustig.

Angelika fand das genauso lustig wie Neslihan und sagte folgendes darauf >>*Ja, das wusste ich vorher auch nicht. ... Na ja, niemand ist eben perfekt oder?*<<

>>*Das ist leider wahr Schätzchen.*<< Stimmte Neslihan ihr zu, während sie aus dem Küchenschrank vier Trinkgläser herausholte.

Angelika ging zum Kühlschrank und nahm eine Flasche Eistee Zitrone heraus während sie sagte >>*Hoffentlich muss ich mir in Zukunft derartige Witze von ihm nicht mehr anhören.*<<

Danach fing sie zu lachen an und Neslihan schloss sich ihr an. Sie lachten eine Weile und Neslihan sagte >>*Das hoffe ich auch nicht. Sind ja fürchterlich.*<< Und sie lachten erneut für einige kurze Minuten.

>>*Hast du ihm eigentlich schon erzählt, wo du wirklich arbeitest?*<< Wollte Neslihan wissen.

Angelika füllte die Trinkgläser mit Eistee auf und legte die Plastikflasche wieder zurück in den Kühlschrank. >>*Nein, noch nicht.*<< Antwortete sie darauf. >>*Ich denke, ich sag's ihm lieber morgen. Jetzt wo ihr ihn auch kennengelernt und ei-*

nen guten Eindruck von ihm habt, ... na ja, bis auf seinen Schwarzen Humor, denke ich, dass ich ihm so langsam einiges anvertrauen könnte. Mal sehen!<< Danach schnappte sich jeder von ihnen jeweils zwei Gläser und sie machten sich wieder auf den Weg in das Wohnzimmer.

Die darauffolgende Stunde verlief recht angenehm und sehr unterhaltsam für die vier Freunde.

Sie hatten viel Spaß zusammen, doch es war schon recht spät geworden, sodass Neslihan und Faruk sich von ihren beiden Gastgebern verabschiedeten und zurück nach Hause fuhren. Auch Elias bedankte sich erneut und erwähnte wieder, wie sehr er sich darüber gefreut hatte, die beiden kenngelernt zu haben.

Nachdem Neslihan und Faruk schließlich gegangen waren, bedankte sich auch Angelika bei Elias, dass er sich so gut mit ihren beiden Freunden verstanden hatte, worauf Elias folgendes sagte >>*Ach bitte! Ist doch selbstverständlich. Sind zwei sehr angenehme Personen. Ich danke dir, dass du mich mit ihnen bekannt gemacht hast.*<< Sie lächelten sich beide an und in diesem Moment verspürte Angelika den gewaltigen Drang in sich, ihm einen dicken Kuss auf seine unwiderstehlichen Lippen zu drücken. Aber sie konnte sich gerade noch so beherrschen und strich verlegen mit ihrer linken Hand ihre langen blonden Haare.

Später in der Nacht schlief Angelika wiedereinmal tief und fest ein. Und auch in dieser Nacht hatte sich Elias in ihr Zimmer geschlichen und beobachtete sie beim Schlafen.

Noch hatte Angelika nichts davon mitbekommen.

Dieses Mal trat Elias ein paar Schritte näher an sie heran. Er ging so nah mit seinem Gesicht an ihr Gesicht heran, sodass nur Millimeter gefehlt hatten bis sie sich berührten.

Angelika schlief so fest ein, dass sie sein leises Atem auf ihrem

Gesicht nicht spüren konnte.

Er war fast wie ein Hund, der an seinem Futter schnupperte, bevor er es auffraß.

Dann streckte Elias plötzlich seine Zunge heraus und fing an Angelika's Wange zu lecken. Als würde er an seiner Beute kosten wollen, um zu erfahren wie sie wohl schmeckte.

Und noch immer bekam Angelika nichts davon mit.

Er fuhr langsam mit seiner Zunge von ihrer Wange hinunter zu ihren Lippen, die er mit seiner Zungenspitze förmlich kostete.

Am liebsten würde er sofort in ihr schönes Gesicht hineinbeißen und ein gutes Fleisch gierig hinunterschlingen.

Doch Elias wusste sich zu benehmen. Er konnte sehr wohl noch ein wenig Geduld aufbringen, um auf den richtigen Zeitpunkt zu warten.

Und während er weiterhin an ihren Lippen leckte, hatte er nicht mitbekommen, dass Angelika ihre Augen bereits geöffnet und ihn angestarrt hatte.

Als sie ganz plötzlich zu flüstern anfing, zog Elias erschrocken seine Zunge zurück in sein Mund und richtete sich nervös auf.

Angelika hatte zu ihm gesagt >>*Du hättest mich auch ganz einfach fragen können, ob du mich küssen möchtest.*<< Und hatte ihm ein verführerisches Lächeln geschenkt. Doch Elias hatte es nicht erkennen können, da er eigentlich etwas völlig anderes im Sinne gehabt hatte als das, woran Angelika gerade dachte. Das wollte er ganz bestimmt nicht. Doch damit seine Absichten nicht auffallen, entschied sich Elias einfach mitzumachen.

Angelika zog die Decke bis zu ihren Hüften hinunter und sagte >>*Na los! Komm schon!*<<

Elias wusste, dass er sie jetzt sexuell befrieden musste und sagte zu ihr >>*Einen Moment bitte! Ich habe die Kondome vergessen.*<< Danach ging er in sein Zimmer und holte sich zwei

Kondome, die in kleinen Plastiktüten eingepackt waren.

Als er zurückkam, entledigte er sich komplett seiner Kleider und stand vollkommen nackt vor ihr.

Angelika gefiel sehr, was sie zu sehen bekommen hatte und konnte den nächsten Akt nicht mehr länger erwarten.

Elias schlüpfte zu ihr unter die Decke und sie fingen sich räkelnd zu küssen an. Für Angelika war es ein sehr sinnlicher und befriedigender Moment gewesen. Endlich bekam sie das, wovon sie in letzter Zeit so oft geträumt hatte. Für Elias jedoch, war es nur Zeitverschwendung. Er empfand weder Liebe noch Erotik oder Leidenschaft. Für ihn war es etwas vollkommen sinnloses, aber er hatte gelernt, dass er seinen Partnerinnen in einem solchen Fall etwas vorspielen, ihnen etwas vortäuschen musste. Und damit war nicht nur der Orgasmus gemeint, sondern der gesamte Sex von Anfang bis zum Ende. Nach einer Weile hatte Angelika es endlich durch Oralsex geschafft, dass er eine Errektion bekam, sodass er gleich darauf eines der Kondome ausgepackt und drüber gezogen hatte.

So wie er in Angelika hineingedrungen war, spürte sie, dass das Kondom sich anders anfühlte als sie es gewohnt war. Es war so geschmeidig und glatt. So als hätte er überhaupt kein Kondom darauf gehabt.

>>*Das ist ein tolles Kondom. Sehr gute Qualität. So gefühlsecht.*<< Sagte Angelika in einem zufriedenen Ton und forderte ihn auf schneller zu sein, während sie dabei dabei laut stöhnte.

Elias sagte nichts darauf und machte einfach was von ihm verlangt worden war. Er bevorzugte es ihr nicht zu sagen, dass er die Kondome aus menschlichen Gedärmen selbst hergestellt hatte.

KAPITEL 6

EIN NEUER PLAN

Inzwischen waren zwei Wochen seit dem Einzug von Elias vergangen.

Er und Angelika verstanden sich immer besser und kamen bestens zurecht.

Dies hatte auch dazu geführt, dass die beiden kein One-Night-Stand füreinander waren, sondern jede Nacht oder zumindest mehrere Nächte in der Woche Sex hatten.

Denn kurz nach ihrer ersten gemeinsamen Nacht, waren sie mehr geworden als nur Sexfreunde. Sie wurden ein festes Paar.

Elias hatte sich einfach darauf eingelassen, weil er von Tag zu Tag etwas mehr in Angelika sehen konnte, worüber sie selber noch keine Ahnung gehabt hatte. Beinahe so, als ob eine Person homosexuelle Neigungen hatte, diese ihr jedoch noch nicht bewusst waren, obwohl andere es wussten und nichts dazu sagten. Denn eines Tages würde diese Person selbst darauf kommen beziehungsweise es herausfinden und sich letztendlich outen. Und Elias wollte einfach nur wissen, wann Angelika diese Persönlichkeit von sich herausfinden würde, die tief in ihr schlummerte wie sie selbst nachts. Er wusste, dass es bloß noch eine Frage der Zeit wäre, die schon sehr bald eintreffen würde. Und bis dahin würde er geduldig darauf warten und vielleicht sogar ab und zu ihr dabei nachhelfen.

Daher hatte er beschlossen etwas länger mit ihr gemeinsam zu wohnen als er es ursprünglich eingeplant hatte.

Und diese nicht allzu überraschende Neuigkeit über die neue Liebe zwischen den beiden, hatte auch Neslihan sehr erfreut.

Sie war mindestens genauso glücklich wie ihre Freundin und Kollegin Angelika.

Und um ihre neue feste Beziehung zu feiern, hatten sie auch bereits eine kleine Feier untereinander hinter sich gebracht und es somit offiziell gemacht. Selbstverständlich hatte Elias wieder für eine deftige Fleischorgie gesorgt bei der seine drei Freunde das köstliche Fleisch verschlungen haben wie ein Albatros sein Fisch.

Angelika hatte es selber kaum glauben können, wie schnell sie sich auf Elias eingelassen hatte. Doch nachdem sie ihm die Wahrheit darüber erzählt hatte, wo sie tatsächlich arbeiten würde und, dass Neslihan zugleich auch ihre Kollegin sei und Elias ihr mit vollstem Verständnis dafür entgegengekommen war, hatte sie erkannt, dass er viel mehr für sie sein konnte als nur ein gutaussehender Mitbewohner und eine Sexmaschine.

Er war einfach ein guter und verständnisvoller Zuhörer, der zudem auch höflich, gebildet, fleißig, stark und ein guter Koch gewesen ist. Und ihre Freunde Neslihan und Faruk konnten ihn ebenfalls ganz gut leiden. Alles in einem hatte ihr den Mut und das Selbstvertrauen verschafft sich auf eine feste Beziehung mit Elias einzulassen.

Elias spielte ihr die ganze Zeit über zwar seine Gefühle vor und schaffte es immer wieder sie zu täuschen, aber solange sie nichts davon merken konnte, konnte er seine Absichten hinsichtlich ihrer schlummernden Persönlichkeit weiterverfolgen. Diese Persönlichkeit war ihm aufgefallen, nachdem er ihr einige weitere Schwarze Witze erzählt und sie mit jedem Mal mehr Gefallen daran gefunden hatte. Um ganz sicher zu gehen, wollte er seine Vermutung überprüfen, indem er ihr von Zeit zu Zeit einen Schwarzen Witz nach dem anderen erzählt hatte. Nachdem sich seine Vermutung immer mehr einbetonierte, wollte er es schlussendlich genauer wissen und lud sie zu einem weiteren gemeinsamen Filmabend ein.

Diesmal hatte er sich für den Film mit dem Titel „The Green

Inferno" von Eli Roth entschieden.

Obwohl Angelika wieder zu Beginn zwar ein wenig quengelte, fand sie den Film schon kurz darauf unterhaltsam, sodass sie den Rest davon in aller Ruhe zu Ende gesehen hatte.

Nachdem der Streifen zu Ende war, hatte sie sogar gesagt, dass der Film ruhig etwas mehr blutige Szenen vertragen hätte können.

Das war dann der ausschlaggebende Punkt für Elias gewesen, dass er mit seinen Vermutungen recht hatte.

Und er würde weiter dran bleiben bis er eines Tages ihr dazu verhelfen würde, dass sie ihr wahres Ich erkennt.

Doch dafür ließ sich Elias Zeit und wollte nur nichts überstürzen. Denn wenn man vorhatte etwas aufzubauen, musste man geduldig und behutsam daran arbeiten. Es benötigte seine Zeit. So ganz nach der Redewendung „Rom wurde auch nicht an einem Tag erbaut."

Das Zerstören hingegen ging immer sehr schnell.

Wenn ein Wohngebäude in zwei Jahren erbaut werden konnte, konnte es nur in zwei Stunden wieder abgerissen werden.

Wenn man Geld verdienen und sparen wollte, musste man dafür hart und lange arbeiten. Vielleicht sogar Jahre. Kommt immer darauf an, wie man das hart ersparte Geld anlegen beziehungsweise worin man es investieren möchte. Doch es auszugeben ging immer einfach und schnell. Kaum war zum Beispiel das Gehalt für das man einen ganzen Monat gearbeitet hatte auf dem Konto, war bereits die Hälfte davon noch am selben oder am nächsten Tag darauf für Fixkosten und für sonstige Rechnungen abgebucht worden. Und da gab es ja noch die Nebenkosten wie zum Beispiel Lebensmitteleinkauf oder etwas Taschengeld für die eigene Freizeit. Wenn man Muskeln aufbauen oder Gewicht abnehmen wollte, ging das ebenfalls nicht von heute auf morgen. Man musste viel Zeit dafür aufbringen.

Doch sich gehen zu lassen und an Gewicht zuzulegen ging wiederum ganz schnell. So war es schon immer gewesen. Der Aufbau von etwas war immer meist schwierig und benötigte auf jeden Fall viel Zeit.

Doch Elias war schon immer ein sehr geduldiger und ruhiger Mensch gewesen, sodass er auch jetzt diese Eigenschaften problemlos anwendete.

Und währenddessen ging er seiner persönlichen Leidenschaft weiter nach und suchte auf der Darknet Website „Take Me!" nach Menschen, vorwiegend nach Frauen, die sich freiwillig zum Verzehr anboten.

Er lud sie immer dann zu sich nach Hause ein, wenn er seinen freien Tag hatte und Angelika arbeiten war.

Er legte seine Termine immer recht früh an, sodass er bereits am Vormittag mit dem Töten und Zerteilen der Personen anfangen konnte, sodass er mit allem rechtzeitig am Abend fertig werden konnte, bevor Angelika zu Hause ankam.

In den zwei Wochen kam eine solche Aktion sowieso nur einmal vor. Doch es würden definitiv viele weitere Tage darauf folgen.

Er hatte wiedereinmal eine junge Dame kennengelernt, die aus Leipzig stammte und gerade mal 19 Jahre alt gewesen war.

Sie stammte aus einem Kreis von Satanisten, genannt „Die Ewigen", die sich selbst beziehungsweise ihr eigenes Fleisch anboten, weil sie der festen Überzeugung gewesen waren, dass sie durch solch einen Tod auf immer und ewig im Jenseits eine gottgleiche Macht erlangen und als „heilige" Geister zurückkehren würden. Für die Opferung gab es keine Altersgrenze.

Die Ewigen opferten sich immer dann, wenn sie sich geistig dazu bereit fühlten.

Und die 19-Jährige Beatrice war schon recht früh, also in der Blüte ihres Lebens, zu diesem Entschluss gekommen. Sie fühlte sich mehr als nur bereit diese „mystische" Reise in das jenseits anzutreten und konnte es kaum erwarten sich dafür zu opfern.

Natürlich hatte Elias auch Beatrice ihren sehnlichsten Todeswunsch nicht ausreden wollen und unterstützte sie dabei.

Denn Elias war es ja bekanntlich egal aus welchen Gründen seine Opfer sterben wollten. Hauptsache er bekam was er wollte.

Ordentlich viel menschliches Fleisch.

Er empfand keinerlei Gefühle für seine Opfer wie Trauer, Reue oder Erbarmen. Er wollte einfach nur ihr Blut fließen und ihr Fleisch brodeln sehen.

Er war der Fleischer und sie waren sein Fleischgut.

Und genau so betrachtete und behandelte er sie auch alle.

Den Smalltalk beziehungsweise die Kennenlernrunde mit der jungen Beatrice hatte er kürzer gefasst als bei Kornelia. Denn er musste sich beeilen und sämtliche Spuren rechtzeitig verwischen.

Daher hatte er sie kurz nach ihrem Eintreffen ermordet und sie anschließend in viele Stücke zerteilt, die er wieder in seiner Tiefkühltruhe gut verpackt verstaut hatte.

Beatrice war es zwar egal gewesen wie sie am Ende von Elias verspeist werden würde, aber dafür hatte sie ihm mitgeteilt auf welche Art und Weise sie gerne geopfert werden würde.

Sie hatte ihn darum gebeten, dass er mit einem scharfen Messer ihre Kehle durchschneidet und sie sechs Minuten lang ausbluten lässt, bevor er mit seinem Prozess weitermacht.

Die Wünsche seiner Opfer respektierte er immer und führte sie auch genauso aus, wie sie sie von ihm verlangten.

So viel Anstand besaß er.

Er betrachtete die Wünsche immer als den letzten Wunsch vor dem Tod. Ähnlich wie der Henker seinen Opfern die Frage

111

stellte, ob sie noch einen letzten Wunsch hätten, bevor er sie ins Jenseits beförderte. Nur war es in den meisten Fällen so, dass die Opfer von Elias ihm schon vorher ihren letzten Wunsch mitteilten.

Nachdem er also Beatrice vollkommen zerstückelt und bereits die meisten Teile von ihr tiefgefroren hatte, hatte er sämtliche Spuren beseitigt und sich sofort an den Herd ran gemacht.

Er hatte vor gehabt Angelika mit einer köstlichen Mahlzeit zu überraschen und wollte daher noch vor ihrer Ankunft den Tisch, inklusive dem Schmorbraten à la Beatrice, fertig gedeckt haben.

Und das hatte er auch geschafft.

Der saftige Schmorbraten bestehend aus einer 19-Jährigen Leipzigerin, stand für einen gemütlichen Dinner bereit.

Dazu gab es frisch zubereitetes Bloody Mary mit einem Schuss Wodka, so wie es sich für das Cocktail gehörte, und noch ein paar Tropfen Blut von Beatrice.

Er musste ein wenig schmunzeln, als er beim Mischen des Blutes daran denken musste, dass es dadurch vielmehr zu einem Bloody Beatrice geworden war.

>>*Also Elias, das sieht und riecht ja wieder einmal fabelhaft aus und ich bin mir sicher, dass es auch so schmeckt. Deine Kochkünste sind einfach brillant Schatz, danke!*<< Lobte Angelika ihren Freund und drückte ihm einen dicken Kuss auf seine Lippen.

>>*Danke!*<< Sagte Elias darauf.

Angelika nahm ihr Glas Bloody Mary zur Hand und sprach ein Toast aus >>*Auf uns mein Schatz! Ich liebe dich!*<<

Elias hob ebenfalls sein Glas hoch und sagte zwar >>*Auf uns! Ich liebe dich auch!*<< Jedoch sprach er in seinen Gedanken folgendes aus -*Auf Beatrice!*- Lächelte Angelika zu und beide machten zum selben Zeitpunkt ein Schluck davon.

>>*Mmmhh! Wie gut das schmeckt!*<< War Angelika vom speziellen Cocktail überwältigt und nahm gleich ein Schluck mehr davon.

So aßen sie zu zweit in aller Ruhe und genossen ihr Beisammensein und den exquisiten Schmorbraten.

Zwischendurch berichteten sie sich gegenseitig von ihrem Tagesablauf.

Angelika hatte ihm erzählt, dass die Arbeit eher ruhig war. Sie hatte nichts besonderes erlebt. Einem ihrer Kollegen war beim Debrassieren ein Trinkglas umgefallen, das auf der Stelle in viele kleine Einzelteile zerbrochen war. Mehr Action als das hatten sie und Neslihan nicht. Das Highlight für sie war, dass Neslihan und Faruk sie nach Hause begleitet haben. Faruk hatte gemeint, dass er sie gerne mitnimmt, wofür sie überaus dankbar gewesen war. Mit dem Auto war es nun mal einfach viel bequemer als mit den öffentlichen Verkehrsmitteln.

Elias meinte auch, dass er einen sehr ruhigen und entspannenden Tag gehabt hatte. Er hatte sich schon den ganzen Tag über auf den Abend gefreut, um mit seiner neuen Freundin, die er ja so sehr liebt, zu dinieren und den für sie liebevoll zubereiteten Schmorbraten zu genießen.

Das fand Angelika überaus charmant von ihm. Sie fühlte sich so, als würde sie gerade über den Wolken schweben.

Derartige Komplimente und Überraschungen war sie noch von keinem Mann gewohnt gewesen.

Es war alles neu für sie, weswegen sie sich umso mehr über diese Art von Gesten freute und teilweise verlegen wurde.

Elias war komplett anders als die Partner, die sie vor ihm hatte. Und genau das fand sie so großartig und anziehend an ihm. Zudem wirkte er immer noch mysteriös für sie, weil er diese Aura einfach von sich ausstrahlte.

Diese Seite von ihm fand sie noch interessanter und anziehender. Das machte ihn erst so richtig sexy und verführerisch. Und seine nahezu animalische Seite im Schlafzimmer und die grandiosen Techniken, die er beim Sex anwendet, waren mit Abstand ihre absoluten Favoriten.

Denn solch einen wilden Sex hatte ihr ebenfalls kein Mann zuvor bescheren können.

Angelika hatte, seit sie Elias kennengelernt hatte, viele neue Dinge in Erfahrung gebracht, die ihr alle zuvor fremd gewesen waren oder die sie nur von anderen hörte beziehungsweise kannte.

Doch jetzt konnte sie all das auch selbst erleben. Am eigenen Leib. Und erst jetzt konnte sie verstehen, wie schön es tatsächlich gewesen war, diese Erfahrungen gemacht zu haben und immer noch zu machen.

Für all das war sie Elias sehr dankbar gewesen und ihren Dank brachte sie auch gerne mal im gemeinsamen Bett mit gewissen befriedigenden Taten und speziellen Positionen zum Ausdruck.

Doch all ihre Mühen waren eigentlich umsonst, da sie immer noch keine Ahnung davon hatte, dass Elias ein Asexueller Mann gewesen war und sie dadurch eigentlich die einzige war, die beim Sex Spaß hatte.

Nachdem sie mit dem Essen fertig waren, hatte Elias den Tisch abgeräumt und das Geschirr abgewaschen.

Ein wenig vom Schmorbraten war noch übrig, sodass er die Reste in den Kühlschrank hinein gestellt hatte, damit sie sich zu einem späteren Zeitpunkt erneut daran erfreuen konnten.

Jetzt machte es sich das frisch verliebte Paar auf ihrem blauen Sofa vor dem Fernsehapparat gemütlich, bevor sie das gemeinsame Kuscheln im Schlafzimmer weiterführten.

Sie sahen sich eine beliebte Spielshow mit dem Namen „Tür

oder Frage" an.

Es handelte sich dabei um eine Quizsendung, bei der es darum ging, zu einer Schatztruhe zu gelangen, in der sich Goldmünzen im Wert von 1 Million Euro befanden. Die Goldmünzen waren nicht echt, sondern nur Attrappen, die für einen visuellen Effekt und für eine glänzende Optik sorgten. Die Gewinnerinnen und Gewinner bekamen, ähnlich wie bei „Wer wird Millionär?", den Hauptgewinn, nämlich die 1 Million Euro, im Nachhinein ausbezahlt.

Vorher durften sie noch vor den falschen Goldmünzen mit einem strahlenden Lächeln und einer großen Freude in die Kameras und zu dem Publikum posen.

Die Kandidatinnen und Kandidaten mussten sich dafür entscheiden, ob sie entweder zehn Fragen richtig beantworten oder durch zehn Türen gehen möchten, ohne eine Frage zu beantworten. Wenn sie sich für eine Frage entschieden hatten, wurde ihnen vom Moderator der Sendung eine Frage gestellt und sie bekamen vier Antwortmöglichkeiten. Jedoch hatten sie keine Joker, die sie als Hilfe verwenden konnten und hatten nur sechzig Sekunden Zeit sich für die richtige Antwort zu entscheiden. Wenn sie die richtige Antwort wussten, öffnete sich eines der zwei Türen vor ihnen und sie durften weiter in die nächste Runde, wo sie sich erneut für eine Frage oder für eine Tür entscheiden mussten. Bei einer falschen Antwort mussten sie wieder nach Hause. Entschieden sie sich jedoch für eine der beiden Türen von denen eine zugesperrt und die andere aufgesperrt war, durften sie auch in die nächste Runde weiter. Vorausgesetzt sie konnten erraten welche der beiden Türen aufgesperrt und somit die richtige gewesen war. Auch hier hatten sie eine Minute Zeit sich für die richtige Tür zu entscheiden. Bei der falschen Tür oder nach Ablauf der sechzig Sekunden, mussten sie sich ebenfalls von der Show verabschieden.

Also hatten sie nur eine Fifty-Fifty Chance bei den Türen. Und so konnten sie sich ganz beliebig oft, zehn Stufen lang, entweder für eine Tür oder für eine Frage entscheiden. Die meisten vertrauten ihrem eigenen Allgemeinwissen nicht und verließen sich lieber auf ihr Bauchgefühl, weil sie der Meinung gewesen waren, dass sie auf diesem Weg viel schneller den Hauptgewinn erlangen konnten. Doch es war schwieriger als man vermutete.

Andere wiederum wollten ihr Wissen herausfordern und entschieden sich bei jeder Runde für eine Frage. Doch nach einer falschen Antwort bereuten die meisten von ihnen, dass sie sich zur Abwechslung nicht für eine Tür entschieden hatten.

Mit diesem Konzept hatte es die Sendung gleich nach der ersten Show geschafft sehr beliebt zu werden und konnte Woche für Woche immer mehr Zuschauerquoten verzeichnen.

Das Publikum, sowohl vor Ort als auch vor den Fernsehgeräten, fieberte immer gerne mit und mochte die Spannung, die durch die knappe Zeit und bei der Wahl der richtig Tür erzeugt wurde.

Auch Angelika fieberte jedes Mal vor dem Fernsehapparat mit und versuchte immer zu erraten, welche Tür oder welche Antwort die richtige war. Bei den Fragen lag sie meist richtig, aber bei den Türen wählte sie oft die falsche aus.

Doch sie wusste ganz genau, dass es vor dem Fernsehapparat immer leichter fiel sich für die richtige Antwort zu entscheiden als wie wenn man persönlich bei der Show mitmachen würde.

Sie dachte sich immer, dass sie eine sehr miese Teilnehmerin werden und möglicherweise schon gleich in der ersten Runde ausscheiden würde. Denn zu Hause hatte sie ja kein Druck.

Elias saß einfach nur regungslos da und verfolgte, ein wenig gelangweilt, die Sendung während Angelika in seinen Armen lag.

Und während sie auch hier versuchte die Fragen richtig zu beantworten und begeistert mitfieberte, wurde sie von Elias ab und zu beobachtet. Er starrte von Zeit zu Zeit auf sie hinunter und dachte sich nur, wann er das nächste Mal ihr schlummerndes Ich lostreten sollte.

Und da war ihm auch schon etwas eingefallen.

Er wollte nicht länger damit warten und es beim nächsten Mal ordentlich angehen.

Denn er musste ja schließlich einplanen, ob er sich lieber wieder davon machen oder, ob er doch bei ihr bleiben sollte.

Elias mochte es nicht über ein Thema drum herumzureden. Er gehörte zu denen, die gleich oder so schnell wie möglich auf den Punkt kommen wollten.

Für alles andere war das Leben viel zu kurz. Er hatte einfach keine Zeit zu verschwenden.

Gleich morgen würde er seinen Plan in die Wege leiten, damit er so schnell wie möglich zu einem Ergebnis gelangen konnte.

Jetzt saß er einfach nur geduldig mit seiner Freundin auf dem Sofa und sah sich die Sendung zu Ende an.

Bereits nach einer Stunde war die Spielsendung „Tür oder Frage" ohne eine Gewinnerin oder einen Gewinner zu Ende gegangen.

Angelika war schon recht müde geworden und streckte sich noch gähnend aus, bevor sie aufstand und sich auf den Weg in ihr Schlafzimmer machte.

>>*Kommst du auch mit in Bett Schatz?*<< Hatte sie Elias gefragt. Und obwohl er noch nicht müde war, sagte er >>*O ja, sicher mein Liebling. Ich komme gleich nach, geh ruhig schon mal vor.*<<

Angelika verschwand im Schlafzimmer und Elias blieb noch ein wenig nachdenklich sitzen.

Er dachte noch kurz über den morgigen Vorgang nach und wollte sicher stellen, dass er auch nichts vergessen hatte.
Nachdem er der festen Überzeugung war, dass er auch wirklich an alles gedacht hatte, begab er sich ebenfalls in Angelika's Schlafzimmer und legte sich in das kuschelige und warme Bett.
Angelika war zwar müde, aber sie hatte nicht darauf vergessen sich bei ihrem festen Freund für das hervorragende Dinner zu bedanken.
Also fing sie schon mal an sich vor ihm komplett zu entblößen, sodass eine weitere Nacht voller Leidenschaft beginnen konnte.

Am nächsten Tag hatte Angelika eine Benachrichtigung auf ihrem Smartphone erhalten, in der ihr mitgeteilt wurde, dass ihr Paket in eines der Abholfächer zugestellt worden ist, weil der Zusteller niemanden in der Wohnung vorgefunden hatte.
Sie schüttelte verärgert mit ihrem Kopf und sagte mit einem genervten Tonfall zu sich selbst, dass sie sehr wohl zu Hause anwesend war, aber der Zusteller einfach nur zu faul war oder es vielleicht viel zu eilig hatte und deswegen ihr Paket direkt in die Box zugestellt hatte, anstatt sich die Mühe zu machen und zwei Stockwerke hinauf- und wieder hinunter-zurennen.
Doch das taten sie ziemlich oft. Das war nicht das erste Mal gewesen.
Entweder musste sie ihre Pakete aus der Box holen oder sie musste zum nächsten Paketshop gehen, um ihr Paket von dort abzuholen. Da bekam sie immer die Krise und rief beim Kundenservice des jeweiligen Paketdienstes an, um sich darüber zu beklagen, wieso die Pakete irgendwo abgegeben werden ohne, dass die Zustellerinnen und Zusteller vorher bei ihr in der Wohnung gewesen waren, obwohl sie extra auf deren Ankunft wartete. Das machte sie immer total verrückt. Noch verrückter wurde sie, wenn man sich bei ihr entschuldigte und versicherte,

118

dass das in Zukunft nicht mehr vorkommen würde, passierte es dann am Ende doch wieder.

Irgendwann hatte sie es aufgegeben, weil sie einfach keine Lust mehr hatte sich mit diesen unfähigen Leuten zu streiten beziehungsweise ihnen zu erklären wie sie ihren verdammten Job zu machen hatten.

Doch diesmal hatte die bei der Post bestellt, weil sie dachte, dass es diesmal klappen würde, aber auch die Post hatte sie nun enttäuscht.

Verärgert und seufzend verließ sie die Wohnung, um zum Briefkasten hinunterzugehen und ihr Paket, dessen Inhalt ihr sehr wichtig war, abzuholen.

Sie hatte nämlich ein kleines Geschenk für ihren neuen Freund bestellt und wollte ihn damit überraschen.

Es war eine schicke Armbanduhr von Calvin Klein gewesen. Sie freute sich schon sehr darauf ihm das Geschenk zu überreichen und seine Freude in ihren Gedanken zu verewigen.

Elias war bereits in die Arbeit gefahren. Seine Schicht fing viel früher an als ihre, sodass er immer zwei bis drei Stunden vor ihr zur Arbeit ging. Doch das war nur in der Frühschicht so. Wenn er die Spätschicht hatte, ging er erst zu Mittag von zu Hause los.

Angelika hingegen hatte an diesem Tag gemeinsam mit Neslihan die Spätschicht und würde erst wieder gegen zweiundzwanzig Uhr nach Hause kommen.

So konnte sie etwas länger schlafen, sich noch ein wenig ausruhen und gut frühstücken, bevor sie sich auf den Weg zur Arbeit machte.

Als sie kurz davor war ihren Briefkasten zu öffnen, war ihr eine kleine Paketbox aufgefallen, die mit Gewalt geöffnet auf dem Boden gelegen hatte.

Bei näherer Betrachtung hatte sie erkennen können, dass es

sich dabei um ihr Paket gehandelt hatte.

Besorgt und aufgeregt nahm sie die geöffnete Paketbox in die Hand und überprüfte den Inhalt, in der Hoffnung, dass die teure Uhr sich noch drinnen befinden würde, die sie für Elias bestellt hatte.

Doch wütend und besorgt musste sie feststellen, dass sich nichts darin befinden würde.

Für Angelika war es somit sicher gewesen. Es war ein Einbruch. Irgendjemand hatte die Uhr gestohlen und das leere Paket auf den Boden geworfen.

Sie legte das aufgerissene Paket wieder so auf den Boden, wie sie es vorgefunden hatte und machte ein Foto davon.

Danach nahm sie das Paket wieder zur Hand und ging damit auf der Stelle zur nächsten Polizeiinspektion.

Dort gab sie eine Anzeige wegen Einbruchs und Diebstahls auf und zeigte dem Beamten noch das Foto, wo sie das aufgerissene Paket vorgefunden hatte.

Der Polizeiinspektion waren ähnliche Fälle in der Gegend bereits bekannt, weil in letzter Zeit öfter solche Anzeigen gemacht worden sind. Es dürfte sich wohl dabei, laut der Polizei, um einen Einzeltäter oder um eine kleine organisierte Verbrechergruppe handeln.

Der recht junger Beamter, teilte der aufgebrachten Angelika noch mit, dass sie bereits die Ermittlungen gestartet hätten und die Täter suchten. Doch anstatt sie damit zu beruhigen, machte er sie nur noch wütender, woraufhin sie meinte, dass die Polizei noch schneller arbeiten müsse. Der Beamte verstand ihre Lage und nahm ihre Aufregung nicht allzu ernst. Er bat sie darum noch schnell eine schriftliche Stellungnahme abzugeben und zu schildern was genau passiert ist, damit die Polizei auch hier den Fall so schnell wie möglich aufnehmen konnte.

Nachdem sie fertig gewesen war und die schriftliche Stellung-

nahme unterzeichnet hatte, ging sie wütend in ihre Wohnung zurück und setzte sich vor ihren Laptop hin, um eine deftige Beschwerde zu verfassen. Sie musste ihren Wut einfach los werden und ihre Frustration an die zuständige Stelle mitteilen. Die Polizei schien nicht ernsthaft dagegen vorzugehen, weswegen sie der Meinung gewesen war, dass sie sich auch bei der Post beklagen müsse.
Andernfalls würde sie sich nicht wieder so schnell beruhigen.
Sie schrieb folgendes,

„Sehr geehrte Damen und Herren,

aufgrund eines Vorfalles, der sich heute ereignet hatte, möchte ich Ihnen, anhand dieses Schreibens, mein Anliegen mitteilen. Ein von mir bestelltes Paket wurde, obwohl ich mich zur Zustellzeit in meiner Wohnung befand, in eines der gelben Abholfächer hineingelegt und der dazugehörige gelbe Schein, mit dem Strichcode zum öffnen dieses Abholfaches, in mein Briefkasten hineingelegt.
Kurz darauf dürfte es zu einem Diebstahl gekommen sein, wodurch eine fremde Person, ihre Hand durch den Schlitz meines Briefkastens hineingesteckt, den gelben Schein herausgezogen und somit das dazugehörige Abholfach geöffnet und das sich darin befindende Paket an sich genommen haben dürfte.
So meine Vermutung.
Selbstverständlich bin ich daraufhin zur Polizei gegangen und habe eine Anzeige erstattet.
Wenn das Paket also direkt bis zu meiner Wohnung gebracht und an mich persönlich abgegeben worden wäre, wäre es zu keinem Diebstahl gekommen. Stattdessen bekam ich auf meinem Smartphone die Meldung „Empfänger nicht angetroffen". Da frage ich mich nun, wie kann man den Empfänger antref-

fen, wenn man überhaupt nicht versucht hat ihn anzutreffen?
Die Krönung davon ist, dass ich später die Nachricht „Sendung von Post-Empfangsbox abgeholt" erhalten habe.
Welche Sendung wurde wann, von wem und von welcher Empfangsbox abgeholt bitte?
Nun schreibe ich Ihnen zusätzlich diesen Brief, um Ihnen folgenden Vorschlag zu machen.
Diese erwähnten Empfangsboxen sind nicht sicher, solange die Bewohnerinnen und Bewohner einen Briefkasten mit einem Schlitzfach haben, durch die jede beziehungsweise jeder hineingreifen kann, dessen Hand hinein passt und dadurch den gesamten Inhalt herauszieht.
Daher müssten entweder die Briefkästen durch sichere Nachfolger ersetzt werden oder aber man schafft die gelben Scheine ab und produziert neue Empfangsboxen, die in Zukunft nur noch mit einem Strichcode oder einem extra für den jeweiligen Kunden bestimmten QR Code zu öffnen sind. Diese Codes werden vorher als SMS und/oder als E-Mail an die Empfängerinnen und Empfänger gesendet, sodass auch wirklich nur die Empfängerinnen und Empfänger diese Empfangsboxen öffnen können und sonst kein anderer.
Dadurch könnte man Brief- bzw. Paketdiebstählen in Zukunft vorbeugen.
Denn solange man die gelben Abholscheine bekommt, die in die vor Diebstählen nicht sicheren Briefkästen eingeworfen werden, werden sich in Zukunft noch mehr Bürgerinnen und Bürger über derartige Fälle beschweren und zum Opfer werden als nur ich.
Daher ersuche ich Sie höflichst darum als Bürgerin dieses Landes und auch als Betroffene dieses unglücklichen Vorfalles, mein Vorschlag zu Herzen zu nehmen und etwas dafür zu unternehmen.

Ich bedanke mich sehr für Ihre kostbare Zeit, die Sie meinem Schreiben geopfert haben und hoffe auf eine sehr baldige Lösung von der Post AG.

Mit freundlichen Grüßen,
Angelika Reiter"

Sie hatte den Brief zwar zu Ende geschrieben, fühlte sich jedoch noch immer nicht besser. Ihre Wut galt viel mehr dem Verlust der Armbanduhr als dem Diebstahl an sich.
Denn die Uhr hatte sie extra für Elias ausgesucht und bestellt, um ihm eine Freude zu bereiten.
Jetzt war sie mit ihrer Motivation am Ende gewesen und wusste nicht wie sie sich mit so einem Kopf auf die Arbeit konzentrieren sollte.
Sie hoffte nur, dass sie ja nicht darauf vergisst ihren Gästen dennoch ein Lächeln zu schenken. Auch wenn es ihr diesmal ein wenig schwer fallen sollte. Doch die privaten Probleme hatten nun mal im Dienst nichts verloren und umgekehrt war es genauso.
Ob es ihr gefiel oder nicht, sie musste da nunmal durch und war froh darüber, dass wenigstens ihre Freundin Neslihan auch dabei sein würde.
Neslihan würde es bestimmt schaffen sie zu motivieren und sie wieder auf positive Gedanken bringen.
Immerhin hatten sie jetzt schon mal ein Gesprächsthema über das sie sprechen konnten, wenn gerade mal nichts los gewesen war.
Und Angelika hoffte, dass der Tag mindestens genauso ruhig verlaufen würde, wie der Tag zuvor.

Kurz nachdem Angelika sich auf den Weg zur Arbeit gemacht hatte, hatte Elias bereits Dienstschluss.

Auf dem Weg nach Hause war er die gesamte Zeit über mit seinen Gedanken beschäftigt.

Er ging erneut seinen Plan, Angelika's tief schlummerndes Ich aufzuwecken, Schritt für Schritt durch und überlegte sich immer und immer wieder, wie er ihn am besten umsetzen könnte.

Elias durfte sich auf keinen Fall Fehler dabei erlauben. Denn schon der kleinste Fehler, würde ihn dazu zwingen auf seinen ursprünglichen Plan zurückzugreifen.

Nämlich Angelika umzubringen und ihr Fleisch zu verspeisen. Daher musste er sich alles genauestens überlegen, sodass er es beim ersten Versuch hinkriegen würde.

Und für gewöhnlich waren die Pläne von ihm bombensicher.

Er konnte schon immer alles bis ins kleinste Detail durchplanen und auch genauso erfolgreich ausführen. Daher hatte er auch hierbei keine allzu großen Sorgen, die ihn aus der Fassung bringen konnten.

Genau wie in der Vergangenheit, war er sich auch jetzt absolut sicher, dass sein Plan funktionieren würde. Es sei denn, er hatte die ganze Zeit über unrecht bezüglich Angelika.

Doch das war vollkommen ausgeschlossen. Er musste einfach recht haben. Seine Instinkte hatten ihn noch nie im Stich gelassen, wieso also sollten sie jetzt versagen?

Nein, er war sich mehr als nur sicher.

Die wahre Angelika musste „aufgeweckt" werden.

Zuhause angekommen, ging Elias erst eimal unter die Dusche, um sich hinterher auf dem blauen Sofa ein wenig hinzulegen und auszuruhen. Denn es war ein etwas anstrengender Arbeitstag für ihn gewesen.

Sowohl in der Frischeabteilung als auch bei den Bieren gab es

wiedereinmal Aktionen, weswegen er ständig die Regale nach-
schlichten musste. Das war sehr mühsam und anstrengend gewesen. Vor allem die Kisten voller Bierflaschen, aber auch die
Trays, gefüllt mit Bierdosen, hatten ihn ordentlich erledigt.
Da wurde ihm erneut klar, dass die Österreicherinnen und Ös-
terreicher mindestens genauso viel Bier weggesoffen, wie die
Deutschen.
Kaum gab es eine Aktion, schon stürzte sich die Kundschaft
auf die Produkte wie hungrige und gierige Aasgeier. Selbst
wenn es sich nur um ein paar Cent handelte. Selbst wenn sie
das Produkt gar nicht wirklich benötigten.
Elias hatte solch ein Benehmen der Menschen schon immer
verrückt gefunden und erst recht an diesem Tag.
Immerhin war er froh darüber, dass er endlich zu Hause sein
und sich entspannen konnte.
Und sobald er sich ordentlich erholt hatte, würde er erneut seine Kochkünste anwenden, um seiner Freundin Angelika wieder
eine köstliche Mahlzeit vorbereiten zu können.
Doch die eigentliche Mahlzeit sollte am nächsten Tag zum
Verzehr bereit stehen.
Denn Elias hatte sich für Angelika etwas sehr spezielles ausgedacht auf das er sich bereits freute.
Er legte seine Kleidung in den Wäschekorb, drehte die Dusche
auf, stieg hinein und ließ das kalte Wasser über seinen Kopf bis
hinunter zu seinen Zehen laufen.
Das tat ihm jetzt gut.

KAPITEL 7

DER AUSERWÄHLTE

Noch lange vor dem Einzug von Angelika lebte der aus der Slowakei stammende Matej Slivka ein Stockwerk über ihrer Wohnung.

Er war ein 46 Jahre alter Mann, der aufgrund seiner Invalidität seit Jahren arbeitslos gewesen war.

Denn seit einem Arbeitsunfall, der sich vor sechs Jahren ereignet und sein Leben dauerhaft verändert hatte, war er nicht mehr in der Lage gewesen weder seine noch irgendeine andere Arbeit ungehindert ausüben zu können.

Matej Slivka hatte nämlich seinen linken Arm verloren und war zudem nicht mehr in der Lage gewesen sein linkes Bein uneingeschränkt zu benützen, nachdem er einen tragischen Unfall auf der Baustelle erlitten hatte, bei dem er gerade noch dem Tod entkommen war.

Als er dabei gewesen war gemeinsam mit zwei weiteren Kollegen eines der vielen Balkone eines Wohngebäudes zu gestalten, hatte er seine Balance verloren und war vom dritten Stockwerk direkt auf den harten Asphalt gestürzt. Er war auf seiner linken Seite gelandet, sodass sein schwerer Körper auf seinen linken Arm gelandet war und die Knochen völlig zerschmettert hatte. Ein Stück seines Unterarmknochens ragte sogar heraus. Er hatte die Haut durchbrochen wie eine Bohrhammer die Betonwand. Ein entsetzlicher Anblick.

Die Ärzte konnten den Arm nicht mehr retten und mussten ihn amputieren. Zumindest hatten sie es geschafft sein linkes Bein gerade noch zu retten. Seither konnte er zwar nicht mehr richtig drauf steigen und musste humpeln, aber er schaffte es immerhin ohne die Hilfe eines Rollstuhls sich fortzubewegen.

Wo er doch Anfangs froh darüber war, dass er durch den Arbeitsunfall nicht gestorben ist, kommt es dennoch hin und wieder vor, dass er sich wünscht, dass er lieber gestorben wäre als ein armloser Krüppel weiter zu leben.

Denn es kommt in seinem Alltag oft vor, dass er vieles nicht machen kann oder sich sehr schwer dabei tut.

An die seltsamen Blicke und den erzwungenen Mitleid anderer Menschen hat er sich bereits vor langer Zeit gewöhnt, sodass er sie kaum noch mehr wahrnimmt.

Matej lebt seit der Scheidung mit seiner damaligen Frau alleine und hat weder Kinder sonst noch eine Familie, die sich um ihn kümmern kann oder mit denen er ab und zu Zeit hätte verbringen können, sodass sein jämmerliches Leben ein wenig erträglicher für ihn hätte werden können.

Auch Freunde hat Matej keine. Die wenigen, die er hatte, hatten nach seinem Unfall nach und nach den Kontakt zu ihm abgebrochen. Niemand von ihnen wollte länger den Diener für ein Krüppel spielen, nachdem das Pflegepersonal, das ihn eine Zeit lang betreut und nach ihm gesehen hatte, mit ihren Diensten fertig gewesen waren. Dabei hatte Matej sie nicht um Hilfe gebeten. Sie hatten ihm ihre Hilfe angeboten. Möglicherweise hatten sie gehofft, dass Matej sie weiterhin nicht um Hilfe bitten würde. Doch, nachdem Matej einige von ihnen um kleine Unterstützungen wie zum Beispiel den Einkauf zu erledigen oder ihm beim Kochen zu helfen gebeten hatte, war es wohl zu viel für sie gewesen sich um ihren Freund in seiner schweren Zeit zu kümmern und ihm zur Seite zu stehen.

Doch Matej konnte auf jeden von ihnen verzichten. Und er hatte das auch getan. Er hatte weder ihre Hilfe noch ihre Besuche beziehungsweise Gesellschaft nötig gehabt. So hatte er erkannt, wer von ihnen tatsächlich seine Freunde gewesen waren. Nämlich keiner.

Matej hatte nach einiger Zeit gelernt selbst für sich zu sorgen. Schon bald darauf hatte er gelernt mit seinem neuen Körper umzugehen. Bis auf ein paar Kleinigkeiten kam er damit ganz gut zurecht.

Der Kontakt zu anderen Frauen fehlte ihm am meisten. Vor allem vermisste er den Sex. Er hatte zwar einige Male versucht eine feste Freundin zu finden, aber auch hier hatte er, aufgrund seines Gesundheitszustands, kein Glück. Er bekam eine Absage nach der anderen, sobald die weiblichen Kontakte von seinem Zustand erfahren hatten.

Daher war Matej auf Sex für Geld angewiesen, sodass er ein- bis zweimal im Monat eine Prostituierte zu sich in die Wohnung bestellt, die ihn sexuell befriedigt. Er schämt sich zwar dafür, weil auch die Prostituierten nicht mit einem Krüppel wie ihm Sex haben würden und es nur deswegen tun, weil sie eben dafür bezahlt werden, aber er hat die weibliche Gesellschaft einfach nötig. Selbst wenn es eine gekaufte Gesellschaft ist. Ob ein armloser Krüppel oder nicht. Matej ist auch nur ein Mensch mit gewissen Bedürfnissen und dem Wunsch nach ein wenig Gesellschaft, Liebe und Zuneigung. Er war nie ein Mensch gewesen, der alleine leben wollte, aber das Schicksal forderte es nunmal. Dagegen konnte er zu seinem großen Bedauern nichts machen. Sonst gibt er sich, ob es ihm gefällt oder nicht, mit Selbstbefriedigung zufrieden.

Matej verflucht den Tag, an dem er angefangen hatte bei dem damaligen Bauunternehmen zu arbeiten. Er verflucht den Tag, an dem er vom dritten Stockwerk gestürzt ist. Er verflucht sich selbst, weil er zu einem nutzlosem Krüppel geworden ist mit dem niemand zu tun haben möchte. Matej verflucht sein Leben, weil es nicht so verlaufen ist, wie er sich das immer gewünscht hatte.

Doch, obwohl er alles und jeden verflucht, wünscht er sich

dennoch insgeheim das Leben zu genießen so gut wie er nur kann. Trotz allem wünscht er sich tief im Inneren so lange wie möglich zu leben.

Denn auch ein Krüppel mit nur einem Arm wie er, verdient es sich an dieser Welt zu erfreuen und das Leben darin in vollen Zügen zu genießen.

Matej mag durch den tragischen Unfall vielleicht sein Arm und auch die Fähigkeit normal zu gehen verloren haben, aber die Lust am Leben, auch wenn es manchmal so erscheint, hat er nicht verloren. Er hat nicht vor diese Lust auch noch zu verlieren. Deswegen klammert sich Matej ganz fest daran und wird sie ganz bestimmt nicht freiwillig loslassen.

Sein einsames und monotones Leben verbringt Matej oft in seinen vier Wänden.

Es ist sehr mühsam für ihn sich nach draußen zu begeben und einen Spaziergang zu machen.

Daher geht Matej nur dann hinaus, wenn es auch wirklich sein muss.

Einkaufen, Arztbesuche, zur Bank, zur Post oder zur Trafik gehen, aber auch hin und wieder einfach nur etwas frische Luft schnappen, weil es ihm oft ziemlich eng wird in seiner kleinen und bescheidenen Wohnung.

Doch wenn er sich gerade darin wohlfühlt, beschäftigt er sich gerne mit einem Puzzle, weil so die Zeit schnell vergeht und er in Gedanken ganz woanders sein kann. Manche davon kann er im Schlaf zusammenlegen, weil er sie schon oft gelöst hat.

Viele von ihnen kennt er bereits auswendig. Die sind ihm schon langweilig, sodass er sie gar nicht mehr anfasst. Doch Matej hat einen ganzen Stapel davon bei sich zu Hause herumliegen, weil er bei Gelegenheit immer neue dazu kauft.

Er würde sich auch gerne mit dem Bau von Modellautos beschäftigen, aber mit nur einem Arm kann diese Tätigkeit eine richtige Herausforderung werden. Daher bevorzugt er es viel lieber zu puzzeln.

Sonst liest er gerne mal ein Buch oder vertreibt sich die Zeit vor dem Fernsehapparat. Er surft gerne auch im Internet herum und besucht oft Streaming Seiten, um sich Filme anzusehen. Macht Onlinebestellungen und sieht sich auch gerne mal das eine oder andere Pornovideo an.

In Social Media ist Matej nicht vertreten. Er hält nichts davon. Schon gar nicht in seinem aktuellen Zustand. Er ist der Meinung, dass sowieso niemand mit ihm etwas zu tun haben möchte, wieso also soll er anderen, vor allem Fremden, gegenüber so aufdringlich werden? Matej hat weder im realen Leben noch in den Sozialen Medien Freunde nötig. Er kann gerne auf deren Likes verzichten.

Er kommt prima mit seinem elendigen Leben zurecht und hat sein Schicksal akzeptiert.

Denn auch er hatte festgestellt, dass er nichts davon hat, wenn er sich ständig darüber beschwert und Trübsal bläst.

Selbstmitleid ist ein Gift, das einen Menschen von Innen nach Außen langsam und Schmerz leidend auffrisst.

Nur so kann er sich von dunklen Gedanken wie Selbstmord zu begehen oder Amok zu laufen abwenden. Oder als ein Geistesgestörter zu enden.

Er hatte zwei Optionen. Er lässt sich von seinem Schicksal erdrücken bis Mus aus ihm wird oder er kämpft weiter und verarbeitet das Schicksal zu Mus. Letzteres erschien ihm viel plausibler.

Seither lebt der humpelnde Mann mit nur einem Arm alleine vor sich hin und versucht das beste aus seinem Leben zu machen. Viel kann er zwar nicht tun, aber er ist froh darüber, dass er zumindest die kleinen Dinge überwältigen und auch genießen kann.

Denn das Leben ist kostbar. Selbst für einen einarmigen Krüppel mit dem niemand etwas zu tun haben möchte.

Und erneut hatte er ein weiteres Puzzle zu Ende gebracht und bewunderte das Bild, das sich daraus ergeben hatte.

Ein Wrack eines weiß-gelben Segelboots auf dem offenen Meer, das unter der strahlenden Sonne vor sich hin ruht. Scheinbar wurde es verlassen und vergessen.

Dieses Puzzle mochte Matej ganz besonders, weil ihn das zerschlagene und verlassene Segelboot an ihn selbst erinnerte.

Normalerweise zerstörte er seine Puzzles wieder, nachdem er sie immer und immer wieder zusammengesetzt hatte. Doch dieses hier wollte er nicht wieder kaputt machen. Er wollte es aufheben und einrahmen, damit er es auf seine Wohnzimmerwand hängen konnte.

Da er jedoch keinen passenden Bilderrahmen dafür hatte, ließ er das fertige Puzzle auf dem Tisch, neben dem bis zur Hälfte gelösten Kreuzworträtsel, liegen bis er gleich am nächsten Tag vorhatte ein Bilderrahmen dafür zu kaufen.

Jetzt wollte er sich erst einmal ein Filterkaffee aufsetzen und sich gemütlich auf dem Sofa entspannen.

Es war noch ein recht früher Nachmittag, sodass es Zeit für eine erholsame Entspannung wurde.

Nachdem Matej den gemahlenen Kaffee in das Filter geschüttet und die Kaffeemaschine eingeschaltet hatte, holte er sich vom Küchenschrank noch etwas Gebäck dazu.

Er hatte die Wahl zwischen einer Erdbeerroulade, einem Marmorgugelhupf oder einem schokoladigen Herrenkuchen.

Nach kurzer Überlegung nahm er dann schließlich jeweils ein Stück von jedem Kuchen. Denn sie sahen alle so köstlich aus und Matej konnte sich nicht nur für eine von ihnen entscheiden. Er musste sie alle nehmen.

Weil er nur einen Arm hatte, musste er zweimal hin und her humpeln, um sich zuerst den Teller mit den Kuchenstücken und danach die Tasse, vollgefüllt mit dampfendem Kaffee und einem Schuss Milch, in das Wohnzimmer zu bringen.

Beim Hinsetzen musste er sich immer mit seinem rechten Arm an der Sofalehne stützen. Beim Aufstehen ebenso.

Doch das konnte er mittlerweile ganz gut meistern. Mühsam war es nach wie vor auf's Klo zu gehen. Auch das schaffte er zwar, jedoch benötigte er sowohl zum Hinsetzen als auch zum Aufstehen etwas mehr Zeit.

Aber er war dennoch froh darüber, dass er es immer schaffte sich nicht in die Hose zu machen.

Kaffee und Kuchen standen nun bereit. Es fehlte noch eine unterhaltsame TV Sendung und schon konnte es mit dem Entspannung und dem Genuss losgehen.

Er schaltete mit der Fernbedienung den Fernsehapparat ein und suchte nach dem Comedy Sender, den er sonst immer anschaut. Dort spielte es immer unterhaltsame und witzige Serien, die er gerne anschaute. Und im Moment spielte eines seiner Lieblingssitcoms namens „Modern Family".

Jetzt würde es ein hervorragender Nachmittag werden.

Seit seinem Einzug war Elias der komisch humpelnde Mann mit nur einem Arm aufgefallen.

Seitdem hatte Elias den etwas älteren Herrn im Visier und beobachtete ihn eine Weile.

Nachdem er festgestellt hatte und auch überzeugt davon war, dass der Nachbar, der direkt über ihm und Angelika wohnt, keinerlei Besuche empfängt, war ihm klar gewesen, dass er nur ein alleinlebender und einsamer Krüppel gewesen war.

Diese Art von Menschen hatte Elias am liebsten. Denn diese

133

Art von Menschen würde man weder vermissen noch nach ihnen suchen.

Deswegen hatte Elias schon länger den Gedanken den Nachbarn auf seinem Speiseteller, garniert mit Kräutern, vor sich stehen zu sehen.

Doch nachdem er rein zufällig auf das innere Ich von Angelika aufmerksam geworden war, hatte er sich etwas Neues überlegt.

Fortan hatte er den Nachbarn, Matej Slivka, für etwas ganz besonders auserwählt und sich ein Plan geschmiedet.

Und dieser Plan musste, genau wie seine sonstigen Pläne auch, von A bis Z ganz gut durchdacht sein. Andernfalls musste er sich einen größeren Tiefkühlschrank zulegen.

Nachdem er sich ein Paar Handschuhe eingesteckt hatte, machte sich Elias auf den Weg zu seinem Nachbarn Matej Slivko.

Matej, der in diesem Moment nicht im Entferntesten daran denken würde, was in den nächsten Minuten ihm zustoßen würde, genoss weiterhin den Kaffee zu seinem Kuchen-Trio.

Selbstbewusst und zielsicher wie immer, stieg Elias die Stufen hinauf und blieb direkt vor Matej's Wohnungstür stehen.

Er warf einen kurzen Blick auf die Uhr seines Smartphones und stellte fest, dass er recht gut in der Zeit lag.

Matej war sehr überrascht über den unerwarteten Besuch und dachte sich, noch während er ein Schluck von seinem Kaffee machte, wer wohl an seiner Tür geklingelt hatte.

Er stellte seine Tasse ab und bemühte sich so schnell wie möglich aufzustehen. Währenddessen klingelte es ein weiteres Mal, woraufhin Matej >>*Ist ja gut, bin schon unterwegs!*<< gerufen hatte.

Hinter der Tür wartete Elias ganz ruhig darauf bis der alte Krüppel die Tür öffnete. Er hatte sich schon gedacht, dass es eine Weile dauern würde bis die Tür aufgeht, aber mit zwei

Minuten hätte er nicht gerechnet.

Schließlich ging die Tür von Innen doch noch auf und der ältere Mann mit nur einem Arm blickte ihn mit teils genervten und teils neugierigen Blicken an.

>>*Bist du nicht dieser neue Junge, der vor Kurzem direkt unter mir, zu der jungen Dame, eingezogen ist?*<<

Erinnerte sich Matej und wollte sich vergewissern.

Elias lächelte ihn freundlich an und sagte >>*Ganz recht, der bin ich.*<<

>>*Und, willst du von mir?*<< Wollte Matej wissen und machte dabei humpelnd einen kleinen Schritt weiter nach vorne, blieb jedoch weiterhin zwischen dem Türspalt stehen.

Elias wusste ganz genau was er von ihm wollte, behielt die Wahrheit jedoch noch ein kleines Bisschen für sich und antwortete mit >>*Ja, tut mir sehr Leid Sie deswegen stören zu müssen, aber zu uns in die Wohnung kommt von hier oben Wasser in die Wände. Die betroffene Wand löst sich schon teilweise auf. Daher würde ich gerne bei Ihnen im Badezimmer nachsehen, ob es von da kommen könnte.*<<

Matej war verwundert und war sich sicher, dass es nicht an seinem Badezimmer beziehungsweise an seinen Wasserleitungen liegen könnte, aber dennoch wurde er etwas stutzig und gewährte dem jungen Mann den Eintritt in seine Wohnung.

>>*Ich bezweifle zwar stark, dass es an meiner Wohnung liegen könnte, aber klar, komm herein und wir beide sehen mal genauer nach.*<<

Elias lächelte noch etwas mehr und war insgeheim froh darüber, dass der erste Schritt seines bösartigen Plans gelungen war.

>>*Vielen Dank!*<< Sagte er und betrat schließlich die Wohnung.

Matej Slivka ging ihm voran und führte ihn direkt in das Badezimmer, in der angeblich ein Wasserproblem gewesen war. Im Nachhinein hätte er sich möglicherweise gewünscht keinen Fremden einfach so in die Wohnung zu lassen, aber dafür war es jetzt wohl ein wenig zu spät.

Elias folgte ihm langsam dicht hinterher und stellte fest, während er seine Handschuhe anzog, dass der alte Mann von hinten gesehen einen sehr komischen Gang hatte, der ihm sonst nicht aufgefallen war.

Mit einer Krücke würde er sich das Gehen viel leichter und angenehmer machen, aber der sture alte Mann war der Meinung gewesen, dass er auch so ganz gut klar kommen würde.

>>*So, da wären wir.*<< Sagte Matej nach einer gefühlten Ewigkeit als sie vor dem Badezimmer standen.

>>*Bitte, sieh doch selber mal nach! Ich kann mich so tief nicht bücken.*<< Bat Matej seinen neuen Nachbarn, der etwas völlig anderes im Sinn hatte.

Als Matej sich gerade zu Elias wenden wollte, packte ihn Elias gewaltsam am Hals und nahm ihn in den Schwitzkasten.

Matej war erschrocken über den plötzlichen und hinterhältigen Angriff gewesen und schaltete sofort in den Verteidigungsmodus über. Doch ganz egal wie sehr er auch sich mit nur einem gesunden Arm dagegen wehrte, ganz egal wie sehr er auch zappelte, Matej war einfach viel zu schwach gewesen und musste mit aufgerissenen Augen feststellen, dass er nicht in der Lage gewesen war seinem Angreifer widerstand zu leisten.

Elias drückte solange den Kopf von Matej zwischen seinem Unterarm und Brustkorb fest zu bis Matej ohnmächtig wurde und sich nicht mehr wehren konnte.

Auch der zweite Teil seines Plans hatte somit ganz gut geklappt.

Elias ließ den bewusstlosen Mann am Boden liegen und ging in das Wohnzimmer.

Denn als sie noch auf dem Weg in das Badezimmer gewesen waren, hatte Elias einen kurzen Blick in das Wohnzimmer von Matej werfen können. Dadurch waren ihm die Tasse und der Teller mit Kuchenstücken aufgefallen. Damit sein Plan auch wirklich sauber funktionieren konnte, musste Elias diese Utensilien entfernen.

Denn es musste so aussehen, als ob Matej seine Wohnung verlassen und nicht mehr zurückgekommen ist. Wenn er das Geschirr jedoch einfach liegen lassen würde, würde man bei den Ermittlungen, die ganz bestimmt einige Tage später stattfinden würden, feststellen, dass eine kriminelle Tat die Ursache für das plötzliche Verschwinden von Matej Slivka gewesen war. Doch wenn alles sauber und aufgeräumt zurückgelassen wurde, würde man einen solchen Verdacht, zumindest nicht zu Beginn, schöpfen. Man würde davon ausgehen, dass Matej Slivka vielleicht in den Urlaub gefahren ist oder für ein paar Tage einen guten Freund oder einen Verwandten besuchen würde. Durch diese Theorien würde Elias für eine Weile, im besten Fall für immer, seine Ruhe haben.

Er schaltete den Fernsehapparat aus und räumte in aller Ruhe das Geschirr weg. Er schüttete den Rest des Kaffee's in die Spüle und ließ etwas Wasser drauf laufen. Die restlichen Kuchenstücke warf er in den Mülleimer, der sich direkt unterhalb des Waschbeckens befand. Anschließend stellte er die leere Tasse und den Teller in den Geschirrspüler hinein und ließ es einfach so stehen.

Er warf noch einen letzten und genauen Blick in die gesamte Wohnung hinein, um sicherzustellen, dass auch wirklich alles in Ordnung gewesen war.

Nachdem alles, seiner Meinung nach, ein grünes Licht erhalten hatte, kümmerte er sich wieder um den bewusstlosen Matej Slivka.

Er packte ihn an seinen beiden Füßen und zerrte den bewusstlosen und schweren Körper bis zu der Wohnungstür hinter sich her, wo er die Wohnungsschlüssel an sich nahm, die auf einer Schlüsselleiste direkt neben der Tür hangen.

Elias öffnete die Tür und streckte sein Kopf hinaus in das Stiegenhaus, um sicher zu gehen, dass sich auch niemand draußen aufhalten würde.

Nachdem die Luft rein war, packte er Matej Slivka erneut an den Füßen und zog ihn aus der Wohnung heraus.

Er machte die Tür zu und sperrte sie mit der dazugehörigen Wohnungsschlüssel ab, die er kurz zuvor an sich genommen hatte und steckte die Schlüssel in seine Hosentasche.

Er würde sie später irgendwo weit entfernt von der Wohnung entsorgen. Denn so würden die Ermittler nicht von einem Einbruch oder einer Entführung ausgehen, sondern sich denken, dass Matej Slivka tatsächlich vielleicht irgendwo auf Urlaub war, weil er sonst die Tür nicht hinter sich abschließen würde. Auch dieser Schritt seines Plans hatte also gut funktioniert.

Elias versuchte mit viel Mühe und Kraft den bewusstlosen Matej Slivka in seine Arme zu nehmen und hinunter in seine Wohnung zu schleppen.

Mit schweren und langsamen Schritten, hatte er es doch noch geschafft unbemerkt und ohne sonst irgendwie aufzufallen die gemeinsame Wohnung von ihm und Angelika zu erreichen.

Jetzt musste er seinen Auserwählten nur noch in die Wohnung bringen und sich um den Rest seines Plans kümmern.

KAPITEL 8

KÄMPFE NICHT DAGEGEN AN!

Noch während der Arbeit war Angelika etwas aufgebracht hinsichtlich der gestohlenen Uhr. Auch Neslihan, die darüber informiert worden war, fand das sehr ärgerlich und hoffte, dass die Polizei den Täter so schnell wie möglich ausfindig machen würde noch bevor die Uhr auf irgendwelchen Internetverkaufsbörsen zum Verkauf angeboten werden würde.

Doch ihre Aufregung hatte sich wieder gelegt, nachdem sie endlich kurz nach zweiundzwanzig Uhr zu Hause angekommen war. Denn ihr geliebter Freund, wartete bereits mit einem kleinen Geschenk auf sie.

Wie ein kleines Kind hatte sie sich auf das Geschenk gefreut und hatte mit so einer netten Geste von Elias nicht gerechnet. Sie umarmte ihn ganz fest, drückte ihm einen dicken Kuss auf seine Lippen, nahm das Geschenk mit einer großen Freunde entgegen und sagte zu ihm >>*Dabei hatte ich vor dich heute mit einem Geschenk zu überraschen und jetzt hast du mich überrascht. Das ist ja echt verrückt.*<< Elias sagte nichts darauf und lächelte einfach glücklich weiter.

Angelika riss das Geschenkpapier herunter und hielt ein dünnes und langes Holzkästchen in ihren Händen.

Neugierig was sich wohl darin befinden würde, öffnete sie auch dieses und stellte fest, dass sie etwas geschenkt bekommen hatte mit das sie gar nicht gerechnet hatte.

Es war ein hochglänzendes, sauberes und scharfes Küchenmesser gewesen. Das Messer mit dem Elias sein erstes Menschenopfer getötet hatte. Natürlich wusste Angelika nichts davon. Und nun sollte sie damit ihr erstes Menschenopfer hinrichten. Mit verwirrten Blicken und einem halben Lächeln sah sie zu

Elias hinüber und sagte >>*Wow, das ... das ist ja ein wirklich schönes Messer. Danke dir Elias!*<<

Insgeheim dachte sie sich, welch ein schräges Geschenk es von ihm gewesen war, aber sie behielt ihren Gedanken für sich. Was sollte sie denn schon mit einem Küchenmesser anfangen? Wie kam er nur auf diese Idee? Will er damit etwa ausdrücken welch ein großartiger Küchenchef er ist? Angelika war wirklich sehr überrascht von solch einem eigenartigen Geschenk gewesen.

Nachdem Elias Matej Slivka in seine Wohnung gebracht hatte, hatte er sein Küchenmesser geholt und es für Angelika schön verpackt. Er wollte, dass sie bei ihrem ersten Mal unbedingt dieses Küchenmesser verwendet.

Mit einem erneuten Lächeln legte Angelika ihr Geschenk beiseite und wollte wissen, ob Elias auch heute etwas zauberhaftes gekocht hatte.

>>*Und Schatz? ... Was hast du für uns zwei heute so leckeres gekocht?*<<

Elias starrte sie für einige Sekunden, die Angelika immer unheimlicher erschienen, an und antwortete ihr schließlich

>>*Ähm, also ... eigentlich nicht ... Denn, ich dachte, dass wir heute vielleicht gemeinsam kochen sollten.*<<

Auch darüber war Angelika sehr überrascht gewesen und sagte >>*Echt? ... Du willst jetzt noch um diese Uhrzeit kochen?*<<

>>*Ja, wieso nicht? ... Ein kleiner gemeinsamer Snack geht sich noch aus.*<< Antwortete Elias lächelnd.

Angelika überlegte ein wenig >>*Hmmm, ich weiß nicht...*<<

Und willigte schließlich ein >>*Na gut. Dann lass und lieber gleich anfangen, denn ich habe echt einen großen Hunger.*<<

Sie lachte anschließend und drückte dabei ihre Hand gegen ihren Bauch.

>>*Also gut...*<< Sagte Elias. >>*Lass uns in die Küche gehen.*<<

Er nahm sie an der Hand und führte sie in die Küche.

Sie traten beide in die dunkle Küche hinein und standen für eine viertel Sekunde darin stehen.

Jetzt sollte es gleich so richtig ernst werden. Jetzt sollte Angelika mit der eigentlichen Wahrheit über Elias konfrontiert werden. Jetzt war der Moment gekommen, in der Elias entscheiden musste, ob Angelika, zerteilt in ihre Einzelteile, in seinem Tiefkühlschrank ihren Platz einnehmen oder, ob sie sich weiter mit ihm an den Tisch setzen würde.

Er führte seine freie Hand langsam zum Lichtschalter, während er mit der anderen immer noch Angelika's Hand hielt.

Ein kurzes Klicken des Lichtschalters und schon erhellten die zwei 40 Watt Glühbirnen die Küche.

Bei dem sich ihr bietenden Anblick musste Angelika reflexartig vor Schreck einen großen Sprung nach hinten machen während sie ihre Hände vor ihren Mund gehalten und ihre beiden Augen ganz weit aufgerissen hatte.

Was war hier nur los? Was hatte Elias hier bloß veranstaltet? Was sollte das alles?

Sie war erschüttert und beängstigt zugleich.

Denn direkt vor ihr saß ihr Nachbar Matej Slivka vollkommen nackt an einem Stuhl gefesselt. Sein Mund war rund um den Kopf mit einem Paketband zugeklebt. Sie konnte die Angst in seinen aufgerissenen Augen deutlich erkennen. Er zappelte am Stuhl und versuchte sich zu befreien, aber die Knoten waren viel zu fest. Hinter dem Klebeband erreichten sehr dumpfe Laute, die wie ein Winseln klangen, ihre Ohren.

Und zudem war der Küchenboden mit Plastikfolie zugedeckt gewesen. Angelika dachte sich nur was das alles zu bedeuten hätte, aber vor lauter Angst bekam sie kein Ton aus sich heraus.

Doch nach knapp einer Minute hatte sie sich wieder eingekriegt und sagte mit einer zittrigen, aber sehr aufgebrachten Stimme >>*Elias! ... Was soll das? Wieso sieht unsere Küche so aus und wieso zum Teufel sitzt unser Nachbar Herr Slivka hier drinnen, vollkommen nackt und gefesselt? Was geht hier vor sich?*<<

Elias blieb die ganze Zeit über sehr ruhig und versuchte auch Angelika zu beruhigen. Er wollte seine Hand auf ihre Schulter legen, aber sie wich zurück und hob ihr beiden Hände mit den Handflächen zu ihm, um ihm damit klar zu machen, dass sie nicht von ihm angefasst werden möchte.

Sie eilte zu dem hilflosen armen Mann hinüber und versuchte ihn von seinen Fesseln zu befreien. Leider vergebens. Denn Elias hatte die Knoten ordentlich fest zugezogen, sodass es unmöglich gewesen war sie einfach so wieder lösen zu können. Angelika wollte nicht aufgeben und versuchte es mit all ihren Kräften weiter.

Ihr Gesicht lief dabei ganz rot an und sie atmete laut, vielmehr weil sie nervös und aufgebracht war als vor Anstrengung. Sie biss ihre Zähne fest zusammen und kam dabei auch leicht ins Schwitzen.

Doch nach einigen Minuten gab sie schließlich ganz erschöpft auf und starrte Elias mit wütenden Augen an, der wiederum immer noch ganz ruhig und gelassen da stand.

>>*Vielleicht solltest du ein Messer nehmen.*<< Gab er ihr den Tipp. -*Na klar, ein Messer. Ich Idiotin.*- Dachte sie sich und ärgerte sich darüber, dass sie nicht selbst drauf gekommen war. Vor lauter Nervosität und Aufregung war sie nicht in der Lage gewesen anständig nachzudenken.

Sie lief sofort zu der Schublade in der sich sämtliche große Messer befanden und öffnete sie. Doch panisch musste sie feststellen, dass sämtliche Messer verschwunden war. Kein einziges war mehr drinnen gewesen.

Elias hatte auch an das gedacht und alle Messer rechtzeitig vorher versteckt.

Angelika wurde noch panischer und zitterte am ganzen Körper. Sie wusste nicht was sie als nächstes tun sollte.

>>*Bitte Elias! Jetzt befrei diesen Mann endlich, bitte!*<< Flehte sie ihn an.

Doch Elias verharrte weiterhin tatenlos an seinem Platz und dachte nicht im Entferntesten daran Matej Slivka zu befreien.

>>*Elias! ... Wenn du ihn jetzt nicht auf der Stelle befreist, dann werde ich die Polizei rufen, hörst du? Das ist ganz und gar nicht lustig. Bitte befreie ihn jetzt endlich!*<< Drohte sie ihm bereits und meinte es auch vollkommen ernst.

Elias starrte ganz tief in ihre Augen und sagte >>*Ein Messer habe ich dir übrig gelassen.*<<

Angelika dachte sich, was das jetzt nun wieder bedeuten sollte und versuchte zu einem klaren Verstand zu kommen. Und schon nach einigen Sekunden wusste sie was er damit gemeint hatte. Ohne etwas zu sagen, rannte sie vorbei an ihm aus der Küche direkt in das Wohnzimmer und holte sich das Küchenmesser, das Elias ihr kurz zuvor geschenkt hatte. Sie lief damit zurück in die Küche und war darauf fokussiert gewesen, den hilflosen armen Mann endlich aus seiner Gefangenschaft zu befreien und diesem Grauen ein Ende zu setzen.

Der einarmige Krüppel war froh darüber, dass er endlich gerettet werden würde und konnte es kaum erwarten befreit zu werden und wieder nach Hause zu gehen. Hinter dem festen Klebeband betete er zu Gott und dankte immer und immer wieder Angelika, die davon jedoch nichts mitbekam. Für sie hörte sich das alles nach wie vor wie ein großes Gejammer an.

Sie stellte sich hinter Matej Slivka und setzte das Messer gerade an eines der dicken Seile um es abzuschneiden, doch Elias hinderte sie daran >>*WARTE!*<<

Sie hörte auf der Stelle auf und wandte ihre Blicke zu ihm.
>>Bevor du das tust, möchte ich dir noch einiges verraten.<<
Angelika war verwirrter als zuvor und hörte ihm neugierig und
aufmerksam zu während ihr Herz pochte.

Matej Slivka versuchte ihr zu sagen, dass sie nicht auf ihn hören und stattdessen mit seiner Befreiung weitermachen solle,
aber es war wiedereinmal vergebens.

>>Komm bitte mit!<< Bat Elias sie darum und streckte seine
Hand nach ihr aus.

Angelika zögerte für eine kurze Weile und ihre Blicke wech-
selten ein paarmal zwischen seiner Hand und und seinen Augen. Sie wusste nicht, ob sie ihm vertrauen sollte oder nicht.
Ihr kamen Gedanken in den Sinn wie -*Was wenn er auch mir
etwas antun möchte?*- Doch der folgende Satz aus seinem
Mund konnte sie ein wenig beruhigen *>>Bitte Angelika! Komm
mit mir und ich werde dich über alles aufklären. Du musst keine Angst haben.<<* Mit dieser Art von Reaktion hatte er bereits
gerechnet. Er wusste, dass es ein wenig schwer sein und, dass
er etwas Zeit brauchen würde, um Angelika über die Wahrheit
aufzuklären. Es war alles vollkommen natürlich. Ihre gesamte
Reaktion auf eine solche sehr ungewöhnliche Situation war
vollkommen in Ordnung gewesen. Doch er würde sie schon
zurecht leiten können. Darüber war er sich ganz sicher.

Angelika entspannte sich ein wenig und machte langsame Schritte in seine Richtung. Doch ihr Körper zitterte noch ganz
leicht und sie war nach wie vor misstrauisch ihm gegenüber.
Doch irgendetwas in ihr, sagte ihr, dass sie ihm folgen sollte.
Sie hatte die Hoffnung, dass es für all das hier eine ganz gute
und logische Erklärung geben musste. Sie hatte die Hoffnung,
dass ihr geliebter Freund kein perverser Psychopath gewesen
war, der einfach so Menschen entführt.

Es musste für all das hier, für all sein schreckliches Handeln eine Erklärung geben. Und diese Erklärung schien sie schon bald zu erhalten. Sie musste einfach nur nach seiner Hand greifen und sich von ihm führen lassen. Nur so schien es, dass all das hier ehest möglichst ein Ende finden würde.

Sie streckte ihre Hand langsam zu seiner. Noch ein kurzer Blick in seine selbstsicheren Augen und schon hielt sie ihn an der Hand. Elias konnte die Vibration in seiner Hand, die durch das Zittern ihrer Hand entstand deutlich spüren.

Er blickte ihr tief in die Augen und schenkte ihr ein warmes Lächeln, das ihr vermitteln sollte, dass alles gut werden würde und, dass sie keine Angst zu haben braucht.

Er führte sie in eines der Zimmer, in der er sein Tiefkühlschrank aufbewahrte.

Angelika hatte keine Ahnung, was er vor hatte. Sie wollte nur, dass all das hier so schnell wie möglich endet.

Weiterhin schweigend und ihre Hand haltend nahm er sie mit bis zu der Tiefkühltruhe. Sie blieben davor stehen.

>>*Weißt du noch, wie ich dich darum gebeten hatte, dich von meiner Tiefkühltruhe fernzuhalten?*<< Erinnerte er sie mit einer ruhigen Stimme.

Angelika nickte mit dem Kopf und sagte >>*Ja, ja, d...das tue ich.*<< Der Klang ihrer Stimme war immer noch von der Angst beeinflusst, sodass sie ein wenig stotterte.

>>*Und ich möchte dir auch danken, dass du dich daran gehalten hast.*<< Sagte er erneut mit einer ruhigen Stimme.

>>*Nun ist die Zeit gekommen, dir den Grund dafür zu zeigen und dich über alles aufzuklären.*<< Sagte er weiter und während er immer ruhiger wurde, wurde sie immer nervöser.

-*Oh Gott! Was kommt denn jetzt noch alles?*<< Fragte sie sich in ihren Gedanken.

Elias hielt sie weiter an ihrer Hand während er mit der anderen die Tiefkühltruhe öffnete und Angelika ein Blick in das pure

Grauen gewährte.

Als Angelika den Inhalt gesehen hatte, wurde ihr so sehr übel, dass sie sich ein wenig übergeben musste. Es war ein entsetzlicher und grauenhafter Anblick gewesen. Wie konnte das nur sein? Was hatte das alles zu bedeuten? Wer war bloß dieser Kerl nur? Wieso bewahrte er menschliche Körperteile in seiner Tiefkühltruhe auf? Viele Fragen, die in diesem Moment völlig zerschmetterten Gedanken beschäftigten.

Fragen, für die sie schon in Kürze alle Antworten erhalten sollte.

Verflucht! Und dabei hatte sie sich den Abend völlig anders vorgestellt.

>>*Ganz ruhig Angelika! Es ist alles gut. Versuche zu atmen!*<< Versuchte Elias sie zu beruhigen.

Angelika war etwas weinerlich geworden und spuckte noch den letzten Rest ihrer Magenflüssigkeit auf den Boden.

Sie versuchte sich von ihm zu befreien, aber Elias hielt sie fest an der Hand. >>*Bitte! Lass mich los!*<< Flehte sie ihn an. Doch anstatt ihr diesen Wunsch zu gewähren, zog er sie näher an sich heran und sprach mit einer sanften und beruhigenden Stimme zu ihr, während sie mit all ihrer Kraft versuchte sich von seinen Fängen zu befreien >>*Bitte Angelika! Bitte beruhige dich und hör mir erst einmal zu! Ich bitte dich!*<<

Die Tränen flossen ihr die Wangen hinunter. >>*Was soll das alles Elias? Wieso hast du Leichenteile da drinnen? Deswegen wolltest du nicht, dass ich mich deiner Truhe nähere. Wer oder was bist du eigentlich? Willst du mich etwa auch umbringen und in deine verfluchte Tiefkühltruhe stecken? Du bist ein verdammter Mörder Elias! Ein Mörder! Ein Mörder!*<< Elias sagte nichts darauf und ließ sie einfach zu Ende zappeln. Sie hatte eingesehen, dass sie ihm nicht überlegen war und musste sich geschlagen geben. Irgendwie war sie auch schon müde gewor-

den. Also blieb ihr nichts anderes übrig als ihm weiterhin zu-
zuhören.

>>*Hör zu Angelika! ... Ich bin aus Deutschland nach Wien
umgezogen, weil ich dort schon über viele Jahre Menschen
umgebracht habe.*<< Über dieses Geständnis von ihm war sie
sehr schockiert und erschüttert.

>>*Jedoch bringe ich sie nicht um, weil ich etwa ein eiskalter
Mörder bin und es mir Spaß macht. Nein. Ich ernähre mich
vom Menschenfleisch.*<< Sie konnte nicht glauben was sie da
hörte. Ihr Entsetzen wurde größer.

>>*Ganz recht Angelika. ... Ich bin ein Kannibale.*<< Und er-
neut wurde ihr Kotzübel, doch dieses Mal kam nichts weiter
aus ihr heraus als ein wenig bittere Gallenflüssigkeit.

>>*Deswegen habe ich hier in der Tiefkühltruhe die zerstückel-
ten menschlichen Körperteile.*<<

>>*Das ist doch krank.*<< Brachte sie gerade noch so heraus.
Und dann leuchtete es bei ihr ein.

>>*Warte mal kurz! ... Du hast uns immer Fleischgerichte zu-
bereitet. ... Waren das alles etwa Menschen, die du uns vorge-
setzt hast?*<<
Er sagte nichts darauf, aber antwortete mit seinen Blicken, die
eindeutig ein „Ja, das ist richtig!" sagten.

>>*Oh mein Gott! Du verfluchtes Schwein! Du hast uns allen
all die Zeit Menschenfleisch zum Essen gegeben. Ich glaube es
einfach nicht. Ich glaube es nicht.*<< Angelika war kurz am
Durchdrehen und ihr wurde erneut übel. Doch dieses Mal mehr
als zu Anfang, sodass sie einfach alles herauswürgte was in ihr
steckte.

>>*Lass mich sofort los! Lass mich verdammt noch einmal los
Elias!*<<
Doch Elias dachte nicht daran sie loszulassen. Stattdessen
packte er sie noch fester an der Hand, sodass ihr Handgelenk

schon richtig Wund geworden war und ein wenig schmerzte.
>>*Moment mal!*<< Sagte sie wieder. >>*Deswegen hast du den armen Herrn Slivka nackt in unserer Küche geknebelt und gefesselt. Weil du vor hast ihn auch umzubringen und aufzuessen. Stimmt doch du kranker Bastard?*<<
>>*Ja, das ist richtig.*<< Bestätigte Elias ihre Annahme.
>>*Das werde ich nicht zulassen! Das werde ich verhindern!*<< Versprach Angelika ihrem kannibalischen Freund, der sich jedoch davon nicht besonders eingeschüchtert zeigte.
>>*Nein Angelika. Das wirst du nicht.*<< Sagte er zu ihr, woraufhin sie erneut sagte >>*Und wie ich das werde. Lass mich los verflucht!*<<
>>*Du wirst genau das Gegenteil davon machen.*<< Sagte er zu ihr und gewann dadurch ihre volle Aufmerksamkeit. Sie hatte keine Ahnung darüber, was er damit meinen könnte und hört ihm mit einem fragenden Blick zu.
>>*Ganz recht. ... Ich habe ihn nur für dich hergeholt. ... Du wirst ihn töten, in Stücke zerteilen und ihn anschließend essen.*<<
Nach jedem einzelnen Wort überkam Angelika ein Entsetzen nach dem anderen und sie dachte sich dabei nur -*Was soll ich tun? Was verlangst du von mir? Ist das jetzt dein absoluter ernst?*-
Als hätte Elias ihre Gedanken gelesen, antwortete er ihr sofort darauf.
>>*Es ist mein absoluter ernst. ... Du wirst genau das tun was ich gesagt habe. Genau in der Reihenfolge.*<<
>>*Und was wenn ich mich weigere? Was wenn ich es nicht tun möchte? Was machst du dann?*<< Wollte Angelika von ihm wissen.
>>*Tja, ... dann landest du morgen früh in meiner Pfanne.*<< Vergewisserte er ihr ohne zu zögern, woraufhin sie vor Angst

erstarrte und kein Wort mehr aus ihrem Mund bekam.

Sie konnte es einfach nicht fassen, was sich gerade alles abspielte. Das alles konnte unmöglich echt sein. Wo war sie da nur reingeraten? Wie sollte sie da wieder herauskommen? Würde sie denn überhaupt noch herauskommen?

Sie wusste es nicht. Sie wusste nicht weiter. Sie wusste nicht, was sie tun sollte. Wo war denn nur bloß ihr Held Geralt von Riva um sie zu retten?

Sie wünschte sich so sehr, dass all das hier endlich aufhören würde.

Und während sie weiterhin am Verzweifeln war, sprach Elias weiter mit ihr und verwirrte sie umso mehr >>*Ich weiß, dass du es auch hast.*<<

Sie fragte sich nur, was er damit meinen könnte.

>>*Es schlummert tief in dir. Da bin ich mir ganz sicher.*<<
-*Was verflucht? ... Was soll in mir schlummern du kranker Bastard?*- Sprach sie in ihren Gedanken.

>>*Ich hatte es schon irgendwie geahnt, aber ganz sicher wurde ich mir, nachdem du Gefallen an den Kannibalenfilmen und meinem Schwarzen Humor, ganz besonders über die Kannibalenwitze, gefunden hattest.*<<

Angelika ging tiefer in ihre Gedanken hinein und erinnerte sich an all das. Plötzlich ergab alles einen Sinn. All diese Witze und Filme über Kannibalismus. Er stand einfach drauf und wollte seine Leidenschaft mit ihr teilen. Und das tat er nicht nur mit Filmen und Witzen. Das tat er sogar mit richtigem menschlichem Fleisch.

>>*Und weißt du noch, wie gefühlsecht du meine Kondome gefunden hast? ... Nun ja, die hatte ich selber aus menschlichen Gedärmen hergestellt.*<< Verriet er ihr mit großem Stolz.

Ihr Entsetzen wurde größer und ihr Gesicht nahm verschiedene Formen an und war nicht mehr unter ihrer Kontrolle gewesen.

150

Was musste sie noch alles ertragen?

>>*Du musst zugeben Angie ... du hast all das auch wirklich genossen. ... Geh doch mal etwas tiefer in dich hinein. Du wirst feststellen, dass ich recht habe. Du hattest nur etwas Hilfe dabei nötig. Mag sein, dass du dein wahres Ich früher oder später selbst erkennen und akzeptieren würdest, aber wieso so lange warten? Wieso es riskieren? Ich bin hier, um dir dabei zu helfen. Um dich dabei zu unterstützen. Denn weißt du, ... ich glaube nicht an Zufälle. Das Schicksal hat mich zu dir geführt. Es war eine Bestimmung. Wir mussten uns treffen und uns kennenlernen. Denn es ist meine Bestimmung dir zu der Person zu verhelfen, die du eigentlich bist. Und je schneller du das einsiehst, umso besser wird es dir gehen. Vertraue mir! Ich weiß wovon ich spreche.*<< Machte Elias ihr klar.

Angelika wollte zunächst all das zwar nicht glauben, aber irgendwo tief in ihrem Inneren wusste sie, dass er womöglich recht haben könnte. Denn irgendwie kam ihr all das doch nicht so seltsam vor wie sie zu Beginn dachte. Je tiefer sie in sich hinein grub, umso mehr konnte sie erkennen, dass Elias tatsächlich damit recht haben könnte.

Denn es stimmte, dass sie auch wirklich mit der Zeit die Witze und die Filme über Kannibalismus amüsant gefunden hatte. Welcher normaler Mensch hätte das auch von sich behaupten können? Und auch das Kondom war ihr absoluter Favorit gewesen. Welchen normalen Menschen würde das ebenfalls nicht stören?

Und zurückblickend musste sie sich eingestehen, dass ihr das menschliche Fleisch richtig gut geschmeckt hatte, wenn sie mal so intensiv darüber nachdachte. So abgeneigt wäre sie dem nicht.

Sie erschrak sich plötzlich vor sich selbst. Konnte das alles denn wahr sein? Konnte er wirklich recht haben? War sie all

die Zeit lang eine Kannibale und wusste nichts davon?
Sie war sehr verwirrt und wusste nicht was sie noch glauben sollte.

Während sie so intensiv ihre Gedanken erkundschaftete, konnte Elias ganz deutlich erkennen, dass sie nach Fragen suchte.
Fragen für die er antworten hatte.

>>*Willst du die Wahrheit hier und jetzt herausfinden und dein wahres Ich zum Vorschein bringen?*<< Fragte er sie.
Angelika sah ihm für einen Moment schweigend tief in die Augen und gab ihm schließlich eine selbstsichere Antwort, die Elias glücklich machte >>*Ja, das will ich!*<<
>>*Großartig! ... Dann werde ich dich jetzt wieder loslassen, aber bedenke ... wenn du versuchst mich reinzulegen, dann muss ich dich leider umbringen. Und das wollen wir beide nicht. Mir liegt sehr viel an dir. Vor allem, weil du so bist wie ich. Bitte vermassle es nicht!*<< Ließ er sie wissen. Zu ihrer Überraschung war Angelika gerührt, als sie ihm all das sagen hörte. Sie konnte hören, dass nicht sein Mund, sondern sein Herz zu ihr gesprochen hatte.
>>*Keine Sorge! ... Das werde ich nicht.*<< Versprach er ihr und er konnte die Aufrichtigkeit in ihrer Stimme heraushören.
Er lockerte seinen Griff und ließ ihre Hand wieder los.
Reflexartig griff sie auf ihr Handgelenk und rieb die wunde Stelle ein wenig ab.
>>*Also gut.*<< Sprach Elias mit einer ruhigen Stimme.
>>*Du wirst jetzt folgendes tun. ... Wir gehen beide wieder gemeinsam zurück in die Küche. Dann wirst du das Küchenmesser, das ich dir heute geschenkt habe zur Hand nehmen und Matej's Kehle damit aufschneiden.*<<
Angelika zeigte keine sonderwertige Reaktion darauf. Sie starrte ihn nur schweigend an. Ihr Gesicht war bleich geworden und ihr Schweiß kalt. Ihre Augen schienen nicht mehr die ihre zu

sein. Sie starrten in eine weite und tiefe Leere hinein. Es war beinahe so, als hätte sie sich von der einen Sekunde auf die andere in eine vollkommen neue Person verwandelt.

Elias konnte die Verwandlung, die sie gerade eben durchmachte deutlich erkennen. Er konnte von Anfang an beobachten wie ihr inneres Ich langsam zum Vorschein kam. Das war genau der Moment auf den er hingearbeitet hatte. Das war genau der Moment, den er sehen wollte. Er hatte es also geschafft. Er hatte Angelika's dunkle Seite zum Vorschein gebracht.

Und das war der Beweis dafür, dass er wiedereinmal mit seiner Vermutung all die Zeit über richtig gelegen hatte.

In diesem Moment war er stolzer auf sich als je zuvor.

Und genau mit einem solchen stolzen und selbstgefälligen Lächeln, erwiderte er ihre Blicke und folgte ihr anschließend wieder zurück in die Küche.

Matej Slivka konnte man die Erschöpfung sehr gut ansehen. Er sah aus wie ein Kartoffelsack so wie er da saß und den Kopf zu seiner Brust fallen gelassen hatte. Womöglich schlief er oder er war vielleicht schon tot. Doch als er die beiden in die Küche hereinspazieren hörte, hob er schlagartig sein Kopf wieder hoch und sah sie mit geschwollenen Augen an.

Allem Anschein nach hatte er sich ausgeweint während der Zeit in der Elias und Angelika sich bei der Tiefkühltruhe mit den menschlichen Körperteilen darin befunden hatten.

Er hatte keine Ahnung was die beiden gemacht hatten. Er hatte keine Ahnung davon was ihn jetzt als nächstes erwarten würde. Er konnte nur spüren, egal was geschehen würde, würde nicht gut für ihn ausgehen.

Er war immer noch hoffnungsvoll bezüglich Angelika, sodass er sie mit flehenden Augen anstarrte und dabei unverständlich winselte. Immerhin kannte er sie schon all die Jahre seit ihrem Einzug und wusste, dass sie schon immer ein freundliches und

153

liebes junges Mädchen gewesen war.

Er wusste, dass sie ihm helfen würde. Er wusste, dass sie ihn wieder befreien würde.

Immer wieder streckte er sein Hals nach oben zu ihr, um ihr damit anzudeuten, dass sie ihm das Klebeband von seinem Mund abreißen soll.

Doch anstatt ihm diesen Wunsch zu erfüllen, nahm Angelika das Küchenmesser wieder in ihre Hand und mit der anderen hielt sie den Kopf von Matej Slivka fest. Matej ahnte bereits was als nächstes erfolgen würde, doch er wehrte sich dagegen.

Er zappelte winselnd hin und her, so sehr, dass sich seine beiden Wangen beim Atmen wie die Schallblase eines Frosches aufblähten.

Etwas Nasensekret kam ihm ebenfalls aus seinen beiden Nasenlöchern wie eine Flutwelle hinausgeschossen.

Seine Augen waren kurz davor wie zwei Tischtennisbälle aus ihren Höhlen hinauszuspringen.

Er hatte sämtliche Muskeln an seinem Körper so sehr gespannt, dass selbst eine Gewehrkugel nicht in seine Haut hätte eindringen können.

Doch leider war er dennoch nicht stark genug, um die überaus gut und fest gebundenen Seile zu sprengen und sich von ihnen endgültig zu befreien.

Angelika hatte sich an seinen Haaren festgekrallt, wie ein Adler an seinem Lachs und hielt sein Kopf leicht nach hinten geneigt, sodass sein gesamter Hals freigelegt war.

Er konnte es zwar nicht sehen, aber Matej konnte dafür sehr gut spüren, wie die Klinge des Küchenmessers sich langsam zu seinem Hals näherte.

Und je näher die Klinge kam, umso lauter wurde sein Gewinsel.

Plötzlich gab er einen deutlich lauteren Klang von sich, der sich ungefähr wie ein „Ahhh!" angehört hatte, als die kalte Klinge des Küchenmessers sein Hals berührt hatte und er dabei gleichzeitig am ganzen Körper zuckte.

Von oben auf ihn herabsehend, konnte Angelika sein Adamsapfel ständig rauf und runter springen sehen.

Matej musste vor lauter Angst oft und schnell schlucken.

Es waren seine letzten Sekunden gewesen.

Elias stand die ganze Zeit über im Türrahmen und beobachtete ganz genau den gesamten Ablauf, der sich in der Küche abspielte.

Angelika warf einen kurzen Blick zu ihm hinüber und er erwiderte ihre Blicke mit einem leichten Nicken seines Kopfes.

Das war das Zeichen für Angelika Matej's Seele in das Jenseits und sein Körper auf den Esstisch zu befördern.

Sie drückte das Messer fester an seine Kehle und in diesem Moment fing Matej erneut an in seinen Gedanken zu Gott zu beten. Doch dieses Mal bat er ihn nicht mehr um Hilfe. Bei diesem Gebet, das sein letztes sein sollte, bat er Gott um Vergebung für all seine Fehler, die er in der Vergangenheit gemacht hatte. Denn Matej hatte bereits mit dem Leben abgeschlossen. Für ihn war es eindeutig, dass er diese Küche nicht mehr lebend verlassen würde.

Den Fremden jungen Mann konnte er ja gerade noch verstehen, aber das nette und freundliche junge Mädchen hatte ihn bitter enttäuscht. Er hätte sich niemals denken können, dass ein solch freundliches und teilweise schüchternes Mädchen sich dermaßen ändern und zu solche einer Tat fähig sein konnte.

In diesem Moment war ihm noch deutlicher klar geworden, dass im Leben alles möglich sein und, dass man tatsächlich niemandem mehr vertrauen konnte. Man konnte sich auf nichts und niemanden verlassen. Niemand war die Person, die sie vorgaben zu sein. Sie versteckten sich alle hinter einer Maske.

Und gerade in diesem Moment hatte das junge und nette Mädchen ihre Maske fallen gelassen und ihr wahres, ihr eigentliches Ich zum Vorschein gebracht.

Matej hatte gerade eben zu Ende gebetet als Angelika das Küchenmesser in einer perfekten und geraden Linie horizontal über sein Hals gezogen hatte.

Zappelnd und verzweifelt nach Luft schnappend verendete Matej Slivka hilflos in dieser Küche an diesen Stuhl gefesselt.

Sein Blut spritze aus seinem Hals hervor wie das Wasser eines Brunnens im Park und tauchte die gesamte Plastikfolie, die Elias über den Tisch ausgelegt hatte, in eine große Blutlache.

Elias war erneut mit Stolz erfüllt gewesen. Doch dieses Mal war er auf Angelika stolz. Noch nie zuvor hatte er eine solche Zufriedenheit empfunden wie gerade in diesem Moment.

Es war ein grandioses Gefühl und ein einmaliges Erlebnis für ihn.

Und ähnliche Gefühle verspürte auch Angelika, die immer noch hinter Matej Slivka's Leiche mit dem blutigen Küchenmesser in ihrer Hand stand und ein Blick in ihrem Gesicht hatte, der selbst Elias ein wenig Furch einflößte.

Sie war eindeutig glücklich über ihre Tat gewesen. Elias konnte in ihren Augen erkennen, wie sehr sie es genossen hatte.

Wie gut es ihr getan hatte.

Angelika fühlte sich wie neugeboren.

>>*Willkommen Angelika!*<< Sagte Elias mit einer sanften Stimme und sprach zu der neuen Angelika, die ihm gegenüber stand. Denn diese Angelika war die richtige gewesen. Sie hatte sich nur all die Zeit in der anderen Angelika versteckt. Doch nun war sie mit seiner Hilfe hervorgetreten und sollte nie wieder verschwinden.

Mit langsamen Schritten näherte sich Elias zu ihr und griff nach ihrer Hand, in der sie immer noch das Küchenmesser hielt. Sie blickten sich beide tief und leidenschaftlich in die Augen und blieben für eine kurze Weile schweigend stehen während aus Matej's Hals das Blut weiter hinausfloss.

>>*Das hast du gut gemacht! Ich bin stolz auf dich Schatz!*<< Sagte Elias zu Angelika, woraufhin sie anfingen sich leidenschaftlich und innig zu küssen.

Elias umarmte Angelika ganz fest und er lag sie auf den blutigen Esstisch drauf.

Er küsste sie noch eine Weile während sie sich in der Blutlache wälzten und er zuerst ihre danach seine Hose ausgezogen hatte.

Und dieses Mal taten sie es ohne ein Kondom, das aus menschlichen Gedärmen hergestellt worden war.

Dieses Mal sollte das Gefühl tatsächlich echt sein.

Nachdem sie ihre kranke und perverse Fantasie ausgelebt hatten, waren beide rundum mit Matej's Blut verschmiert gewesen.

Doch noch bevor sie sich duschten und frische Kleidung anzogen, wollten sie noch vorher Matej in Stücke zerteilen und in der Tiefkühltruhe aufbewahren.

Doch damit die lange Nacht zu einem ehrenvollen Abschluss kommen konnte, wollten sie ein Stück von ihm verspeisen.

Elias hatte Angelika darum gebeten, ein Stück von Matej's linkem Oberschenkel, also von seinem kaputten Bein, abzuschneiden und in der Pfanne zu braten.

Ohne zu zögern und mit dem größten Vergnügen tat Angelika genau das, worum ihr geliebter Freund sie gebeten hatte.

Denn Elias wollte, dass sie sich so richtig an all das gewöhnt.

Auch sie sollte in Erfahrung bringen, welch ein gutes Gefühl es eigentlich ist.

Und das war es tatsächlich für sie. Angelika lächelte und sang sogar teilweise während sie das Stück vom Oberschenkel in der

Pfanne briet.

Währenddessen räumte Elias in der Küche auf und deckte anschließend den Esstisch.

Nachdem sie beide fertig und bereit gewesen waren, setzten sie sich zu dem Tisch und stießen auf ihre neue Gemeinsamkeit an, bevor sie anfingen ein Stück vom herrlich duftenden Matej aufzuessen.

Selbstverständlich hatte Elias zum Anstoßen ein Cocktail aus Vodka, Gin, Eiswürfel und Matej's Herz zusammengemixt.

Angelika liebte das erfrischende Getränk, das sie hoch über den Wolken schweben ließ.

Das war also das Zusammenfinden eines Traumpaares. Eines gefährlichen und tödlichen Traumpaares.

Die Entstehung eines weiteren Killer-Paares.

Elias war darüber mehr als nur zufrieden gewesen.

Sie war die Bonnie zu seinem Clyde. Die Harley Quinn zu seinem Joker. Die Shriek zu seinem Carnage.

Sie war die krönende Kirsche auf der Schlagsahne seines Milkshakes.

Die blutige Reise, die er alleine angetreten hatte, sollte er von jetzt an gemeinsam mit ihr fortsetzen. Aus Eins war nun Zwei geworden. Zusammen mit ihr war er gewachsen. Und er war sehr gespannt darauf, wie sehr sie gemeinsam noch weiter wachsen würden.

Denn die eigentliche Reise, hatte erst jetzt begonnen.

KAPITEL 9

MEISTER UND SCHÜLERIN

Es waren bereits drei Tage vergangen seit Angelika zum ersten Mal einen Menschen umgebracht und bewusst dessen Fleisch gegessen hatte.

Seitdem war die frühere Angelika, die meist eher zurückhaltend und immer höflich und freundlich gewesen war, nicht mehr zurückgekehrt.

Sie mochte ihr neues Ich und fand großen Gefallen daran eine Person zu sein, die immer selbstsicher war. Und mit ihrem neuen Charakter verlieh sie sich auch ein komplett neues Image als ein cooles und taffes Bad Girl.

Sie hatte sich eine neue Frisur verpasst und trug ihre Haare ab sofort im Pagenschnitt.

Auch ihre Garderobe hatte Angelika ein wenig umgeändert. Sie bevorzugte von nun an vielmehr enge Jeans, Tanktops, Camisoles und Lederjacken.

Und weil es viel besser und cooler klang, wollte sie von allen nur noch mit Angie anstatt mit Angelika angesprochen werden.

Ihr neuer Look gefiel Elias ganz besonders gut. Vor allem die Art und Weise wie sich von nun an benahm. Ihre langsame und verführerische Art zu sprechen. Ihr Catwalk, bei der sie ihre Hüften so hin und her schwang, als würde sie beim Gehen tanzen.

Und seit ihrer Verwandlung war sie noch besser im Bett geworden. Doch das war Elias als ein asexueller nach wie vor egal gewesen. Nur das Blut und das Fleisch konnten ihn zum erregen bringen. Und ganz besonders, wenn er Angie dabei beobachtete, wie genüsslich sie das menschliche Fleisch verzehrte. Das bereitete ihm viel mehr Freude als, dass er sein eigenes Essen genoss.

Doch all diese optischen Änderungen von Angie waren erst noch der Anfang gewesen. Sie hatte noch sehr viel zu lernen.

Elias musste ihr noch so einiges beibringen, bevor sie gemeinsam als das Traumpaar auf Beutezug gehen konnten.

Er brachte ihr alles bei, was er wusste. Er verriet ihr, wie sie am besten an ihre Opfer gelangen konnte. Worauf sie dabei achten musste. Wie sie das Fleisch zerlegen und aufbewahren musste. Welche Körperteile eines Menschen besonders gut schmeckten und welche ungenießbar waren.

Er weihte sie auch in das Dark Web ein und zeigte ihr den Umgang in dem Chatroom „Take Me!".

Er erzählte und zeigte ihr einfach alles.

Und so wie es mit dem theoretischen Teil zu Ende ging, fing bereits der praktische Teil an.

Elias wollte ihr ein guter Lehrer sein. Ein guter Mentor, der sie auf ihrem neuen Weg begleitet und unterstützt.

Er wollte, dass sie sich immer, zu jeder Zeit auf ihn verlassen konnte. Daher war es für ihn wichtig gewesen, sie nicht mehr anzulügen. Seitdem sie ihr wahres Ich akzeptiert hatte, war es ohnehin nicht mehr notwendig gewesen zu lügen.

Auch sie versprach ihm die ewige Treue und, dass sie genau wie er stets aufrichtig sein würde.

Dafür, dass er ihr zu ihrem wahren Ich verholfen hatte, liebte sie ihn umso mehr.

Und sie würde alles für ihren geliebten Elias tun.

Sie wollte ihn nicht enttäuschen. Sie wollte ihm eine gute Schülerin sein. Daher bemühte sie sich, nicht nur bei ihrem ersten Mal, sondern auch bei den vielen Malen, die danach erfolgen sollten.

Doch der Anfang war immer schwer. So fiel es ihr beim ersten Versuch nicht leicht einen fremden Menschen zu entführen.

Sie war zwar selbstbewusst und wusste, dass auch Elias an ihrer Seite war, aber dennoch hatte sie Zweifel daran, ob es ihr auch tatsächlich beim ersten Versuch gelingen würde oder nicht.

Denn diese Erfahrung hatte sie noch nie zuvor gemacht. Sie kannte so etwas nicht. Daher wusste sie nicht, ob sie das Zeug dazu gehabt hatte.

Es gab nur einen Weg, um das herauszufinden.

Sie musste es einfach versuchen.

Elias hatte ihr allein die Wahl ihres Opfers gelassen.

Sie sollte die Person aussuchen, bei der sie ein wohles Gefühl bekam.

Also gingen sie hinaus in die Stadt und machten einen Spaziergang.

Angie fühlte sich wie ein Raubtier, die sich auf die Jagd begeben hatte. Das Adrenalin schoss ihr dabei durch den gesamten Körper und sie fühlte sich gut. Noch war alles in Ordnung gewesen und von Nervosität war keine Spur vorhanden.

Während sie und Elias durch die Straßen Wiens streiften, ließ sie ihre beiden Augen über die Menschen dort draußen streifen. Sie war wie ein Detektor, der die Erde nach Gold oder sonstigen metallischen Gegenständen durchkämmte.

Sie scannte sämtliche Personen, die an ihr vorbeigingen von oben bis unten durch.

Elias hatte ihr von seinem Kodex und davon, dass Familienmitglieder und Kinder absolute Tabus waren, erzählt.

Sie hielt sich ebenfalls strikt daran und ignorierte all die fremden Kinder.

Sie waren quasi unsichtbar für sie.

Angie hielt nur Ausschau nach Erwachsenen Frauen und Männern.

Eine von ihnen würde sie mit nach Hause nehmen.

Eine von ihnen würde in ihrem Backofen landen.

Doch noch hatte sie sich nicht entscheiden können.

Ihr Weg hatte sie bis zum Millenium City geführt. In diesem Einkaufszentrum wimmelte es nur so von Menschen.

Doch obwohl die Auswahl dort recht groß war, konnte sich Angie immer noch nicht für eines der vielen Personen entscheiden.

Elias hätte es ihr auch für den Anfang leichter machen und jemanden mittels „Take Me!" für sie arrangieren können, aber er wollte, dass sie erst einmal die Erfahrung macht, wie es so ist auf die Jagd zu gehen. Er wollte, dass sie dieses Gefühl so richtig zu spüren bekommt.

Erst nachdem sie das zumindest einmal gemacht hatte, sollte sie ihre Opfer ganz nach Belieben nach Hause holen.

Da musste sie durch. Das stand außer Debatte.

Vom vielen Gehen bekamen die beiden sowohl Hunger als auch Durst, woraufhin sie sich in den zweiten Stock begaben.

Sie besuchten Teddy's American Diner, um sich etwas auszuruhen und eine Kleinigkeit zu speisen, bevor sie mit ihrem Beutezug weitermachten.

Selbstverständlich wäre ihnen jetzt ein köstlicher Frauensteak oder ein Zungenburger lieber, aber im Moment mussten sie sich mit den herkömmlichen tierischen Produkten zufrieden geben.

Elias bestellte für sich eine Mixed Box und dazu eine Flasche kühles Coca Cola.

Angie entschied sich für das Philly Cheese Steak Sandwich mit Pommes und zum Trinken nahm sie ein Vanilla Shake dazu.

Auch in dem American Diner saßen viele, vor allem junge Leute, die allesamt köstlich ausgesehen hatten.

Elias hatte ihr in der Theorie verraten, dass das Fleisch von jüngeren viel zärtlicher war und auch viel besser schmeckte als die der älteren Menschen.

Je jünger der Mensch umso schmackhafter das Fleisch also.

Angie hatte das Gefühl, dass sie sich an dem richtigen Ort befand, um eines der jüngeren Gäste mitzunehmen.

Sie fühlte sich wie ein Fuchs im Hühnerkäfig.

Sie beobachtete jedes einzelne der restlichen Gäste genauer und war gespannt darauf bei welchem von ihnen sie das Gefühl bekommen würde, als ihr Abendmahl geeignet zu sein.

Sie blickte immer und immer wieder über die Runde, doch ihr Sensor hatte noch kein grünes Licht freigegeben.

In der Zwischenzeit brachte die freundliche Kellnerin die Bestellungen von ihr und Elias an deren Tisch.

Für einen kleinen Moment dachte sich Angie, dass die Kellnerin ihre Auserwählte sein würde, doch auch bei ihr hatte es nicht gefunkt, wie sie es sich erhofft hatte.

War wohl eine Fehlermeldung in ihrem System gewesen.

Sie entschied sich mit dem Suchen aufzuhören und sich auf ihr Essen zu konzentrieren.

Elias und sie speisten in aller Ruhe und führten zwischendurch eine nette Unterhaltung miteinander.

>>*Und? Wie fühlst du dich so?*<< Wollte Elias von ihr wissen.

>>*Großartig!*<< Antwortete Angie mit einem breiten Lächeln und schlürfte dabei ihr Vanilla Shake.

>>*Gut. Lass dir nur Zeit mit der Suche. Du darfst nichts überstürzen. Das Ganze muss locker und entspannt angegangen werden. Das ist äußerst wichtig. Du musst stets die Ruhe dabei bewahren und immer voraus denken. Ungefähr wie bei einer Runde Schach.*<< Mit diesen Tipps lehrte Elias ihr sein Handwerk.

>>*Bedenke, du bist eine Frau. Eine junge und recht attraktive Frau. Sieh dich hier mal um! ...*<< Sagte Elias zu ihr, woraufhin sie ihre Augen erneut über sämtliche Menschen schweifen

ließ, während sie langsam an ihrem Philly Cheese Steak kaute. Elias sprach weiter >>... *Hier sind viele Männer, auch allein-stehende und ebenso auch junge Männer, die dir alle zu Füßen liegen würden. ... Du musst nur einen von ihnen, ganz egal wen, aussuchen, ihm ein nettes Lächeln schenken und schon kommt er zu dir angerannt wie ein Hund, der sich sein Leckerli holen möchte.*<<

Angie aß weiter ihr fettiges Sandwich und hörte Elias aufmerksam zu. Hin und wieder nickte sie mit ihrem Kopf, weil ihr alles was er erzählte plausibel erschien. Es stimmte, sie war eine junge und hübsche Frau und konnte, wenn sie es wollte, jeden Mann in ihren Bann ziehen. Sie würde sie alle, ohne große Mühe, um den Finger wickeln.

>>*Und genau das solltest du heute machen.*<< Sagte Elias und sprach weiter >>*Such dir einen jungen Typen aus, am besten, der alleine unterwegs ist und dann schlag zu.*<<

Angie würgte noch schnell das zerkaute Stück von ihrem Sandwich ihren Hals hinunter, schlürfte noch etwas von ihrem Shake und sagte >>*Du meinst wie eine Schwarze Witwe?*<<

Elias sah sie bewundernd an und sagte stolz lächelnd >>*Wie eine verfluchte Schwarze Witwe. ... Du lockst das Männchen an, hast etwas Spaß mit ihm und dann, sobald du fertig mit ihm bist, tötest und isst ihn.*<<

Erneut nickte Angie mit ihrem Kopf und sagte lächelnd >>*Das klingt nach einer Menge Spaß.*<<

Elias hob seine Colaflasche hoch und sagte >>*Auf deine erste Jagd Baby!*<<

Angie hob ebenfalls lächelnd ihr Glas Vanilla Shake in die Höhe und sagte, während sie ihre Gläser aneinander stießen >>*Auf meine erste Jagd Baby!*<<

Anschließend tranken sie jeweils einen großen Schluck von ihren Getränken und warfen sich gegenseitig leidenschaftliche

Blicke dabei zu.

Sie aßen noch in aller Ruhe auf, bevor Elias die Rechnung bezahlte und sie sich weiter auf die Suche machten.

Und genau in dem Augenblick als die beiden das American Diner wieder verlassen wollten, stach ein junger Mann, etwa 19 oder 20 Jahre alt, in Angie's Augen.

Er saß ganz alleine an seinem Tisch und hatte sein Handy am Ohr. Vor ihm lag ein halb aufgegessener Cheesburger sowie ein paar Stücke von den Homefries.

Es war eindeutig, dass er alleine unterwegs war. Natürlich hätte es auch sein können, dass er auf jemanden wartete. Dass er sich noch in diesem Diner mit jemandem treffen würde. Vielleicht sogar mit seiner Freundin. Doch das schloss Angie sofort wieder aus als er gerade aufgelegt und nach der Rechnung gefragt hatte. Der junge Mann, hatte Angie und Elias nicht gesehen. Sie waren ihm nicht aufgefallen. Das verschaffte den beiden einen großen Vorteil, wie Elias sofort festgestellt hatte >>*Sehr gute Auswahl Angie! Er ist perfekt. Jung, scheint alleine zu sein und hatte zudem noch seine Henkersmahlzeit. ... Und das beste ist, dass er uns zusammen noch nicht gesehen hat. Deswegen werden wir jetzt wie folgt vorgehen. ... Ich werde schnell nach Hause eilen und dort auf euch beide warten. Du gehst und flirtest ein wenig mit ihm. Und sobald er angebissen hat, lädst du ihn zu dir nach Hause ein, wo ich bereits auf euch warte. Zu Hause machst führst du deine Spielchen weiter und lässt ihn weiter im Glauben, dass du auf ihn stehen würdest. Und kurz bevor ihr beide so richtig zur Sache geht, komme ich aus meinem Versteck und gemeinsam überwältigen wir ihn dann. ... Tja, denn Rest kannst du dir ja dann wohl vorstellen, nehme ich an.*<< Er schenkte ihr ein teuflisches Lächeln, drückte ihr einen Kuss auf ihre Lippen und sagte >>*Vergiss nicht! Wie ich es bereits erwähnt hatte. Bleibe immer cool und locker. Dann kann auch nichts schief gehen.*<<

>>Keine Sorge! Das schaffe ich schon Babe.<< Vergewisserte
sie ihm, woraufhin er sich auf dem direkten Weg nach Hause
gemacht hatte, um schon mal alles auf die Ankunft der beiden
vorzubereiten.

Nachdem Elias bereits verschwunden war, atmete Angie einmal kräftig ein, zupfte ein wenig an ihrer Kleidung, um sie zurecht zu richten und ging mit einem sehr verführerischen Gang
direkt zum Tisch des ahnungslosen jungen Mannes, der kurz
darauf in ihre Falle tappen sollte.

Einigen der anderen männlichen Gäste waren die verführerischen Hüftschwünge aufgefallen, woraufhin manche von ihnen
ihre Augen nicht von ihr ablassen konnten. Andere wiederum
versuchten sie unbemerkt zu bewundern, sodass ihre flüchtigen
Blicke ja nicht ihren Ehefrauen beziehungsweise ihren Freundinnen auffielen.

Als sie an seinem Tisch stand, konnte der junge Mann zuerst
nicht glauben, dass sie tatsächlich Interesse an ihm haben würde, doch nachdem sie mit einem verführerischen Lächeln
*>>Hallo schöner Mann! Mein Name ist Angie, darf ich mich zu
dir setzen?*<< gesagt hatte, war er ihr sofort verfallen.

*>>Ja, sehr gerne sogar, aber ich war gerade dabei aufzuste-
hen und nach Hause zu gehen. Aber wenn du möchtest, können
wir uns gerne hinunter in die Bar auf ein oder zwei Drinks setzen?*<< Versuchte er sie zu überreden.

>>Mein Name ist übrigens Adrian.<< Stellte er sich noch ganz
schnell vor.

>>Oh, ein schöner Name.<< Sagte Angie darauf und fuhr sich
kurz mit der Zungenspitze über ihre Oberlippe.

>>Danke! Ist rumänisch.<< Gab Adrian ihr bekannt und versuchte cool zu bleiben. Dabei schmolz er bereits in sich zusammen.

>>*Also gut, Adrian aus Rumänien ... ich hätte da eine Idee.*<<
Flüsterte Angie ihm ins Ohr, nachdem sie sich ihm ein Stück
genähert hatte, woraufhin beinahe die Hose von Adrian ge-
platzt hätte.

Weiterhin cool wirkend versuchte er ebenfalls mit einer verführerischen Stimme zu sprechen >>*Und was ist das für eine
Idee?*<<

Angie leckte sich diesmal etwas mehr über ihre Lippen, blickte
tief in seine Augen, hielt ihn an der Hand und sagte mit einem
Lächeln, dem er absolut nicht widerstehen konnte >>*Was
hältst du davon, wenn wir uns die Drinks bei mir Zuhause ge-
nehmigen würden?*<< Anschließend zwinkerte sie ihm zu.

Adrian gefiel es, wie sie mit ihm flirtete und die Art wie sie ihn
ansah und seine Hand hielt. Es gefiel ihm so sehr, dass er sich
letztendlich, ohne großartig darüber nachzudenken oder sie etwas besser kennenzulernen, dazu überreden ließ mit zu ihr zu
gehen. Vielleicht lag es daran, dass er noch so jung war und der
Anmache einer solch hübschen jungen Dame nicht widerstehen
konnte. Er wollte sich möglicherweise diese einmalige Chance
nicht entgehen lassen. Vielleicht lag es daran, dass er ein kleiner Draufgänger gewesen war, der bei sich jeder bietenden Gelegenheit mit fremden Frauen ins Bett hüpfte. Vielleicht aber
war er auch nur ein dummer Junge, der unerfahren war und
sich schnell zu etwas überreden ließ, ohne sich vorher über
mögliche Konsequenzen Gedanken zu machen.

Auf jeden Fall hatte er sich sehr schnell drauf eingelassen mit
einer fremden Frau, die ein paar Jahre älter war als er, einfach
so zu ihr nach Hause zu gehen.

Stolz und triumphierend lächelte er sie an und sagte >>*Das ist
eine sehr gute Idee. Gefällt mir.*<<

Angie war in diesem Moment, die einzige, die eigentlich
triumphiert hatte. Denn ihr Plan war geglückt. Er war auf ihre

falsche Art drauf reingefallen und war der Schwarzen Witwe
somit ins Netz gegangen.
Ein sehr klebriges Netz von dem er sich nicht mehr befreien
können sollte.

Elias war bereits längst wieder zu Hause und hatte alles für das
Abendessen vorbereitet.
Er hatte, wie immer auch, den gekachelten Küchenboden und
den Esstisch mit Plastikfolie überdeckt, den Herd angemacht
und ein Topf mit Wasser drauf gestellt, das bereits zu Kochen
und zu Brodeln angefangen hatte. Auf die andere Herdfläche
hatte er eine Pfanne drauf gestellt, in der bereits das Öl langsam erhitzte. Das nötige Besteck sowie Servietten lagen auch
bereits griffbereit am Küchentresen. Zwei Weingläser und eine
Flasche Rotwein, Erich Scheiblhofer The Cabernet Sauvignon
2020, standen auch schon bereit.
Es fehlte nur noch das Hauptgericht.
Dafür war seine neue Flamme Angie zuständig gewesen. Es
war ihre Aufgabe gewesen sich an diesem Tag um das Abendessen zu kümmern.
Und er hatte vollstes Vertrauen in sie und wusste, dass er sie
nicht enttäuschen würde.
Zugegeben, er war am Anfang zwar ein wenig skeptisch, aber
schon nach kurzer Zeit, war er sich sicher, dass Angelika, die
richtige Partnerin für ihn gewesen war. Sie hatten immerhin die
selbe Leidenschaft. Sie beide genossen den saftigen Geschmack vom Menschenfleisch. Und allein das war Grund genug
für ihn, um mit ihr zusammen zu sein. Um mit ihr eine feste
Beziehung zu führen. Das hatte zudem den Vorteil, dass er sein
Geheimnis endlich mit jemandem teilen konnte. Er war nicht
mehr alleine. Das war sehr erleichternd für ihn gewesen. Und
wie er es bereits auch Angelika gesagt hatte, war es Schicksal

und auf gar keinen Fall Zufall, dass sie sich zusammengefunden haben. Daran glaubte Elias sehr stark.

Es war das Schicksal von beiden, dass sie dieses Leben miteinander teilen. Es war ihr Schicksal gewesen, dass sie sich dabei unterstützen. Nur sie selbst konnten diese Sache verstehen. Nur sie selbst konnten ihre Taten verstehen. Und das sollte ihnen auch genügen. Sie hatten sich gefunden. Sie sollten für den Rest ihres Lebens unzertrennlich sein.

So hatte Elias auch festgestellt, dass das Unerwartete, die unerwartete Zusammenführung von zwei Personen, tatsächlich etwas sehr schönes gewesen war. Denn wie hätte er sich denken können, dass er von Deutschland nach Österreich reist und dort eine Frau kennenlernt, die das selbe „kulinarische" Interesse teilt wie er? Das musste einfach Schicksal gewesen sein.

Das Universum wollte unbedingt die beiden zusammenbringen. Elias glaubte fest daran und würde auch alles erdenkliche dafür tun, damit es auch so bleibt.

Er wusste ganz genau, dass noch viele schöne und gemeinsame Tage auf sie warteten. Und er wollte jeden einzelnen dieser Tage mit ihr, mit seiner Angie, erleben. Gemeinsam würden sie so vieles erreichen können.

Und während er so in seinen Zukunftsgedanken schwelgte, hörte er, dass jemand die Tür zu der Wohnung aufsperrte.

Schon kurz darauf konnte er auch schon zwei Stimmen, eine weiblich und eine männlich, hören. Die weibliche kannte er sehr gut. Denn sie gehörte zu Angie. Und die männliche Stimme dürfte zu dem jungen Mann gehören, den sie im Diner gesehen hatten.

Angie hatte es, so wie er es auch nicht anders erwartet hatte, geschafft. Er war sehr stolz auf sie gewesen und freute sich sehr, dass sein Plan wiedereinmal aufgegangen war.

Noch verhielt er sich ruhig und versuchte nicht aufzufallen.

Unbemerkt schaltete er das Küchenlicht ab und verzog sich ins Dunkle, um auf seinen Einsatz zu warten. Wie eine Bestie, die sich plötzlich aus dem Nichts auf ihre Beute stürzen würde, würde er sich auf den jungen Mann drauf stürzen.

>>*Komm nur herein!*<< Sagte Angie einladend zu Adrian, während sie ihn an seiner Hand in die Wohnung hineinzog.
>>*Willkommen in meinem bescheidenen Zuhause!*<< Sagte sie und lachte dabei.
Adrian lachte ebenfalls und sagte >>*Nette Wohnung hast du hier.*<< Und ließ seine Blicke im Wohnzimmer umherschweifen.
>>*Na dann warte erst einmal ab bis du die Küche gesehen hast.*<< Sagte sie ihm lächelnd während sie sich auf den Weg in das Badezimmer gemacht hatte. >> *Setz dich nur hin! Ich mache mich nur frisch und bin gleich wieder zurück.*<< Sagte sie weiter.
Adrian setzte sich hin und bei der Gelegenheit checkte er noch seine Hosentaschen nach Kondomen ab. Er hoffte sehr, dass er noch eine eingesteckt hatte. Und wenn nicht, hoffte er, dass sie welche bei sich zu Hause haben würde.
Doch er war sehr erleichtert als er noch ein letztes Stück in seiner Hosentasche gefunden hatte und bereitete sich schon mal seelisch darauf vor ein paar nette Stunden mit Angie zu verbringen.
Er war auch froh darüber, dass er sich einen Tag zuvor unterrum rasiert hatte. Von seiner Seite aus war somit alles bestens gewesen. Er war mit allem drum und dran bereit für einige erotische Momente. Und er konnte es kaum erwarten bis es endlich ordentlich zur Sache ging.
Während er wartete, dachte er darüber nach, was Angie wohl im Badezimmer machen würde. War sie gerade dabei gewesen

sich etwas bequemes anzuziehen? Womöglich sogar nur mit
Reizwäsche vor ihm aufzutauchen? Bei diesen Gedanken
konnte er sehr schnell erregt werden, doch die Erregung legte
sich wieder als er unter anderem auch daran denken musste,
dass sie vielleicht einfach nur auf's Klo gegangen ist.
Angeekelt verzog er dabei sein Gesicht und versuchte wieder
an etwas erotischem zu denken.
Für einen kurzen Moment dachte er auch daran sich schnell
mal ein Pornovideo anzusehen, aber er verabschiedete den Gedanken wieder, nachdem er der Meinung gewesen war, dass es
eventuell etwas riskant werden könnte. Er wollte nicht von ihr
dabei überrascht werden.
Er ging lieber die einzelnen Punkte in seinen Gedanken durch
und überlegte sich welche Stellungen er mit ihr am besten
durchgehen sollte.
Und während er auf dem blauen Sofa vor sich hin fantasierte,
bemerkte er nicht, dass Elias sich langsam von hinten an ihn
heranpirschte wie eine Ninja.
In seiner Hand hatte er eine volle und ungeöffnete Flasche Jack
Daniel's Old No. 7 Tennessee Whiskey, die er über sein Kopf
hob, um sie anschließend mit voller Wucht an die rechte Schlä-
fe von Adrian zu schlagen. Die Flasche ging dabei nicht kaputt,
aber Adrian schleuderte es von der einen Seite des Sofa's auf
die andere. Er wurde sofort bewusstlos. Die rechte Seite seines
Kopfes, in der ihn die Flasche sehr hart getroffen hatte, war
aufgeplatzt und angeschwollen. Das Blut strömte nur so hinaus.
Jetzt mussten sich Elias und Angie, die mittlerweile aus dem
Badezimmer herausgekommen war, beeilen, damit weder das
Sofa noch irgendwelche Flächen im Wohnzimmer mit Blut be-
sudelt werden.
Elias hielt ihn am Kopf, den er so seitlich geneigt hatte, sodass
das Blut nicht auf den Boden tropfen konnte und Angie hatte

ihn an seinen Füßen gepackt.

Gemeinsam trugen sie ihn in die Küche, wo bereits alles bereit stand.

Jetzt mussten sie ihn noch komplett ausziehen, sein Mund fest zukleben, ihn mit dem Rücken auf den Esstisch stellen und darauf mit dicken Seilen fest anbinden.

Denn Angie hatte sich etwas besonderes überlegt, das Elias mehr als nur gut gefallen hatte.

Er mochte ihre Kreativität und ihre grenzenlose Fantasie.

Sie war wie geschaffen für diese Sache gewesen.

Als Adrian so langsam zu sich gekommen war, schrie er erst einmal vor lauter Schmerzen in das Klebeband hinein, bevor er überhaupt realisieren konnte, was mit ihm geschehen war.

Die enormen Schmerzen kamen vielmehr von seinem Unterlaib, sodass er versuchte sein Kopf anzuheben und auf sein Schritt zu schauen. Entsetzlicherweise musste er feststellen, dass seine Genitalien abgeschnitten worden waren. An genau der Stelle wo noch bis vor knapp einer Stunde sein Penis gewesen war, befand sich nur noch ein blutiger Stummel.

Panisch und angsterfüllt fing er zu weinen an und schrie aus voller Kehle.

>>*Na na na, wer wird denn hier weinen wie ein kleines Kind?*<< Fragte Angie spöttisch während sie dabei herzhaft lachte. Mit Tränen gefüllten und angeschwollenen Augen sah er sie an und schrie nur noch mehr.

>>*Jetzt beruhige dich doch Kleiner!*<< Verlangte Elias mit einem frechen Lächeln von ihm und verspottete ihn dabei ebenso.

>>*Wir fanden, dass du eine Beschneidung nötig hattest, das ist alles. Kein Grund zur Aufregung.*<< Machte sich Elias weiterhin über Adrian lustig und lachte ihn gemeinsam mit Angie

173

aus. Sie hatten beide ein sehr furchteinflößendes und teuflisches Lachen, das Adrian nur noch mehr in Angst und Schrecken versetzte.

Adrian konnte einfach nicht glauben, was ihm zugestoßen war. Er wollte es einfach nicht wahr haben, was diese beiden Monster mit ihm angestellt hatten.

Doch zu seinem großen Bedauern, war das leider die Realität gewesen. Der Albtraum, in der er sich befunden hatte, war echt.

Die Schmerzen, die er fühlte waren echt. Der Scham, den er empfand war echt. Einfach alles, was sich in dieser Horrorküche ereignete war echt. Und Adrian musste grauenhafterweise feststellen, dass er diesen beiden Ungeheuern vollkommen ausgeliefert gewesen war. Er wusste, er würde ihnen nicht mehr entkommen können. Sein junges und kurzes Leben sollte an diesem Tisch, in dieser Küche ein schreckliches Ende nehmen.

Ganz egal wie sehr er auch schrie. Ganz egal wieviele Tränen er auch vergoss. Ganz egal wie sehr er auch versuchte seine Fesseln zu lösen. Nichts davon konnte ihm dabei helfen zu entkommen. Er war der Schwarzen Witwe ins Netz gegangen und sollte dieses nicht mehr lebendig verlassen.

>>*Ah, großartig!*<< Hörte er plötzlich Angie rufen.

>>*Ich denke es ist nun durch Schatz. Denkst du nicht auch, du Küchenchef.*<< Sprach sie zu Elias, der einen Blick in den kochenden Topf hineingeworfen und gesagt hatte >>*Ja, sieht gut aus.*<<

Er nahm eine Gabel zur Hand und holte den durchgegarten Penis von Adrian heraus. Als Adrian sein Glied so durchgekocht und aufgespießt an einer Gabel gesehen hatte, fiel seine Welt erneut in sich zusammen. Es war der schrecklichste Anblick, den er je gemacht hatte. Es war noch schrecklicher als der blutige Stummel zwischen seinen Beinen. Das versetzte ihn nur noch mehr zu Tränenausbrüchen. Er zappelte am ganzen Körper.

Er verspannte sich so sehr, dass seine helle Haut plötzlich knallrot geworden war. Als hätte er einen gewaltigen Sonnenbrand davon getragen.

Elias legte den dampfenden Penis auf ein Teller und ließ ihn ein wenig abkühlen. Danach ging er zum Kühlschrank und holte eine Tube Senf heraus.

Er bestrich den Penis mit ein wenig Senf und übergab ihn anschließend zur Verkostung Angie.

Sie nahm ihn dankend an und schenkte ihm ein Luftkuss. Danach schnappte sie sich Messer und Gabel und fing den Penis in kleine Stücke zu schneiden. Nachdem sie ihn komplett mundgerecht zurecht geschnitten hatte, nahm sie das erste Stück in ihre Mund und sagte >>*Oh mein Gott! Ich bin überwältigt. Das schmeckt ja so gut. Hier probier auch mal!*<< Doch Elias lehnte das Angebot gerne ab.

>>*Ich hätte nie gedacht, dass ich mal ein Penis auf diese Art in den Mund nehmen würde.*<< Sagte sie und lachte anschließend ganz laut. Elias fand den Spruch so gut, dass er mit ihr lachte.

Sie lachten und Adrian weinte und weinte. Er erlitt qualvolle Schmerzen. Nicht nur physisch, sondern auch seelisch. Er war einem Trauma ausgesetzt gewesen, den er, falls er diesen Tag überhaupt überstehen sollte, für den Rest seines Lebens nicht verarbeiten würde.

Elias griff nach einem Küchenmesser und fing seelenruhig an ein kleines Stück von Adrian's obere Bauchhälfte abzuschneiden. Adrian schrie sich dabei die Seele aus dem Leib. Sowie er das Stück Fleisch von Adrian's Körper abgetrennt hatte, hatte er es zum Braten in die Pfanne hineingeworfen. Adrian konnte hören, wie sein eigenes Fleisch gebraten wurde. Das war der

Plan von Angie gewesen. Sie hatte Elias vorgeschlagen, dass sie Adrian bei lebendigem Leibe aufessen. Sie wollte etwas Neues ausprobieren. Elias hatte die Idee ganz gut gefallen, sodass er ihr sofort zugestimmt hatte.

All die Jahre war er auf diese Idee nicht gekommen. Er fand das äußerst interessant.

So schnitten sie Stück für Stück, Teile für Teile von Adrian's Körper ab bis sie ihn letztendlich komplett verstümmelt hatten. Am Ende war ein völlig durchlöcherter und toter Adrian zurückgeblieben.

Bis zu seinem letzten Atemzug musste Adrian alles miterleben. Er wurde Zeuge davon, wie er sich selbst in Stücke auflöste. Teilweise wurde er zwischendurch immer wieder ohnmächtig und kam wieder zu sich, nur um den brutalen Mord, der an ihm ausgeübt wurde, erneut erleben zu müssen.

Nachdem sie sich satt gegessen hatten, hatten sie den Rest von Adrian's Körper in kleine Stücke zerteilt und anschließend in die Tiefkühltruhe, in der sich noch einige Reste von Matej Slivka befanden, verstaut.

Danach räumten sie in der Küche auf und entsorgten den Müll, in der sich auch die Sachen und privaten Gegenstände von Adrian befanden.

>>Du hast mich heute wieder ganz stolz gemacht Schatz.<< Ließ Elias Angie wissen und küsste sie dabei auf ihre sanften Lippen.

>>Ich lerne ja auch von dem Meister höchstpersönlich.<< Machte sie ihm ein Kompliment und küsste ihn auf seine Lippen.

>>Wir beide werden gemeinsam noch so viele schöne Tage erleben. ... Du und ich, wir werden eine großartige Zukunft haben.<< Versprach Elias ihr und umarmte sie anschließend ganz leidenschaftlich.

Die Umarmung gefiel Angie sehr und sie drückte ihn nur noch mehr an ihre Brust.

Es war bereits recht spät geworden und sie mussten beide am nächsten Tag wieder zur Arbeit.
Deswegen nahmen sie eine gemeinsame Dusche und gingen anschließend ins Bett, in der sie ihr Liebesakt weiter fortsetzten, den sie unter der Dusche angefangen hatten.
Und immer noch hatte Angie keine Ahnung davon gehabt, dass Elias asexuell war.
Er bevorzugte es weiter darüber zu schweigen, weil er keinen triftigen Grund dafür gesehen hatte, sie davon in Kenntnis zu setzen. Es war ein unwichtiges Thema. Für ihn war es wichtig, dass sie dabei ihren Spaß hatte. Und den hatte sie auch. So sehr, dass sie bislang nichts gemerkt hatte.

KAPITEL 10

DAS KILLER-PAAR

Es waren bereits mehrere Tage vergangen, seitdem Angie und Elias den jungen Mann namens Adrian auf ihrem Küchentisch bei lebendigem Leibe aufgegessen hatten.

Inzwischen war Angie sehr gut darin gewesen, Menschen gnadenlos und ohne jegliche Reue umzubringen, um sie anschließend verspeisen zu können.

Sie hatte schnell gelernt und kam mittlerweile auch ohne die Hilfe von Elias ganz gut zurecht.

Sie töteten und aßen nicht nur gemeinsam, sondern sahen sich auch viel öfter Filme und Dokumentationen über Kannibalismus an. Aber auch Filme über Zombies oder anderen Monstern und schrecklichen Gestalten, die Jagd auf Menschenfleisch machten, gehörten zu ihrem Fernsehprogramm.

Ihre plötzliche Veränderung, nicht nur äußerlich, sondern auch vom Verhalten her, war natürlich auch ihren Kolleginnen und Kollegen sowie auch Neslihan aufgefallen.

Sie war keineswegs frech, unhöflich oder arrogant gewesen. Sie war nach wie vor nett und hilfsbereit, aber sie war viel selbstsicherer geworden und sagte offen und direkt was sie über andere dachte. Bei Bedarf nahm sie sich auch kein Blatt vor den Mund oder hielt sich sonst irgendwie zurück. Ihr war plötzlich egal gewesen, was andere von ihr dachten. Sie wollte einfach nur ihre ehrliche Meinung über gewisse Dinge, Situationen, aber auch Menschen, zu denen auch einige ihrer Arbeitskolleginnen und Arbeitskollegen gehörten, offen aussprechen. Es war deren Problem, ob sie damit klar kamen oder nicht. Ihr war es egal gewesen. Sie wollte sich einfach nicht mehr zurückhalten und alles hinunterschlucken. Sie wusste sich endlich zu wehren und darauf war sie stolz gewesen. Ohne ihr wahres Ich wäre ihr das niemals gelungen. Die frühere Angelika hätte weiterhin alles so hingenommen wie es kam, aber nicht Angie. Sie ließ sich nichts gefallen und konnte, bei Bedarf, sehr gut austeilen.

Abgesehen davon arbeitete sie noch dynamischer und viel fleißiger als früher. Ihrem Vorgesetzten, dem Herrn Böhm, gefiel ihr Einsatz auch viel besser. Sie war viel engagierter als früher und ließ alle anderen alt aussehen.

Selbstverständlich konnten auch die Gäste ihre strahlende Persönlichkeit erkennen, woraufhin sie ihr viele Komplimente machten und auch recht großzügig mit dem Trinkgeld waren.

Ihr neues Ich hatte Angelika nur Vorteile verschafft.

Sie fühlte sich einfach nur gut.

Auch ihrer Freundin Neslihan gefiel ihre neue Art und Weise. Sie hatte sofort erkannt, dass es etwas mit ihrem neuen festen Freund Elias zu tun hatte. Natürlich hatte Angie dies zwar bestätigt, aber gewisse schmutzige beziehungsweise blutige Details hatte sie ausgelassen.

Neslihan hatte ihr vorgeschlagen, dass sie sich wiedereinmal zu viert treffen sollten, weil das letzte Mal bereits lange her gewesen war. Nicht nur, weil sie alle miteinander befreundet waren und sie den Kontakt pflegen wollte, sondern auch, weil sie sehr neugierig darauf war zu sehen, wie die beiden mittlerweile miteinander harmonierten.

Denn beim letzten Mal waren sie ja noch gar nicht fest zusammen gewesen. Und dieses Mal würde das Treffen daher vollkommen anders sein und eine komplett andere Dynamik haben als damals.

Neslihan freute sich daher sehr darauf, die beiden als ein Paar zu erleben.

Doch das Paar war nunmal kein gewöhnliches Paar gewesen.

Sie waren mittlerweile zu einem richtigen Killer-Paar geworden. Einem grausamen und brutalen Killer-Paar, dem einfach nichts mehr heilig gewesen war.

Angie war bereits in das Darknet eingeführt worden. Elias hatte ihr alles darüber erzählt und ihr so einige grausige sowie verstörende Inhalte darin gezeigt.
So wurde sie auch über den Chatroom „Take Me!" unterrichtet. Elias hatte ihr alles über diesen außergewöhnlichen Chatroom erzählt, was wichtig gewesen war.
Angie fand diese Plattform mehr als nur gut.
Am Anfang hatte sie es nicht glauben können, dass da draußen tatsächlich Menschen gewesen waren, die sich selbst, ihr eigenes Fleisch zum Verzehr angeboten hatten. Und das vollkommen aus freiem Willen heraus.
Menschen wollten tatsächlich von anderen Menschen verspeist werden.
Für eine Kannibale wie sie, war dieser Chatroom wie ein Geschenk gewesen. Sie verglich das mit einem Onlinesupermarkt oder wie ein Lieferservice bei der sie ihr Essen nach Hause bestellen konnte. Sie konnte sie sogar nach ihren Herkunftsländern auswählen. Kam ganz drauf an, was sie gerne essen wollte. Sollte es etwas asiatisches sein oder vielleicht doch italienisch? Sollte es eine gemischtrassige Person sein, damit sie es etwas exotischer haben konnte? Oder sollte sie doch bei der heimischen Küche bleiben und sich etwas aus Österreich gönnen? Es mangelte an nichts. Besseres konnte es gar nicht geben. Das würde so viel Zeit, Energie und Aufwand ersparen.
Sie saß gemeinsam mit Elias auf dem blauen Sofa im Wohnzimmer und suchte auf ihrem Laptop nach einer Person, die bereit gewesen war sich freiwillig in die Pfanne hauen oder in den Backofen schieben zu lassen.

Angie konnte es gar nicht glauben, wieviele Menschen sich als eine Mahlzeit angeboten hatten. Es waren unzählige. Dabei bekommt man im gewöhnlichen Alltag so etwas überhaupt nicht mit. Man kommt gar nicht zu dem Gedanken, dass es da draußen so viele Menschen geben würde, die gerne von anderen Menschen aufgegessen werden würden.

Es war wirklich verrückt was sich in diesem Darknet abgespielt hatte. Der wahre Horror ereignete sich genau dort drinnen. Im Darknet ließen die Menschen alle ihre Masken fallen und zeigten ihr wahres Ich. Nur dort konnten sie ihr wahres Ich ausleben und die Person sein, die sie eigentlich waren.

Es handelte sich teilweise um Personen, die im normalen Leben, außerhalb des Darknet's, ganz gewöhnlichen Berufen und Job's nachgingen, aber sobald sie sich im Darknet aufhielten, verwandelten sie sich zu kranken, perversen und psychopathischen Gestalten. Sie verwandelten sich zu Monstern.

Es war wirklich mehr als nur beängstigend gewesen.

Angie hatte sich kurzweilig überlegt, wie vielen von diesen Psychopathen sie wohl in ihrem gewöhnlichen Alltag begegnet war? Wie vielen perversen und kranken Köpfen sie wohl über den Weg gelaufen war, vielleicht sogar eine Unterhaltung geführt hatte?

Und jetzt gehörte sie selbst zu ihnen. Jetzt war sie auch eine von diesen Psychopathen geworden, die sich in dieser kranken und perversen Community aufgehalten haben.

Im echten Leben ließ sie sich nichts anmerken und ging ganz normal zur Arbeit und bediente als eine nette und höfliche Kellnerin ihre Gäste. Sie konnte ihr wahres Ich sogar so gut verstecken, dass selbst ihre langjährige Kollegin und Freundin Neslihan nicht dahinter kommen konnte.

Angie schaffte es sogar selbst sie hinter's Licht zu führen. Denn genauso machten es alle anderen im Darknet auch. Sie versteckten vor ihren Freunden, Kollegen und vielleicht sogar vor ihren Familien, wer sie eigentlich gewesen waren.

Sie spielten ihnen etwas vor und taten so, als wären sie sehr freundlich und nett. Doch in Wahrheit spielten sich viele kranke Phantasien in ihren Köpfen ab.

Eine Person mochte im echten Leben ein Arzt gewesen sein, doch im Darknet war genau diese Person ein perverser und pädophiler Psychopath gewesen.

Eine Person mochte im echten Leben eine Kindergartenpädagogin sein, doch im Darknet bot sich genau diese Person als eine Auftragsmörderin an.

Angie war fassungslos darüber, was sie da drinnen alles mitansehen musste. Sie hätte niemals in ihrem Leben gedacht, dass gewisse Menschen zu gewissen Taten fähig sein konnten. Dank des Darknet's betrachtete sie nun die Welt und die Menschen komplett anders. Man konnte tatsächlich niemandem vertrauen. Niemand schien wirklich die Person zu sein, die sie vorgaben zu sein. Das wusste sie allein von sich selbst. Und natürlich auch von ihrem geliebten Freund Elias.

Doch es gab eben auch Menschen, die weitaus grausamer und psychopathischer gewesen waren, als die beiden jungen Feinschmecker. Diese Erkenntnis hatte sie nun gemacht.

Aber sie ließ jeden von ihnen außer Acht. Denn sie musste sich auf sich und auf ihre kranke Leidenschaft konzentrieren.

Also suchte sie weiter nach einer Person, die ihr persönlich zusagte. Elias wollte nicht eingreifen und sie bei ihrer Wahl nicht beeinflussen. Er gab ihr die Freiheit sich selbst in dem Chatroom auszutoben und jemanden kennenzulernen.

Angie hatte auch mittlerweile schon eine Vorstellung davon wie ihr nächstes Opfer in etwa sein sollte.

Sie suchte nach einer jungen Frau im Alter von zwischen 20 und 25 Jahren. Denn sie wollte einmal das Gefühl erleben, jemanden abzuschlachten, die ungefähr im selben Alter gewesen war wie sie. Und sie sollte aus Serbien stammen. Das war ihr ganz besonders wichtig gewesen.

Denn vor wenigen Jahren, arbeitete sie noch mit einer jungen Serbin zusammen, die sie nach einiger Zeit nicht mehr ausstehen konnte. Denn die damalige Kollegin mit dem Namen Bojana hatte sich oft sowohl hinter ihrem als auch hinter dem Rücken von ihren restlichen Kolleginnen und Kollegen falsch verhalten. Vor allem hatte es Bojana auf ihre Freundin Neslihan abgesehen. Sie versuchte sie zu sabotieren wo sie nur konnte. Jedes Mal schaffte sie es herauszufinden, wann Neslihan sich für ihre Urlaube eintragen wollte, sodass Bojana ihr immer zuvor gekommen war und dieselben Urlaubstage noch vor ihr genommen hatte. Zudem hatte sie mit Gästen oft schlecht über Neslihan geredet, sodass sie nicht unbedingt von ihr bedient werden wollten. Auch unter ihren Kolleginnen und Kollegen verbreitete sie oft schlechte Gerüchte über sie, die nicht der Wahrheit entsprachen.

So ging das eine Zeit lang weiter bis irgendwann Bojana von einer anderen Kollegin dabei erwischt worden war, wie sie unerlaubt vom Kühllager einige von den köstlichen Nachspeisen einstecken und mit nach Hause nehmen wollte. Ihr verzweifelter Versuch ihre Kollegin zu bestechen, damit sie darüber schwieg, blieb dabei erfolglos. Wie es sich später herausgestellt hatte, hatte sie das bereits länger gemacht. Das hatte auch die Minuszahlen von den Inventuren erklärt. Zudem hatte sie es ohnehin aus Angst zugegeben. Dabei hatte sie all die Zeit behauptet, dass Neslihan vieles vom Lager mitgehen lassen würde. Später hatte sie auch all ihre restlichen Gemeinheiten und ihre Lügen zugegeben.

Als Herr Böhm am Ende die Wahrheit erfahren hatte, hatte er sie fristlos gekündigt. Auf eine Anzeige hatte er aus Mitleid verzichtet, weil sie noch so jung gewesen war und ihre Taten ernsthaft bereute. Bei ihrem Geständnis war sie in Tränen ausgebrochen. Trotz all dem, was sie getan hatte, wollte Herr Böhm sie ohne Anzeige davonkommen lassen. Er gab ihr jedoch einen unwiderruflichen Hausverbot.

Gleich nach Bojana's fristloser Entlassung, entwickelte sich alles plötzlich zum Besten. Es gab keine Beschwerden mehr. Weder von den Gästen noch unter dem verbliebenen Personal. Auch die Inventur stimmte seither immer.

Die dunkle Aura, die während ihrer Zeit sich am gesamten Arbeitsplatz breit gemacht hatte, war plötzlich mit ihr verschwunden.

Alle fühlten sich gut aufgelegt. Sie waren motiviert und zufrieden.

Doch Angie hatte festgestellt, dass sie die damaligen Taten von Bojana eigentlich nicht verarbeitet hatte. Vor allem konnte sie nicht vergessen, wie sehr Neslihan darunter gelitten und auch oft deswegen geweint hatte. Sie hatte sogar oft daran gedacht zu kündigen, aber Angelika konnte sie jedes Mal dazu überreden doch zu bleiben.

Sie hatten sich schon immer Mut und Kraft gegeben. Sie waren schon immer füreinander da gewesen und haben sich bei allem unterstützt.

Und weil sie all dies noch immer nicht verarbeitet hatte, wollte sie unbedingt eine aus Serbien haben. Denn sie wollte sich dabei Bojana vorstellen. Sie wollte ihr quasi alles heimzahlen, was sie ihnen allen angetan hatte.

Angie war ganz Gewiss auf Rache aus gewesen.

Für Elias war das vollkommen in Ordnung gewesen. Es war ihm ohnehin egal gewesen, aus welchen Gründen sie ihre Opfer töteten. Die Hauptsache war es, dass sie etwas zu Essen auf dem Tisch hatten.

Irgendwelche Gefühle oder Empathie dabei zu empfinden war bei ihnen beiden fehl am Platz gewesen. Das einzige Gefühl, das sie sich erlaubten, waren Glücksgefühle. Glücksgefühle, die sie bekamen, weil sie wieder für eine köstliche Mahlzeit gesorgt hatten.

Für sie waren nur ihre eigenen Gefühle sowie ihr eigenes Anliegen wichtig gewesen. Alle anderen waren ihnen vollkommen egal.

Es zählte nur ihre Leidenschaft zum menschlichen Fleisch und ihre große Liebe zueinander.

Alles andere war unwichtig gewesen.

Angie suchte immer noch eifrig weiter nach der Person, die ihren Vorstellungen entsprach und konnte bisher nicht fündig werden.

Es hatten sich zwar einige Serbinnen angeboten, aber keiner von ihnen entsprach ihren Vorstellungen.

Doch sie dachte nicht daran aufzugeben und suchte weiter. Sie scrollte rauf und runter. Sie schrieb und chattete mit einigen, um sie ein wenig kennenzulernen. Sie passte ihre Suchkriterien in den Einstellungen des Chatrooms an, um schneller jemanden zu finden. Doch trotz alle dem, dauerte es eine Weile bis sie die richtige Person finden konnte.

Es gab einige Kandidatinnen, die für sie in Erwägung kamen, aber ganz sicher war sie bei keinem von ihnen gewesen.

Daher beschloss sie jeden von ihnen anzuschreiben und sich ein wenig mit ihnen zu unterhalten. Es war Angie sehr wichtig, dass sie sie vorher etwas besser kannte, bevor sie ihre Entscheidung treffen konnte.

Es waren insgesamt vier junge Damen, die für sie in Frage gekommen waren.

Sie alle waren zwischen 20 und 25 Jahren gewesen und stammten ursprünglich aus Serbien. Zwei von ihnen lebten sogar in

Wien. Die dritte lebte in der Schweiz und war nicht bereit gewesen nach Wien zu reisen, obwohl Angie ihr angeboten hatte sämtliche Reisekosten für sie zu übernehmen. Doch sie lehnte ab und verabschiedete sich. Von der vierten und letzten hatte sich Angie selbst verabschiedet, nachdem sie im weiteren Chatverlauf mit ihr, herausgefunden hatte, dass sie eine Transsexuelle gewesen war, die in Deutschland lebte. Sie kleidete und bewegte sich zwar wie eine Frau und redete auch so wie eine, aber sie hatte bis auf eine Brustoperation, keine richtige Geschlechtsumwandlung vollzogen.

Doch selbst wenn sie eine solche Operation auch gemacht hätte, käme sie für Angie nicht in Frage, weil sie schließlich biologisch ein Mann gewesen war. Sie kam als ein Junge auf die Welt. Doch Angie wollte eine richtige Frau haben.

Daher waren am Ende nur noch zwei Kandidatinnen übrig geblieben von denen sie sich für eine von ihnen endgültig entscheiden musste.

Eine war 22 und die andere war 24 Jahre alt gewesen und sie lebten beide in Wien.

Nachdem sie mit beiden ein wenig hin und her geschrieben hatte, hatte sich Angie schlussendlich doch noch entschieden.

Ihre endgültige Wahl fiel auf die 24-Jährige Jadranka.

Sie hatte am Ende Angie davon überzeugen können, die richtige Person zu sein.

Als Angie Jadranka gefragt hatte, wieso sie sich zum Essen angeboten hatte, antwortete sie damit, dass sie aus ihr unerklärlichen Gründen, schon immer den Drang in sich verspüren konnte, wie es wohl wäre von einem Menschen verspeist zu werden. Sie hatte ihr auch verraten, dass sie anfangs daran gedacht hatte sich nicht umbringen, sondern nur einen gewissen Teil von sich verspeisen zu lassen. Denn sie wollte es unbedingt erleben können, wie die Person, die ein Teil von ihr aufaß, auf ihr Fleisch reagieren würde. Sie wollte den Genuss in dessen Augen sehen. Sie wollte die Zufriedenheit im Gesicht dieser Person beobachten. Doch mit der Zeit, hatte sie den Wunsch entwickelt getötet und komplett verspeist zu werden. Der Grund dafür war einfach der, wie sie in der weiteren Unterhaltung verraten hatte, dass sie eine gute Freundin hatte, die genau das mit sich tun ließ und dabei einen ganzen Arm zum verspeisen angeboten hatte. Doch irgendwann hatte sie es bereut und am Ende ihren gesamten Körper angeboten, woraufhin sie kurze Zeit später von einem reichen Geschäftsmann nach England eingeladen und dort von ihm und seinen Freunden beziehungsweise Gästen zum Erntedankfest verspeist worden war.

Und sie wollte ihre Entscheidung nicht auch noch bereuen und wollte daher gleich sterben.

Genau diesen Wunsch von ihr waren Angie und Elias bereit zu erfüllen, weswegen sie mit Jadranka ein Termin festgelegt und sie zu sich nach Hause eingeladen hatte.

Jadranka willigte ein und freute sich bereits darauf von einem Liebespaar verspeist zu werden. Das erinnerte sie auch ein wenig an den Fall von ihrer damaligen 19-Jährigen Freundin Mirjana. Zwar handelte es sich bei ihrem Fall nicht um eine ganze Versammlung, aber immerhin war es ein Paar gewesen.

Das allein konnte sie glücklich stimmen.

Bereits vier Tage später, an einem Samstag, an dem Elias und Angie Dienstfrei hatten, fand auch schon das große Treffen mit Jadranka statt.

Sie hatten sich für vierzehn Uhr verabredet, die Jadranka auch pünktlich eingehalten hatte.

Und wieder hatten sie ihre gemeinsame Küche vorbereitet und alles mit Plastikfolie bedeckt.

Auch die üblichen Küchenutensilien wie Pfanne, Kochtopf, Besteck und einige mehr standen bereit.

Jadranka wurde ganz höflich und freundlich von ihren beiden Gastgebern empfangen.

Sie taten alles damit sie sich bei ihnen so wohl wie möglich fühlen konnte.

Sie hatten ihr sogar etwas zu essen angeboten, aber Jadranka hatte dankend abgelehnt, da sie schon ein gutes Frühstück gehabt und bisher kein Hunger bekommen hatte.

Sie nahm nur ein Glas Eistee Zitrone und gab sich damit auf dem blauen Sofa ganz zufrieden.

Es erfolgte danach ein kleines und nettes Smalltalk, bevor es mit der richtigen Sache losging.

Sowie Jadranka ihr Glas leergetrunken und es am Tisch abgestellt hatte, standen sie alle auf und machten sich auf den Weg in die Küche.

Jadranka war begeistert von der Professionalität der beiden gewesen und zeigte sich durchaus beeindruckt, als sie die Küche so vorbereitet vorgefunden hatte.

Sie wusste, dass sie in guten Händen gewesen war und konnte sich von daher ganz entspannt und mit einem ruhigen Gewissen weiter anbieten.

Elias hielt sich eher zurück und überließ Angie das Sagen.

Denn es sollte ihr spezieller Moment werden.

Sie allein hatte es soweit gebracht und sie sollte es auch zu Ende bringen.

Angie verlangte von Jadranka mit einer angenehm ruhigen und höflichen Stimme, dass sie sich ihrer Kleider komplett entledigen und alles, auch ihre Unterwäsche, ausziehen solle.

Ohne weiter zu überlegen, hatte Jadranka genau das gemacht, was Angie von ihr verlangt hatte. Und während sie sich auszog, hatte sie die ganze Zeit über ein sehr gutes Gefühl dabei, weswegen sie nicht aufhören konnte zu lächeln.

Nachdem sie sich komplett ausgezogen und mitten in der kalten Küche nackt gestanden hatte, nahm Elias all ihre Sachen und stopfte sie in einen großen und schwarzen Müllbeutel hinein.

Jadranka hatte eine sehr saubere, glatte und zarte Haut ohne jegliche Makel, hatte Angie festgestellt. Zudem hatte sie auch zwei sehr hübsche Brüste, deren Brustwarzen sie an zwei Raketen erinnerten, die zum Abschuss bereit gewesen waren.

Ihr schöner, straffer und rundlich geformter Hintern war wortwörtlich zum Anbeißen gewesen.

Und eine komplette frische Bikinirasur hatte sie auch noch.

Angie freute sich schon darauf in diesen wunderschönen Körper hineinzubeißen und konnte es kaum erwarten, sie in kleine Stücke zu zerlegen.

Sie fand es sogar ein wenig schade, dass sie diesen perfekten Körper in wenigen Sekunden deformieren musste, aber so lief das nunmal.

Nichts war für die Ewigkeit.

Nun bat sie Jadranka einige Schritte mehr nach vorne zu machen und sich auf den Küchenboden zu legen, auf dem bereits die Plastikfolie ausgespannt worden war.

Auch dieser Bitte leistete Jadranka Folge und legte sich, ohne zu zögern, auf den kalten Küchenboden hin.

Angie bewegte sich langsam der Küchentheke zu und griff nach dem Küchenmesser, das sie einige Tage zuvor von Elias geschenkt bekommen und mit dem sie bereits die Kehle von Matej Slivka aufgeschnitten hatte.

Elias blieb etwas abseits von dem ganzen Geschehen stehen und beobachtete vorerst nur den Verlauf.

Zum zweiten Mal würde er zusehen, wie seine Freundin und Mörderpartnerin einen weiteren Menschen töten würde.

Er sah beide Frauen abwechselnd an. Er wollte sowohl Angie bei ihrer Tat genau beobachten als auch die Reaktion von Jadranka verfolgen.

Und beide waren höchst konzentriert gewesen. Angie war fokussiert darauf das Messer in Jadranka's Brustkorb zu stechen, während sie wie ein Raubtier um sie herum ging. Jadranka lag einfach nur da und wartete darauf von Angie in Stücke zerteilt zu werden.

Sie wollten beide dasselbe, jedoch mit sehr unterschiedlichen Vorstellungen.

Elias genoss die Spannung, die sich in diesem Moment in der Küche breit machte.

Das erregte ihn nur noch mehr dazu, sich später auf das köstliche Frischfleisch zu stürzen und seine Hände und sein Gesicht mit menschlichem Blut zu beschmieren.

Angie stand nun, mit dem Küchenmesser in ihrer Hand, direkt vor den Füßen von Jadranka und blickte ganz tief in ihre Augen.

Mit einer ruhigen Stimme stellte sie ihr noch eine letzte Frage
>>*Hast du noch einen letzten Wunsch?*<<

Jadranka wandte ihre Blicke von Angie ab und starrte auf die Decke über ihr, während sie kurz nachdachte.

Etwa zehn Sekunden später gab sie ihr folgende Antwort
>>*Nein, habe ich nicht.*<<

Angie sagte nichts drauf. Sie machte kurze und langsame Schritte bis zu den Hüften von Jadranka und setzte sich auf sie drauf.

Bei dem Druck, der nun auf ihr lastete, fing Jadranka etwas tiefer und lauter zu atmen an, blieb jedoch dabei weiterhin vollkommen ruhig.

Auch Angie nahm tief Luft und hob währenddessen, mit beiden Händen, das Küchenmesser über ihren Kopf.

Sowie sie die Luft wieder ausgeatmet hatte, hatte sie gleichzeitig das Küchenmesser direkt zwischen den beiden straffen Brüsten von Jadranka hineingetaucht, sodass Jadranka auf der Stelle gestorben war.

Das Küchenmesser steckte noch völlig im Körper der jungen Frau, während ihr Blut langsam aus ihrem schönen Mund herausfloss und auf die Plastikfolie unter ihr tröpfelte.

Sowohl für Angie als auch für Elias war das ein sehr genussvoller und reizender Anblick gewesen. Bei beiden strahlten die Augen dabei während beide das selbe schiefe Lächeln in ihren dämonischen Gesichtern aufgesetzt hatten.

Mit einem kleinen Ruck zog Angie das Küchenmesser wieder heraus und stach ein weiteres Mal ein. Diesmal an eine andere Stelle am Oberkörper der toten Frau.

Sie tat das noch drei weitere Male und hörte dann wieder auf. Nachdem sie fertig mit dem Einstechen war, waren ihr Gesicht und ihre blonden Haare mit Blutspritzern übersät gewesen. Ihre Hände waren so voller Blut als hätte sie sie in eine rote Farbdose eingetaucht.

Ganz zu schweigen von ihrer Kleidung.

Sie stand wieder auf und warf einen kurzen Blick zu Elias hinüber. Den Stolz und die Zufriedenheit in seinen Augen konnte sie ablesen wie die Seite eines Buches.

Angie fühlte sich in diesem Moment sehr befreit und wirkte so, als ob sie sich in einem Drogenrausch befinden würde.

Sie legte das Küchenmesser wieder zurück und schnappte sich ein Hackbeil.

Elias nahm ebenfalls ein zweites Hackbeil in die Hand und nach einem kurzen Blickkontakt miteinander, gaben sie sich einen innigen Kuss. Danach knieten sie sich auf den Boden nieder und zerteilten Jadranka in viele kleine Stücke.

Sie liebten den matschigen und den feuchten Klang, der jedes

Mal erzeugt wurde, wenn das Hackbeil ein Stück Fleisch abtrennte. Und auch das kleine Knacksen der Knochen, wenn sie vom Hackbeil durchtrennt wurden.

Das war wie Musik in ihren verstörten Ohren.

So zerhackten und zerteilten sie den schönen und makellosen Körper der jungen Frau in verschieden große Stücke und bewahrten sie in kleinen Plastiktüten mit Zippverschluss auf.

Die Zunge und die Ohren legten sie in das Waschbecken hinein, weil sie sie sofort braten und essen wollten.

Genauso auch alle Zehn Finger ihrer zarten und weichen Hände. Diese wollten sie noch schnell panieren und in der Fritteuse frittieren. Elias machte dafür sogar noch einen pikanten Spezialdip, der zwar optisch an eine Salsa Sauce erinnerte, aber ganz anders schmeckte. Denn in den Zutaten befand sich Jadranka's Blut.

Nachdem sie Jadranka vollkommen zerstückelt und in viele Plastiktüten gegeben hatten, brachten sie jedes einzelne davon in die Tiefkühltruhe und legten sie schön gestapelt aufeinander drauf.

Den abgeschnittenen und kahlgeschorenen Kopf, dem sie bereits Augen, Ohren, Nase und Zunge abgetrennt und das Gehirn entfernt hatten, steckten sie ebenfalls in eine etwas größere Plastikfolie und stellten ihn ganz oben in die Tiefkühltruhe hinein.

Das Gehirn wurde separat eingepackt und kam in den Kühlschrank hinein. Sie wollten es am nächsten Tag in den Backofen schieben und schön saftig durchbraten.

Die Küche wurde schön sauber aufgeräumt und in ihren ursprünglichen Zustand zurückversetzt.

Danach wurde der Esstisch gedeckt und es wurde gemütlich zu Abend gegessen.

Mit dem Spezialdip hatte sich Elias diesmal selbst übertroffen.

Er hatte ihn genauso gemacht wie sonst auch, aber möglicherweise lag diesmal der himmlische Geschmack an Jadranka's Blut.

Denn auch ihre Körperteile schmeckten exzellent, hatte das Killer-Paar mit den Namen Elias und Angie festgestellt.

Sie ließen Jadranka's Zunge, die sie halbiert hatten, auf ihrer eigenen Zunge zergehen. Weiters erfreuten sie ihre Gaumen mit den knusprigen Ohren, die leicht zäh waren und schön auf sich kauen ließen, sodass das der ölige und fettige Geschmack sie beinahe von ihren Stühlen umgeworfen hatte.

Jadranka schmeckte mit Abstand am besten bisher und Angie war sehr zufrieden mit ihrer Wahl gewesen. Selbstverständlich war auch Elias überaus begeistert von ihrem Talent und er wusste ganz genau, dass noch mehr in ihr steckte.

>>*Ach, bevor ich es vergesse!*<< Warf Angie plötzlich ein, während sie an einem der gebackenen Finger knabberte und brachte ihr Satz zu Ende >>*Neslihan schlug wieder ein Treffen zu viert vor. ... Weil wir uns alle eine Weile nicht mehr gesehen haben, seitdem letzten Mal.*<<

Elias tunkte eines der gebackenen Finger in den Spezialdip und biss ein Stück davon ab. Nachdem er das Fleisch hinuntergeschluckt hatte, antwortete er >>*Soll mir recht sein.*<< Und tunkte den restlichen Finger in den Dip hinein.

>>*Und, wann wollen wir sie einladen?*<< Wollte Angie wissen, woraufhin Elias wie folgt antwortete >>*Also, ganz ehrlich? Das ist mir vollkommen egal.*<< Danach machte er ein Schluck von seinem Rotwein in den er ebenfalls ein wenig Blut hineingemischt hatte. Dadurch schmeckte der Wein nicht nur besser, sondern wurde auch viel rötlicher und etwas dickflüssiger. So gefiel ihm der Rotwein einfach viel besser.

Auch Angie schmeckte der Rotwein so am besten, weswegen sie sich bereits ihr zweites Glas einschenkte.

Nach einem großen Schluck sagte sie >>*Wie wäre es dann mit nächste Woche Sonntag? Da haben wir alle frei. Wäre ideal.*<<
Elias knabberte nachdenklich am linken Ohr, das von Jadranka stammte, und sagte >>*Ja, von mir aus.*<<
>>*Also gut. Dann gebe ich Neslihan später Bescheid und sage, dass sie sich für Sonntag nächste Woche nichts vornehmen sollen.*<<
Und auch sie tunkte den nächsten frittierten Finger in den pikanten Spezialdip hinein.
Sie aßen eine kurze Weile schweigend vor sich hin und genossen ihre Mahlzeit. Dann sagte Elias zu Angie etwas, dass das große Schmatzen kurzfristig unterbrochen hatte >>*Ich liebe dich Angie! ... Ich bin froh dich kennengelernt zu haben. Und ich bin froh darüber mit dir zusammen sein zu dürfen. Du erfüllst mich, seit wir zusammen sind, mit Stolz. ... Du bist meine Seelenverwandte.*<<
Danach nahm er ihre Hand und küsste sie zärtlich.
Angie, die so etwas gar nicht erwartet hatte, war sehr gerührt gewesen und sagte >>*Ich liebe dich auch mein Schatz! Und auch ich bin froh dich kennengelernt zu haben und mit dir zusammen zu sein. Ich bin froh darüber, dass du ein Teil meines Lebens geworden bist und mir zu meinem wahren Ich verholfen hast. Ich danke dir für alles.*<<
Danach hoben beide mit einem Lächeln ihre Weingläser hoch und stießen auf eine gemeinsame und unzertrennliche Zukunft an.

Am späten Abend saßen sie beide eingekuschelt vor dem Fernsehapparat und sahen sich gemeinsam eine weitere Folge von „The Witcher" auf Netflix an und tranken dazu eine Tasse Pfefferminztee.
So machte es noch mehr Spaß ihre Lieblingsserie anzusehen

und ihr Lieblingsheißgetränk zu genießen als das alles ganz alleine machen zu müssen. Selbst damals mit Neslihan hatte es nicht annähernd so viel Spaß gemacht als mit Elias.

Doch so war es ja bekanntlich schon immer gewesen. All die Dinge, die man mochte und gerne tat, machten mit dem Menschen, den man liebte noch mehr Spaß. Sie gewannen noch mehr an Bedeutung, wenn man sie mit einem Seelenverwandten teilen konnte.

Sie mochte es gemeinsam mit Elias ihre Lieblingsserien anzusehen und Elias mochte es gemeinsam mit ihr Menschen zu verspeisen. Jeder von ihnen bekam das, was sie wollten.

Sie waren beide endlos glücklich und zufrieden gewesen.

Auf Netflix ruhten die Lieblingsserien und Lieblingsfilme der beiden. Im Küchenschrank ruhte der Pfefferminztee. Und in der Tiefkühltruhe ruhten die abgetrennten und zerstückelten menschlichen Teile.

Sie waren satt und sie hatten einander.

Besser konnte es gar nicht laufen.

Während Angie vertieft ihre Serie verfolgte und dabei weiterhin genüsslich an ihrem Tee nippte, stellte Elias ganz plötzlich eine Frage, die absolut mit der momentanen Situation nichts zu tun hatte >>*Ich wollte dich schon immer etwas fragen.*<<

Angie drückte auf auf ihrer Fernbedienung auf die Pausetaste, richtete sich ein wenig auf und schenkte ihm ihre ganze Aufmerksamkeit >>*Was denn?*<<

>>*Also, ich meine deine Vergangenheit geht mich zwar nichts an und ich rede auch nicht so gerne darüber, wenn es nicht sein muss, aber so etwas möchte man irgendwie einfach wissen.*<<

Jetzt wartete Angie ganz gespannt darauf, was ihn wohl so sehr beschäftigte.

>>*Als du und Neslihan früher zusammengewohnt habt, ... wie*

habt ihr das mit den Männern hinbekommen? ... Ich meine, musste immer eine von euch die Wohnung verlassen, wenn die andere jemanden eingeladen hatte? Und wenn ja, für wie lange? Musstet ihr deswegen vielleicht oft in einem Hotel übernachten oder habt ihr euch direkt mit diesen Typen in einem Hotel oder bei ihnen Zuhause verabredet?<<

Angie hatte ihn daraufhin für einige Sekunden mit einer sehr ernsten Mimik angestarrt und brach gleich hinterher in einem großen Gelächter aus.

Sie konnte sich für einige Minuten nicht einkriegen und musste sogar die Tasse mit ihrem Tee darin auf dem Tisch abstellen.
Dabei hatte sie ein kleines Bisschen auf den Tisch verschüttet.
Sie stand sogar kurz davor sich zu bepinkeln, doch konnte sich gerade noch so zurückhalten.

Elias konnte gar nicht begreifen, was daran so witzig sein würde und starrte sie einfach nur mit fragenden und verwirrten Blicken an.

Er wartete ganz geduldig darauf bis sie wieder zu Atem kam und bevorzugte es bis dahin zu schweigen.

Nachdem sich Angie endlich wieder beruhigt hatte, versuchte sie nach Luft zu schnappen und ihn aufzuklären. Dabei wischte sie sich mit ihrem Handrücken hin und wieder die Tränen von ihren Augen ab, die ihr vor lauter Lachen gekommen waren und musste zwischendurch doch ein paar kleine Lacher von sich geben.

Mit kleinen Unterbrechungen antwortete sie ihm >>Also wirklich Liebling, ... so sehr hatte es bisher niemand geschafft mich zum Lachen zu bringen. Das ist ja schon fast so köstlich wie all unsere Mahlzeiten. ... So etwas ging dir tatsächlich durch den Kopf? ... Ich denke, dass du einfach zu viele Porno's gesehen hast mein lieber Freund.<<

Dabei hatte Elias in seinem ganzen Leben nie Porno's angesehen. Sie interessierten jemanden wie ihn einfach nicht.

Jedenfalls erzählte Angie weiter >>*Es war tatsächlich so, dass Neslihan noch nie jemanden nach Hause gebracht hatte. Sie glaubte nämlich an die Treue und daran, dass sie sich nur von ihrem geliebten Ehemann, also dem Mann, den sie auch tatsächlich lieben würde, entjungfern lassen würde. ... Sie würde damit bis zur Ehe warten und so, aber als wir uns das letzte Mal darüber unterhielten, hatte sie mir bereits verraten, dass ihr jetziger Freund Faruk sie vor Kurzem entjungfert hätte. Sie hat es ihm erlaubt, weil sie sich so sicher ist, dass sie beide auch tatsächlich heiraten werden. ... Na ja, was mich betrifft ... also, ich hatte zwar schon die eine oder andere Bekanntschaft, aber ich habe sie nur selten hier her mitgenommen. Meist trafen wir uns bei ihnen zu Hause. Ich brachte sie auch nur dann zu mir, wenn Neslihan arbeiten oder bei ihrer Familie gewesen war. Sonst ein absolutes No-Go. ... Aber in den vier Jahren, die wir hier gemeinsam verbracht haben, haben wir uns mehr als nur einmal beim Masturbieren erwischt. Und nein, wir kamen dabei nicht auf Schweinereien.*<< Während sie den letzten Satz gesprochen hatte, hatte sie dabei ihren rechten Zeigefinger hochgehoben und damit schnell hin und her gewedelt.

>>*Ist jetzt alles klar?*<< Wollte sie von ihm wissen.

Elias nickte verständnisvoll und sagte >>*Ja, jetzt weiß ich Bescheid, danke für deine ehrliche Antwort!*<<

>>*Aber gerne doch!*<< Antwortete sie mit einem Lächeln darauf und zwinkerte ihm dabei liebevoll zu.

Danach nahm sie wieder ihre Tasse mit dem Pfefferminztee darin zur Hand, kuschelte sich wieder an Elias, drückte auf der Fernbedienung auf Play und sah sich ihre Serie an der Stelle weiter an, an der sie eine Pause gemacht hatte. Auch Elias widmete sich wieder komplett der Serie zu und trank ebenso sein Pfefferminztee weiter.

KAPITEL 11

DAS CARNISVAL

Nur wenige Tage nachdem sie Jadranka, die sie in dem Chatroom „Take Me!" kennengelernt, zerstückelt und Teile von ihr in die Tiefkühltruhe verstaut hatten, hatte sich Angie erneut im Darknet ein wenig umgesehen. Jedoch nicht um nach eine weiter Person als ihre nächste Mahlzeit zu suchen, sondern, um sich das Darknet etwas näher anzusehen.

Seitdem Elias sie damit vertraut gemacht hatte, war sie sehr neugierig darauf gewesen und verbrachte hin und wieder ein wenig Zeit darin.

Sie las darin einige grauenhafte Geschichten durch, die alle auf wahren Begebenheiten beruhten. Es waren Geschichten über brutale Serienmörder, geistesgestörte Menschen, perverse Foltermethoden, Pädophilenbastarde, verschiedene Menschenhandelsringe und viele weitere kranke und perverse Geschichten über viele weitere kranke und perverse Monster, die getarnt als Menschen mitten unter ihnen lebten.

Es gab auch jede Menge verstörendes Video- und Bildmaterial, von denen sie sich einige angeschaut hatte. Bei den meisten von ihnen wurde ihr ganz übel und sie fühlte sich sehr unwohl dabei, weswegen sie sich wieder ihrem Lieblingsthema, Kannibalismus, widmete.

Es war kurz nach 19 Uhr und Sie war vor wenigen Minuten von der Arbeit nach Hause gekommen. Elias war noch nicht zu Hause. An diesem Tag hatte er die Spätschicht, weswegen er erst so gegen 21 Uhr zu Hause eintreffen würde.

Gleich nach einer angenehmen Dusche hatte sich Angie eine Tasse Pfefferminztee gemacht und sich vor ihren Laptop gesetzt.

Bis zur Ankunft von Elias wollte sie ein wenig Zeit darin vertreiben. Und einige sehr verstörende Inhalte später, hielt sie sich in der Kannibalen-Community auf.

Dort konnte ihr nicht so schnell schlecht werden.

Während sie sich darin ein wenig die Zeit totschlug, wurde sie auf etwas sehr interessantes aufmerksam.

Sie hatte darin eine bunt geschmückte Anzeige mit der Aufschrift „CARNISVAL" gesehen und klickte auf den Banner drauf.

Sie war neugierig darauf, was das wohl sein könnte. Es hatte sich ein weiteres Fenster geöffnet, in der sie mehr zu dem Thema CARNISVAL erfahren konnte.

Schon nach einem kurzen Blick, war ihr klar gewesen, dass es sich um ein Fest beziehungsweise um ein großes Treffen der Kannibalen handelte. Das diesjährige CARNISVAL stand also erneut bevor und sämtliche Liebhaberinnen und Liebhaber des menschlichen Fleisches weltweit wurden dazu eingeladen.

Und zu ihrem großen Glück fand das fest, wie jedes Jahr auch, in der Wiener Secession im ersten Wiener Gemeindebezirk statt. So wie die Jahre zuvor, sollte das große Treffen und die langersehnte Feier der Kannibalen an diesem Freitag um 20 Uhr in einem geheimen Untergrundclub, der sich direkt unterhalb der Wiener Secession befand und zu dem gewöhnliche Menschen keinen Eintritt hatten, stattfinden. Gewöhnliche Menschen wussten nicht einmal, dass unter der Wiener Secession ein solcher Club existierte.

Dabei war der Club mit den besten Technologien ausgestattet gewesen. Jede Menge bunte Lichter und Scheinwerfer wie auf einer Luxusparty. Die besten Lautsprecher und Mischpulte für die DJ's, die an diesem Abend live auflegen würden.

Säulen aus Marmor, die die weite Decke stützten und große Spiegel in edlen Rahmen, die die Wände schmückten.

Angie gefiel auch der Begriff „CARNISVAL" ganz gut. Denn es handelte sich dabei um ein Wortspiel, das sich die Veranstalter dieser jährlichen Feier ausgedacht hatten.
Der Name bestand aus dem lateinischen Wort für Fleisch „Carnis" und dem Wort Karneval.
Somit stand der Name CARNISVAL schlicht und einfach für Fleischfeier oder Fleischparty.
Weiters hatte Angie auch gelesen, dass für diese außergewöhnliche Feier ein Dresscode streng einzuhalten war.
Denn zu der legeren Abendgarderobe war es auch Pflicht gewesen das Gesicht mit einer Maske zu bedecken.
Für die Auswahl der Maske gab es keine Vorschriften. Man durfte frei entscheiden, welche Maske man tragen wollte.
Hauptsache war es, dass das Gesicht dahinter gut versteckt werden konnte.
Der Grund dafür war einfach der, weil zu der Feier auch bekannte Persönlichkeiten und sonstige Prominente aus der ganzen Welt kamen, die sich insgeheim vom menschlichem Fleisch ernährten. Und all diese Promi-Kannibalen wollten unbekannt und anonym bleiben.
Selbst das gesamte Personal, die an dieser Veranstaltung ihren Diensten nachgehen mussten, wie zum Beispiel Securities, Kellnerinnen und Kellner, Barkeeper, DJ's und viele mehr, mussten Masken tragen. Selbstverständlich wurde das gesamte Personal auch speziell für diese Feier ausgesucht. Denn es handelte sich auch bei ihnen um Kannibalen, die kein Wort weder über die Feier selbst noch über dessen Veranstalter oder Gäste verloren.
Es musste alles strikt geheim gehalten werden von der Außenwelt.
Angie fand das alles sehr aufregend und freute sich schon sehr darauf. Sie hatte sich auch gefragt, ob Elias schon einmal von

diesem CARNISVAL gehört hatte, weil er ihr bisher davon nichts erzählt hatte. Sie würde ihn dann schon fragen, sobald er zu Hause angekommen ist.

Weiter unter auf der Seite war der Preis für die Tickets angegeben. Die Veranstalter verlangten für den Eintritt 300,00 Euro pro Person. Angie hatte ihre Augen ganz weit aufgerissen als sie die fettgedruckte Zahl gesehen hatte und musste erst einmal kräftig schlucken. Doch es war auch einerseits einleuchtend für sie, weil es sich nunmal um ein Geheimtreff für Kannibale mitten in der Stadt handelte, zu der sogar Prominente aus aller Welt kamen.

Abgesehen davon gab es ein Offenes Buffet, das kostenlos war. Es wurden auch gratis Champagner und Horsd'œuvre angeboten. Doch für alles weitere aus der Bar musste man bezahlen. Angie fand das mehr als nur fair und war schon kurz davor gewesen gleich zwei Tickets für sich und für Elias zu sichern, aber entschied sich dann im letzten Moment doch auf Elias zu warten und mit ihm vorher darüber zu sprechen.

Bis Freitag waren es zwar noch drei Tage, weswegen sie ja noch Zeit hatte, aber sie war besorgt darüber, ob es dann noch Tickets geben würde. Ihr blieb nichts anderes übrig als zu warten und darauf zu hoffen, dass sie noch rechtzeitig zwei Tickets bekommen würde.

Es war bereits zehn vor neun am Abend als Elias endlich nach Hause gekommen war.

Er wirkte leicht müde und verspannt. Allem Anschein nach hatte er wiedereinmal einen harten Arbeitstag hinter sich gelassen.

Doch seine Verspannungen verschwanden alle wieder, nachdem er so herzhaft von seiner geliebten Angie begrüßt und empfangen worden war. Die feste und wärmende Umarmung, die sie ihm geschenkt hatte, wirkte wie eine Medizin beziehungsweise wie ein Wunderheilmittel, das ihn auf der Stelle fit und munter machte.

>>*Willkommen Zuhause Liebling! Habe dich ganz schön vermisst. Ist ganz langweilig ohne dich.*<< Erheiterte sie ihn mit diesen Worten, woraufhin er sehr erfreut darüber war und folgendes sagte >>*Ich habe dich auch sehr vermisst! ... Wir hatten heute immens viel an Lieferung, um die ich mich kümmern musste. Hat mich echt erledigt.*<< Er lächelte ihr dabei liebevoll zu.

>>*Ach du mein armer Liebling!*<< Scherzte sie und fing daraufhin zu lachen an.

>>*Ja, mach dich nur lustig.*<< Sagte Elias und lachte ebenso.

>>*Ich muss ganz schnell unter die Dusche Schatz. Wir kuscheln dann, wenn ich fertig bin. Ich liebe dich!*<< Sagte er zu ihr und küsste sie auf ihre Lippen.

>>*Ist gut Schatz, mach das! ... Ich bereite dir inzwischen etwas zu Essen vor.*<< Ließ sie ihn wissen, woraufhin er sich herzlichst bei ihr bedankt hatte >>*Du bist die beste mein Schatz, danke!*<<

Von Jadranka's Gehirn war nichts mehr übrig geblieben. Sie hatten es an dem Tag nach ihrem Tod komplett aufgegessen. Mit Senf, Sauerkraut und dazu etwas Brot hatte es umwerfend köstlich geschmeckt.

Doch es war noch viel von ihr in der Tiefkühltruhe vorhanden. Angie hatte schon vorher daran gedacht und ein Stück Leber zum Auftauen in den Waschbecken hineingestellt.

Es war bereits gut aufgetaut gewesen, sodass sie es aus dem Plastikbeutel herausholte und in die aufgeheizte Pfanne hineingelegt hatte. Sie liebte das typische Zischen des Fleisches, sobald es den fettigen Boden der Pfanne berührte. Und auch den

Geruch sowie den Dampf, die sofort danach und gleicherma-
ßen aufstiegen.

Sie hatte zwar keinen großen Hunger, hatte jedoch bei diesem
Prachtstück sehr wohl Appetit darauf bekommen gemeinsam
mit Elias zu essen.

Schließlich war genug Leber für beide da.

Noch gut mit Salz und Pfeffer bestreut und schon war es auch
ordentlich durchgebraten.

Sie zerteilte das Leber in viele kleine Würfel und teilte es auf
zwei Teller auf. Ein kleiner Hügel aus menschlichem Leber
hatte sich jeweils auf den beiden Tellern geformt.

Sie stellte noch ein Brotkorb mit ein paar Semmeln darin auf
den Tisch und holte die Rotweinflasche her.

Das Essen war nun serviert gewesen und stand zum köstlichen
Verzehr bereit.

Das deftige Leber hatte den beiden gut getan, sodass sie es sich
im Anschluss auf dem blauen Sofa im Wohnzimmer gemütlich
gemacht hatten.

Und wieder saßen sie aneinander gekuschelt vor dem Fernsehapparat und führten ein kleines Gespräch über ihren Arbeitstag.

Denn Angie konnte es kaum erwarten Elias über das bevorstehende CARNISVAL zu informieren und wollte es unbedingt so
schnell wie möglich erwähnen.

>>*Ja, und als ich wieder Zuhause war, habe ich mich ein we-
nig im Darknet aufgehalten und dort etwas ganz interessantes
entdeckt.*<< Die letzten drei Worte sagte sie in einem sehr er-
freulichem Ton, als ob sie etwas gewonnen oder etwas wert-
volles entdeckt hätte.

>>*Ach ja, was denn?*<< Wollte Elias von ihr neugierig wissen.

>>*Diesen Freitag soll ein Fest für Kannibalen hier in Wien
stattfinden. Es hat den coolen Namen Carnisval. Da würde ich*

so gerne mit dir hin, aber die Tickets sind extrem teuer. Pro Person verlangen sie ganze dreihundert Euro. Dafür gibt es einiges umsonst und es sollen auch Promis aus der ganzen Welt dabei sein.<< Während ihres gesamten Vortrages, den sie ganz aufgeregt gehalten hatte, hatte sie kaum geatmet.

>>Hast du schon einmal etwas davon gehört?<< Wollte sie im Anschluss von Elias wissen.

Elias blieb dabei ganz ruhig und sagte >>Ja, ... ich weiß darüber Bescheid.<<

Verblüfft antwortete Angie >>Eeecht? ... Wieso hast du mir nichts davon erzählt? ... Und wollen wir es wagen und daran teilnehmen? Weil, je länger wir überlegen, umso schneller könnten die Tickets ausverkauft werden. Deswegen meine Hetze hier.<< Sie setzte ein breites Lächeln auf und machte dabei ihre Augen ganz groß.

Und erneut mit einer sehr ruhigen und coolen Haltung antwortete Elias >>Es ist egal, ob die Tickets ausverkauft werden oder nicht.<<

Plötzlich verschwand all ihre Freude und Angie's Gesicht nahm eine enttäuschte Mimik an.

Nachdem sie kurz geseufzt hatte, sagte sie mit einer traurigen und ruhigen Stimme >>Ich dachte, dich würde so etwas interessieren? ... Ich weiß, dass die Preise beängstigend sind, aber...<<

Plötzlich unterbrach sie sich selbst, weil sie das Gefühl hatte, dass Elias ihr gar nicht zuhören würde. Denn irgendwie schien er mit seinem Handy beschäftigt zu sein.

Er öffnete sein E-Mail Eingang und hielt ihr sein Handy vor die Nase.

Und diesmal flippte sie regelrecht komplett aus, weil sie auf dem Display deutlich sehen konnte, dass Elias bereits zwei Tickets für Carnisval gekauft hatte.

Sie warf sich ihm um den Hals und umarmte ihn ganz fest, während sie ihm mehrere Küsse überall auf sein Gesicht aufdrückte.

>>*Oh mein Gott! Oh mein Gott! Oh mein Gott!*<< Schrie dabei ganz laut und war so glücklich gewesen, als hätte sie den Jackpot geknackt.

Elias fing zu Lächeln an, erwiderte ihre Umarmungen und Küsse und sagte >>*Ich hatte die Tickets für uns bereits letzte Woche besorgt. ... Selbstverständlich werden wir da hingehen. So etwas möchte sich keiner von uns entgehen lassen.*<< Mit keinem von ihnen, meinte er vielmehr Kannibalen allgemein als nur sich und Angie.

Jedenfalls würde ihm diese Überraschung eine viel bessere Nacht im Schlafzimmer bescheren, als die vergangenen. Denn Angie hatte ihm ein Spezial-Bonus-Sex versprochen. Doch für Elias war es nach wie vor egal gewesen. Langsam überlegte er schon ernsthaft ihr die Wahrheit über seine Einstellung zu Sex zu verraten, aber wusste nicht, wie sie darauf reagieren würde. Er wollte nicht, dass sie plötzlich anfängt fremdzugehen. Er wusste nicht wie eine Frau auf so etwas reagieren würde. Würde sie es positiv oder negativ aufnehmen? Würde sie es akzeptieren und ganz normal weitermachen wie vorher auch? Würde sie ihn dann überhaupt noch als einen wahren Mann betrachten? Er hatte keine Ahnung und wollte es auch gar nicht wissen. Elias war glücklich darüber, wie die Dinge verlaufen waren und er war glücklich über seine Beziehung mit Angie gewesen. Er wusste, dass sie großen Spaß dabei hatte und das genügte ihm. Ob er dabei auch Spaß hatte oder nicht war ihm vollkommen egal gewesen. Daher entschied sich Elias endgültig darüber für immer zu schweigen und ihr nicht zu verraten, dass er schon immer ein asexueller Mann gewesen war. Er wollte nichts daran ändern und nichts an seiner Beziehung mit

Angie kaputt machen.

Er würde sich weiterhin im Bett bemühen und darauf konzentrieren Angie glücklich zu machen und sich nichts anmerken zu lassen.

Nur so würde der Sex, aber auch die gesamte Beziehung, seiner Meinung nach, weiterhin funktionieren.

Der lang ersehnte Freitagabend war endlich gekommen. Angie hatte sich sehr auf diesen Tag gefreut und konnte es kaum erwarten am Carnisval endlich teilzunehmen.

Sie war aufgeregter als ein kleines Kind, das kurz davor stand, das Geschenk zu erhalten, das es sich schon immer gewünscht hatte.

Sie hatte zwar einige schöne Kleidungen, die sie auch teilweise als Abendkleider anzog, wenn sie irgendwo schön ausging oder mit Freunden von Club zu Club zog, aber für diesen ganz besonderen Abend wollte sie unbedingt ein völlig neues Kleid kaufen. Und weil sie sich ohnehin zwei Masken für Carnisval besorgen mussten, dachte sich Angie, dass sie auch gleich ein wenig shoppen gehen und ein neues Kleid kaufen kann.

Gleich nachdem sie und Elias sich also zwei hübsche Masken vom Faschingsprinz, ein spezieller Laden für Masken und Kostüme, besorgt hatten, waren sie weitergezogen, um ein schönes Abendkleid zu kaufen.

Und genau dieses Abendkleid, hatte Angie auch an diesem Abend angezogen. Es war ein ärmelloses blaues Kleid aus Polyester mit V-Ausschnitt, das man auch als ein Coctailkleid bezeichnete. Das obere Teil war mit blau glitzernden Pailletten bestück gewesen und das untere Teil, also der Rock, bestand aus dichtem Tüll, dessen blaue Farbe ein wenig heller war als die vom Oberteil.

Blau war nunmal Angie's Lieblingsfarbe.

Auch ihre Haare hatte sie an diesem Tag bei einem kurzen Friseurbesuch rot färben lassen. Nicht komplett. Nur den Haaransatz. Genauer gesagt, die Spitzen.

Sie hatte sich von Jadranka's Blut, das auf ihre Haare gespritzt war, inspirieren lassen. Sie fand, dass das gar nicht mal so schlecht aussehen würde.

Und das tat es auch nicht. Denn die blutroten Farbspitzen passten hervorragend zu ihrem restlichen blonden Haar und verliehen ihnen dadurch etwas Charisma.

Mit ihrem neuen Look wurde sie noch selbstbewusster. Das wiederum gefiel Elias umso mehr.

Elias hatte sich keinen neuen Anzug besorgt. Er hatte seinen schwarzen Smoking, den er angezogen hatte und in der er ausgesehen hatte, wie ein Model direkt aus dem Katalog. Seine schwarzen Lackschuhe glänzten wie ein perfekt polierter Spiegel.

Das weiße Hemd glänzte wie das Licht eines Scheinwerfers unter seinem Sakko hervor und die perfekt gebundene schwarze Fliege, ließ ihn wie ein schön eingepacktes Geschenk wirken.

Bevor die beiden sich ein Taxi riefen, der sie direkt zur Wiener Secession kutschieren sollte, setzten sie sich noch ihre Masken auf und gaben sich anschließend einen innigen Zungenkuss. Nach einem kurzen und verliebten Blick, den sie sich gegenseitig zugeworfen hatten, hielten sie sich an den Händen und verließen die Wohnung.

Auf dem Weg zu der geheimen Feier, war der Taxilenker selbstverständlich neugierig geworden und wollte von den beiden wissen, ob irgendwo ein Maskenball stattfinden würde, woraufhin Elias ihm seine Annahme bestätigt hatte. Als der Taxilenker versuchte weiterhin einen sympathischen Smalltalk mit seinen beiden äußerst interessanten Fahrgästen zu führen, bevorzugten sie zu schweigen. Sie hatten ihn nicht einmal mehr angesehen, sondern starrten einfach aus den Fenstern hinaus. Der Taxilenker mit dem ausländischen Akzent, Elias schätzte ihn aus dem Balkan ein, stellte verlegen fest, dass das junge Paar keine Lust hatte sich mit ihm weiter zu unterhalten. Die restliche Fahrt erfolgte somit bis zum Ziel schweigend.

Selbst am Abend strahlte die goldene Kuppel leuchtend. Das gesamte Gebäude sah in echt weitaus beeindruckender aus als auf dem österreichischen 50-Cent-Stück, stellte Elias fest, nachdem sie vom Taxi ausgestiegen waren und direkt vor der Wiener Secession standen. Er bewunderte die hervorragende Arbeit der Baumtöpfe mit Füßen in Form von Schildkröten. Er fand, dass die zwei Mosaikschalen mit jeweils einem Baum drinnen, das Gebäude wirken ließen wie das Palast eines sehr wohlhabenden Scheichs. Sowohl er als auch Angie konnten es kaum erwarten, das einzigartige Gebäude von Innen zu bewundern. Also machten sie sich schnell auf den Weg und gingen ganz elegant, Hand in Hand, die Stufen bis zu den Eingangstüren aus Bronze hoch. Es war bereits kurz vor halb neun gewesen, als sie direkt davor standen und Elias sanft an die Tür klopfte. Sofort öffneten die beiden Securities, die jeweils eine tierische Maske mit Federschmuck aufgesetzt hatten, die schweren Türen und ließen sich von den beiden Gästen, die Eintrittskarten vorzeigen. Elias holte sein Smartphone hervor und hielt es ihnen vor die Augen. Ohne Probleme durfte das Paar, das ebenfalls Masken mit buntem Federschmuck auf ihren Gesichtern hatte, hereinspazieren.

Ihre Masken waren neutrale weiße Gesichtsmasken, die rundherum mit bunten Vogelfedern geschmückt waren.

Als ein festes Liebespaar hatten sie sich für die selben Masken entschieden.

Einer der Security Mitarbeiter führte die beiden bis ganz nach unten, wo die geheime Party stattfand, während der andere weiterhin den Eingang bewachte.

Mit einem Aufzug ging es ohne zwischenzuhalten direkt ein paar Stockwerke hinunter. Der Security hatte dafür ein Schlüssel unterhalb des Tastenfeldes hineingesteckt, ihn einmal nach rechts gedreht und danach eine vierstellige Zahlenkombination gedrückt. Für die Zahlen verwendete er die gewöhnlichen Knöpfe, die man drücken musste um in die gewünschte Etage zu gelangen. Nachdem vierstelligen Zahlencode, der aus den Zahlen 1-0-0-3 bestand, wie Elias genau beobachten konnte, drückte er auf den Knopf mit dem Glockensymbol drauf.

Und schon hatte sich der Aufzug in Bewegung gesetzt und fuhr die beiden Gäste hinunter, um sie endlich in das begehrte Fest Carnisval einzutauchen.

Die Fahrt dauerte nur gefühlte vierzig Sekunden und verlief ganz angenehm.

Sowie sich die beiden Aufzugstüren öffneten, gaben sie Elias und Angie einen beeindruckenden und bewundernswerten Einblick in eine unvergessliche Nacht, die ihnen noch bevorstand. Der DJ legte eine wilde Tanzeinlage vor dem Mischpult während er zur selben Zeit die tobende Menge mit ordentlich lauter Musik in sein Bann zog.

Weder Elias noch Angie hätten nicht mit so einer großen Versammlung an Menschen gerechnet. Allesamt waren sie edel und elegant gekleidet gewesen und jeder von ihnen hatte eine Maske aufgesetzt, die ihre Gesichter verborgen hatte.

Elias und Angie hatten sich sofort voller Begeisterung unter das wilde Durcheinander gemischt und machten sofort mit. Mit tanzenden Bewegungen, die rhythmisch zu den Musikklängen passten, bewegten sie sich vorwärts und bestaunten den bunt versehenen großen Saal.

Alles war mit buntem Federschmuck, Glitzerbänden, Luftschlangen, bunten Luftballons, Konfetti, und sonstigem Glitzerzeug geschmückt gewesen. Ganz zu schweigen von den vielen bunten Scheinwerfern, die den Saal kreuz und quer durchleuchteten.

Ein meterlanges Offenes Buffet erstreckte sich durch den gesamten Saal auf dem sich unter anderem viele große und bunte drei- bis vierstöckige Torten befanden.

Bei genauerem Hinsehen konnten Elias und Angie auch einige Torten geformt als menschliche Körperteile erkennen.

Hinter der Bar leuchteten die Alkoholflaschen als würden sie aus vielen bunten Edelsteinen bestehen.

Gleich daneben befanden sich zwei große goldene Käfige. In der einen tanzte eine Frau, die nur mit einer bunten Maske und einem weißen Bikini gekleidet war und im anderen Käfig tanzte ein durchtrainierter Mann, der ebenfalls nur eine bunte Maske und ein weißes enges Männer Tanga anhatte. Beide tanzten in ihren Käfigen wild herum und boten dadurch den Gästen etwas unterhaltsames an.

Elias und Angie waren überwältigt von dem gesamten Ausmaß dieser einzigartigen Feier gewesen und freuten sich sehr dabei zu sein.

Sie ließen sich von der Magie des Carnisval's mitreißen und tauchten in eine Welt hinein, in der sie sich wohler fühlten als nie zuvor.

Sie tranken, sie aßen, sie tanzten, sie lachten, sie küssten sich heiß und innig und sie unterhielten sich mit anderen Gästen.

Sie hatten einfach nur Spaß.

Spaß, der ewig zu dauern schien.

In weiterer Folge der wilden Partynacht, hörte die Musik für einen kurzen Moment auf, weil einer der Veranstalter seinen Gästen etwas verkünden wollte.

Nachdem er sie alle herzlichst willkommen geheißen hatte, bedankte er sich bei ihnen, weil sie so zahlreich erschienen waren. Er teilte der zufriedenen Menge mit, dass sie dieses Jahr noch mehr Gäste verzeichnet hatten, als die Jahre zuvor. Er hatte ihnen voller Stolz verkündet, dass sie, ihre Community, gewachsen waren und, dass sie auch in Zukunft weiterwachsen würden.

Seiner Rede folgten wildes Gejubel und lautes Geklatsche. Motiviert wollte er seine Rede zu Ende bringen, sodass seine Gäste weiter feiern und Spaß haben konnten.

Zum Abschluss hatte er sie daran erinnert, dass auch dieses Jahr das Carnisval eine Überraschung für sie bereit halten würde.

Bei der Überraschung handelte es sich um zwei Menschen, die sich freiwillig für das Carnisval geopfert und den Gästen ihr Fleisch zum Verzehr angeboten hatten. Seit dem ersten Jahr meldeten sich unzählige Personen freiwillig dafür, um beim Carnisval geopfert werden zu können. Es war für sie eine ganz große Ehre, dass ihr Fleisch für diese Nacht zum Verzehr bereitstand. Nichts wollten sie mehr. Und weil sich so viele dafür angeboten hatten, hatten die Veranstalter eine Liste erstellt, die sich mittlerweile über mehrere Seiten erstreckte.

Und so wie jedes Jahr, hatten sie sich auch dieses Mal für zwei Personen, eine Frau und ein Mann, entschieden. Diese beiden Personen würden vor den Augen der Gäste geopfert und in Stücke zerteilt werden, um ihnen anschließend, als diverse Speisen zubereitet, serviert zu werden.

Und genau wie jedes Jahr auch, würden die Veranstalter zwei

Personen von den Gästen auswählen, die mit den speziellen Carnisvalmessern, die jeweils ein Küchenmesser aus Damaststahl und einem goldenen Griff waren, die die ersten Stiche in die Körper der beiden Freiwilligen versetzen würden. Auch dafür meldeten sich von den Gästen jedes Mal viele und hoben alle ihre Hände hoch.

Doch am Ende wurden nur eine Frau und ein Mann hervorgeholt, die als die glücklichen Gewinner mit den edlen Carnisvalmessern das große Festmahl freigeben durften.

Nachdem der maskierte Veranstalter mit seiner Rede fertig geworden war, überließ er die Laune seiner Gäste wieder den Händen des DJ's, der ganz genau wusste, wie er sie alle unterhalten musste.

Die beiden Freiwilligen sollten in der nächsten Stunde vorgestellt und anschließend hingerichtet werden. Bis dahin wollten sich Elias und Angie noch ordentlich viel amüsieren und viel Spaß haben.

Nachdem sie erfahren hatten, dass die Veranstalter frisches Fleisch, noch dazu umsonst, austeilen würden, hatten sich Elias und Angie nur noch kleine Häppchen vom Offenen Buffet genehmigt. Schließlich wollten sie sich noch genug Platz in ihren Mägen für das köstliche Menschenfleisch aufbewahren.

Auch das Offene Buffet sowie die Horsd'œuvre bestanden großteils aus menschlichem Fleisch.

Und auch wenn eine solche große Auswahl an schmackhaften und köstlichen Speisen den beiden das Wasser aus ihren Mündern liefen ließen, wussten sie sich dennoch zu beherrschen.

Sie bevorzugten es vielmehr das Gratis-Champagner, aber auch das erfrischende Cocktail am Offenen Buffet, das unter anderem aus menschlichem Blut bestand, zu genießen.

Mit jeweils einem Champagnerglas in ihren Händen mischten

sich weiter unter das Gemenge und unterhielten sich mit einigen von ihnen. Sie führten immer kurze Gespräche, weil sie keine Interesse daran hatten neue Freundschaften zu knüpfen.

Ihre Gespräche bestanden meist aus den selben Fragen.

Seit wann bist du Kannibale? Nimmst du jedes Jahr am Carnisval teil? Woher genau kommst du? Bist du prominent?

Auf die letzte Frage bekamen sie immer die selbe Antwort zu hören. Ein klares und deutliches „Nein" beziehungsweise ein „No".

Allem Anschein nach wollten sie tatsächlich alle anonym bleiben.

Elias und Angie konnten dann jedes Mal spekulieren, ob es sich vielleicht bei ihrer Gesprächspartnerin oder ihrem Gesprächspartner doch nicht um einen prominenten Gast gehandelt haben dürfte und sie sich vielleicht doch mit einer bekannten Persönlichkeit unterhalten hatten.

Die Wahrheit würden sie dann wohl nie herausfinden.

Sie dachten nicht mehr länger drüber nach und versuchten ganz einfach die große Feier zu genießen.

Die 300 Euro pro Person hatten sich eindeutig bezahlt gemacht.

Sie würden definitiv nächstes Jahr erneut daran teilnehmen.

Jede Sekunde, die sie dort verbrachten war überwältigender als die andere.

Noch nie zuvor hatte sich Elias unter so vielen gleichgesinnten Menschen aufgehalten. Er fühlte sich so befreit und verspürte keinerlei den Drang sein wahres Ich vor all diesen Menschen zu verstecken. Er hatte an diesem Abend die Erkenntnis gemacht, dass es vielmehr Spaß machte menschliches Fleisch zu essen, wenn ihm viele dabei Gesellschaft leisteten.

Es schmeckte einfach viel köstlicher.

Es war ein tolles Gefühl.

Auch für Angie, die erst seit Kurzem dazu gehörte. Auch sie

fand die gesamte Feier sehr befreiend und zufriedenstellend.
Dort waren sie gut aufgehoben. Dort konnten sie ihr wahres Ich
frei ausleben und mussten dafür nicht einmal ihre Masken abnehmen.

Die Hauptstunde war nun gekommen.
Gleich würde man die beiden freiwilligen Personen den Gästen
präsentieren.
Elias und Angie waren, wie viele andere Gäste auch, sehr aufgeregt und wollten die beiden Personen endlich sehen.
Der Veranstalter mit einer bunten Schweinemaske trat erneut
vor das Publikum und hielt ein Mikrofon in seiner Hand. Sein
Gang war sehr selbstbewusst und sicher. Möglicherweise lag es
daran, weil er sich unter der Maske verstecken konnte oder er
war auch in echt ein ehr selbstbewusster Mensch gewesen.
Er hob seine Hand, um damit der jubelnden Menge zu deuten,
dass sie ihre Stimmen senken sollen, damit er zu ihnen
sprechen kann.
Es wurde leiser im großen Saal und alle Blicke waren auf ihn
gerichtet.
Elias und Angie hatten sich durch die enge Masse bis ganz
nach vorne durchgeschlängelt und warteten ebenso gespannt
auf die Worte des Veranstalters.
Seine Stimme klang dynamisch und kräftig und erweckte den
Eindruck, als wäre er ungefähr Mitte vierzig.
>>*Meine verehrten Damen und Herren, Ladies and Gentle-
man! ... Nun ist es endlich soweit. Die Zeit für das große Festmahl auf den Sie alle gewartet haben ist nun gekommen.*<<
Die Menge brach vor Freude wieder in großes Gejubel aus und
klatschte wie verrückt in die Hände.
Teilweise konnte man auch Gepfeife und Gegrunze aus der jubelnden Menge hören.

Und wieder hob der Veranstalter seine linke Hand hoch und beruhigte so sein Publikum.

Für Elias und Angie war es ein großartiges Gefühl gewesen, all das Gejubel miterleben zu können. Das motivierte sie und bereitete ihnen eine große Laune zu.

Die Spannung im gesamten Saal wurde mit jeder Sekunde größer.

>>*Nun werden wir ihnen unsere beiden freiwilligen Kandidaten vorstellen, für die wir alle sehr dankbar sind, dass sie sich im Namen des Carnisval's so großzügig zur Verfügung stellen.*<<

Und es folgte ein erneutes Gejubel, das diesmal viel lauter war, als die vergangenen.

Der Veranstalter wartete darauf bis die Menge sich wieder beruhigt hatte und machte mit seiner Ansprache weiter.

>>*Meine verehrten Damen und Herren, Ladies and Gentleman! ... Ich bitte Sie um einen kräftigen Applaus für unsere beiden Freiwilligen.*<<

Seine dynamische Stimme wurde schon beinahe von dem großen Applaus übertönt, während er versuchte noch lauter zu sprechen >>*Heißen Sie nun mit mir herzlichst willkommen, aus Stuttgart Deutschland, Katharina Hoffmann und aus Rom Italien, Federico Bianchi.*<<

Der Applaus und der Jubel wurden größer und lauter als die beiden Freiwilligen sofort nach ihrer Ankündigung den großen Saal mit einer großen Freude betreten hatten und jeweils links und rechts vom Veranstalter standen.

Sie waren die einzigen in dieser Nacht, auf dieser Party, deren Namen offiziell erwähnt worden waren und die als einzige keine Masken aufgesetzt hatten. Die junge Dame, die etwa Anfang dreißig zu sein schien, hatte nur ein rotes Bikini an und der junge Mann aus Italien, dürfte etwa Ende zwanzig sein, hatte nur schwarze Boxershorts aus Polyamid an.

Man konnte deutlich das Strahlen ihrer Augen erkennen. Sie schienen tatsächlich sehr glücklich darüber zu sein, dass sie für diesen ganz besonderen Anlass auserwählt worden waren.

Sie wirkten auch ein wenig aufgeregt und zappelten vor Freude leicht hin und her, während sie die ganze Zeit über ein Lächeln in ihren Gesichtern hatten.

Die Menge jubelte ihnen immer noch zu und gab ihnen das Gefühl echte Stars zu sein. Auf eine sehr seltsame Art und Weise waren sie auch die Stars des jährlichen Carnisval's. Denn sie waren ja schließlich die beiden Hauptgänge, die sämtliche Gäste mit einem vollgefüllten Magen nach Hause schicken sollten.

Der Veranstalter hielt das Mikrofon zuerst an die junge Dame und wollte von ihr wissen, wie sie sich in dieser besonderen Nacht fühlen würde, nachdem er sie begrüßt hatte >>*Hallo Kathi! ... Herzlich Willkommen bei uns! ... Zunächst einmal, möchte ich mich im Namen all unserer anwesenden Gäste hier bei dir bedanken, dass du dich so großzügig für einen ganz speziellen Anlass zur Verfügung stellst! ... Wie fühlst du dich denn?*<<

Die Aufregung konnte man Katharina deutlich ansehen. Sie atmete einmal tief ein und versuchte zu antworten >>*Ja, vielen Dank, dass ich dieses Jahr auserwählt worden bin. ... Boah, ich bin so aufgeregt. ... Ich fühle mich ganz großartig und freue mich darauf, mich für das Carnisval, für diesen besonderen Abend opfern zu dürfen. Ich denke, es ist der absolute Traum eines jeden von uns, dass uns diese große Ehre zuteil wird. Es ist ein unbeschreiblich gutes Gefühl und ich wünsche es jedem, der dabei sein möchte, es auch zu erleben! Danke!*<<

Und wieder klatschte und jubelte die Menge, während der Veranstalter folgendes sagte >>*Danke für deine lieben Worte Kathi! ... Und nun kommen wir zu unserem italienischen*

218

Freund hier.<< Er reichte Federico das Mikrofon und sprach mit ihm auf englisch, da er kein Wort deutsch sprechen konnte >>*Ciao Federico! ... Welcome to the great Carnisval! ... We are glad to have you here! ... How do you feel?*<<

Auch Federico musste sich erst einmal vor lauter Aufregung sammeln und atmete einmal kräftig ein, bevor er sprechen konnte >>*Wow ... Puh! ... Thank you very much! ... Wow, ... it's a very good feeling to be here. ... Wow, look at this people! Great, I love it and mi sento molto bene! Grazie mille!*<< Seine letzten Worte auf italienisch bedeuteten übersetzt „Ich fühle mich sehr gut! Vielen Dank!"

>>*Thank you very much Federico! Auch dir nochmals einen großen Dank liebe Kathi!*<< Bedankte sich der Veranstalter erneut und ging zu der nächsten Stufe über.

Mit einer einfachen Handbewegung deutete er dem zuständigen Personal an, dass sie die zwei Liegen für ihre beiden Freiwilligen hereinfahren sollen.

Sobald die beiden Liegen, auf denen ein weißes Leinentuch aus Seide ausgespannt worden war, platziert wurden, bat er Katharina und Federico sich auf jeweils eine von ihnen mit dem Rücken drauf zu legen.

Lächelnd befolgten sie sofort seine Anweisungen und legten sich drauf.

Danach machte der Veranstalter eine weitere Handbewegung und holte damit die beiden speziellen Küchenmesser herein.

Sie wurden jeweils auf einem roten Kissen von zwei sehr attraktiven und jungen Damen zu ihm gebracht. Sie hatten eine recht schlanke und fitte Figur. Eine von ihnen hatte eine bunt geschmückte Tigermaske und die andere eine ebenso bunt geschmückte Löwenmaske, dessen Mähne aus bunten Vogelfedern stammte, auf ihren Gesichtern.

Der Veranstalter bedankte sich bei seinen beiden Assistentinnen und machte sich nun auf die Suche nach zwei Freiwilligen aus dem Publikum, die eines der Küchenmesser nehmen und damit auf eines der Freiwilligen einstechen sollten.

Er ließ seine Augen über sehr viele maskierte Köpfe rollen und suchte etwa zwei Minuten nach einer Dame und einem Herrn, denen dieses einmalige Glück zugeteilt werden sollte.

Jeder der Gäste zeigte mit beiden Händen auf und sie riefen ihm alle ganz laut zu, dass er sich für einen von ihnen entscheiden solle.

Doch am Ende hatte der Veranstalter schließlich seine Entscheidung getroffen und seine beiden glücklichen Gäste ausgewählt.

Seine Wahl fiel auf das junge Paar Elias und Angie, die ihr Glück gar nicht fassen konnten. Mit Gejubel und Geklatsche traten sie beide hervor zum Veranstalter und ließen sich von der Menge feiern.

>>*Herzlich Willkommen bei uns! Herzlich Willkommen beim großen Carnisval!*<< Rief er ihnen zu.

>>*Heute habt ihr beide die große Ehre unsere beiden Freiwilligen für diesen besonderen Anlass zu opfern. Wie geht es euch dabei?*<< Wollte er noch zum Abschluss von ihnen wissen und richtete sein Mikrofon zuerst auf Angie.

>>*Großartig! Es ist ein tolles Gefühl dabei zu sein. Es ist mein erstes Mal hier. Unser erstes Mal, denn wir sind ein Paar ...*<< Gab sie allen bekannt und zeigte dabei auf Elias. Die Menge jubelte umso mehr und der Veranstalter gratulierte den beiden und sagte, dass es wohl eine Art Anfängerglück sei, dass er ausgerechnet sie beide auserwählt hatte.

>>*... Ja, gut möglich. Ich bin sehr froh darüber, dass wir beide die ersten Stiche machen dürfen. Vielen Dank und viel Spaß noch allen!*<< Sagte sie noch zum Abschluss und der Veranstalter richtete das Mikrofon sofort auf Elias und wollte auch

von ihm seine Gefühle erfahren.

>>*Ja, also ... genau wie meine liebe Freundin es bereits so gut ausgedrückt hat, bin auch ich sehr froh darüber, dass wir heute dabei sein dürfen und ebenso die ersten Stiche machen dürfen. Ähm, mehr fällt mir dazu jetzt nicht ein. ... Ich wünsche auch allen noch weiterhin viel Spaß auf diesem großartigen Fest.*<<

Sowie er fertig war, jubelte die Menge den beiden erneut zu und klatschte ganz wild in die Hände.

Auch der Veranstalter bedankte sich ganz freundlich bei jedem einzelnen von ihnen und bat sie darum, jeweils eines der edlen Küchenmesser zu nehmen.

Nachdem sie ihre Küchenmesser in die Hand genommen hatten, bat der Veranstalter Angie darum sich zu Federico und Elias sich zu Katharina hinzustellen.

Denn es war Brauch gewesen, dass die Frau den Mann und der Mann die Frau opfert.

Sowie sie bei den Freiwilligen standen, wurden sie von ihnen freundlich begrüßt. Anschließend bedankten sie sich sogar bei Angie und Elias dafür, dass sie diese edle Aufgabe angenommen hatten.

Nun warteten sie alle gespannt auf das Zeichen des Veranstalters. Er machte es gerne etwas spannend und ließ jeden einzelnen im großen Saal warten. Es wurde plötzlich totenstill. Selbst die Atmung wurde bei jedem einzelnen leiser.

Dann hob der Veranstalter langsam seine linke Hand hoch, führte mit der rechten Hand das Mikrofon zu seinem Mund und rief schließlich hinein >>ZUSTECHEN!<<

Sowie er das Wort, auf das alle gespannt gewartet hatten, ausgesprochen hatte, wurde es wieder ganz plötzlich laut im gesamten Saal und die Menge fing erneut zu Jubeln an.

Angie und Elias warfen sich gegenseitig einen kurzen Blick zu und stachen dann mit voller Wucht auf ihre Opfer ein.

Ohne Gnade. Ohne zu zögern.

Sowohl Katharina als auch Federico waren auf der Stelle gestorben. Ihre Augen rollten nach hinten, sodass nur noch das Weiß zu sehen war, bevor ihre Augenlider zugefallen waren. Und sie beide hatten selbst nach ihrem Tod das breite Lächeln in ihren Gesichtern.

Sowohl Angie als auch Elias verspürten in dem Moment, als ihre Küchenmesser die Brüste ihrer Opfer durchfuhren, ein berauschendes sowie ein unbeschreiblich befreiendes Gefühl, das sie noch nie zuvor verspürt hatten.

Es wirkte wie eine sehr gute Droge auf sie. Sie dachten sich später, dass es wohl an der Magie des Carnisval's gelegen haben muss.

Jedenfalls wurden die beiden leblosen Körper von Katharina und Federico erneut vom zuständigen Personal abgeholt und in die große Küche geführt, in der sie zerteilt und als Hauptgerichte serviert werden sollten.

Währenddessen feierten die Gäste weiter und Angie und Elias machten es ihnen gleich.

Im Laufe der äußerst farbenfrohen, lauten und sehr unterhaltsamen Nacht, wurden schließlich die fertig zubereiteten Fleischgerichte und zu diversen Speisen verarbeiteten Körperteile von Katharina und Federico den hungrigen Gästen serviert.

Der Chefkoch, der dafür verantwortlich war, wurde extra aus China eingeflogen. In diesem Milieu war Wei Sūn als der beste Chefkoch bekannt und begeisterte jedes Jahr zu Carnisval die Gaumen seiner sehr zufriedenen Gäste.

Auch in seinem Restaurant in Peking, China, das übersetzt „Die heilige Grube" hieß, wurde unter anderem menschliches Fleisch für seine besonderen und speziellen Gäste serviert, die davon in Kenntnis gesetzt worden waren und sich dort ganz gut auskannten. Denn offiziell servierte er nur tierische Gerichte, aber mit einem Codewort, der übersetzt „Leibgericht" bedeutete, bekamen seine kannibalischen Gäste Speisen aus menschlichem Fleisch serviert.

Das Codewort „Leibgericht" war sehr zutreffend, weil damit erstens das Lieblingsgericht der Gäste, nämlich Menschenfleisch und zweitens das menschliche Leib als Gericht gemeint worden waren.

Der Name seines Restaurant's „Die heilige Grube" stand für den Magen.

Nachdem sich sämtliche Gäste nun satt gegessen und die ganze Nacht durchgefeiert hatten, wurde es langsam Zeit den Heimweg aufzusuchen.

Doch nach jährlicher Tradition, wurde am Schluss des Carnisvals ein großer und runder Ball, gemacht aus getrockneter menschlicher Haut, in die Mitte des Saals gerollt, den alle Gäste mit Stäben, gemacht aus menschlichen Knochen, kaputt schlagen durften. Es waren sogar Hautfetzen dabei auf denen noch die Tätowierungen ersichtlich waren.

Der „Lederball", der aus mehreren menschlichen Hautfetzen bestand, die aneinander zusammengenäht waren, wies auch dementsprechend mehrere Farbtöne auf.

Die Gäste mussten versuchen mit den Knochenstäben diesen überdimensionalen Lederball, der etwa ein Meter hoch war und ein Durchmesser von ebenfalls einem Meter hatte, kaputtzuschlagen beziehungsweise aufzureißen und die Geschenke, die sich darin befanden, an sich zu nehmen. Es war quasi eine Art Piñata und gehörte einfach zum Carnisval dazu.

Das machte den Gästen sehr viel Spaß und zudem konnten sie all das Essen ein wenig dabei verbrennen.

Auch Elias und Angie machten mit und hatten dabei den Spaß ihres Lebens.

Nach etwa zehn Minuten voller Schläge und Hiebe auf den menschlichen Lederball, gab er schließlich nach und zerplatzte an einer Stelle und spuckte den gesamten Inhalt auf den Boden. Sowohl Elias als auch Angie stürzten sich gemeinsam mit vielen anderen Gästen auf die Geschenke.

Es waren kleine Goodies, die hübsch verpackt waren und in denen sich Schlüsselanhänger, hergestellt aus menschlichen Knochen, Rezeptideen zum Zubereiten gewisser menschlicher Körperteile vom Chefkoch Wei Sūn höchstpersönlich und einige reguläre Süßigkeiten befanden.

Kurz vor drei Uhr Morgens waren Elias und Angie schließlich nach Hause gekommen und waren vollkommen erledigt gewesen.

Das Restalkohol setzte ihrer Müdigkeit noch ordentlich drauf.

Angie hatte sich noch einige Köstlichkeiten einpacken lassen und mitgenommen, die sie ganz schnell im Kühlschrank verschwinden ließ.

Danach wankte sie ebenso wie Elias zuvor auch in das Schlafzimmer und legte sich in das Bett zu ihrem geliebten Freund hin.

KAPITEL 12

VEREWIGT

Elias und Angie hatten sich mittlerweile längst wieder erholt und genossen ihren gemeinsamen Sonntagvormittag miteinander.

Den Tag zuvor waren sie noch von der wilden Feier am Carnisval recht benommen gewesen, sodass sie den Tag eher ruhig verbracht hatten.

Da sie wussten, dass sie sich nach der Party nicht so schnell wieder erholen würden, hatten sie beide für Samstag freigenommen. Und da Elias am Sonntag sowieso nicht arbeitete und Angie auch, laut ihrem Dienstplan, frei hatte, konnten sie sich an beiden Tagen ordentlich gut entspannen. Sie hatte sich den Samstag dazu gehängt und konnte dadurch umso mehr ihre Freizeit genießen. Für den Herrn Böhm war das schon in Ordnung gewesen. Einer solch fleißigen Mitarbeiterin konnte er den einen oder anderen Wunsch nicht abschlagen.

Vor allem an diesem Sonntag konnte das verliebte Paar viel Kraft und Energie tanken.

Die waren auch nötig gewesen, um ihre beiden Freunde, die sie zu sich eingeladen hatten, frisch und munter empfangen zu können.

Denn Neslihan und Faruk hatten sich für den Abend angekündigt. Da war genug Zeit für die beiden Gastgeber, um ein schönes und köstliches Abendmahl für ihre Freunde zuzubereiten.

Die Reste vom Carnisval, die Angie mit nach Hause genommen hatte, hatten sie bereits am Samstag aufgegessen.

Nur eine gegrillte Hand war noch im Kühlschrank übrig geblieben. Für die hatten die beiden kein Platz mehr in ihren Mägen gehabt.

Angie wollte sich später darum kümmern und die Hand noch so schnell wie möglich mit Elias verspeisen, bevor sie schlecht und ungenießbar werden konnte.

Doch jetzt war erst einmal eine pure Entspannung angesagt. Sie hatten geduscht, gefrühstückt, ihren Kaffee getrunken und jetzt war die Zeit gekommen, um ein wenig miteinander auf dem blauen Sofa in den Armen des jeweils anderen zu liegen und die gemeinsame Zeit zu genießen.

>>*Ich liebe dich!*<< Sagte Angie mit einer leisen und ruhigen Stimme.

>>*Ich liebe dich auch!*<< Erwiderte Elias und schenkte ihr dabei ein nettes Lächeln.

>>*Was wollen wir unseren beiden Freunden heute leckeres kochen?*<< Fragte Angie wieder mit einem leisen Ton und starrte dabei auf die Decke.

Elias überlegte ein wenig, während er ebenfalls auf die Decke starrte und sagte schließlich >>*Hmmm, wir sollten ihnen diesmal vielleicht etwas richtiges kochen. ... Ich meine nichts menschliches, etwas tierisches. ... Denn immerhin sind sie ja nicht so wie wir und abgesehen davon haben wir später weniger Vorrat für uns. Was sagst du dazu?*<<

Angie fand die Idee gut und stimmte, nach einer kurzen Überlegung, ihrem Freund zu >>*Ja, das ist eine gute Idee Schatz! Dann bereiten wir ihnen etwas mit Huhn oder Fisch zu.*<<

>>*Hervorragend!*<< Sagte Elias darauf und fragte anschließend >>*Haben wir denn überhaupt Huhn oder Fisch Zuhause?*<<

Da machte es bei Angie „Klick" und sie richtete sich nervös auf und sagte >>*Oh, ich denke nicht. ... Hmm, dann sollten wir lieber vom Lieferservice Essen bestellen. Was hältst du von dieser Idee?*<<

>>*Ja, klingt gut. Tun wir das.*<< Antwortete ihr Elias darauf

und fügte hinzu >>*Und was wollen wir bestellen? Schon eine Idee?*<<

>>*Na ja ...*<< Sagte Angie und sprach weiter >>*... Ich würde sagen, irgendetwas mit Fisch oder Huhn.*<<

Danach starrten sie sich beide an und fingen an loszulachen.

Am Ende hatten sie sich doch für jeweils eine Pizza entschieden.

Angie, die von ihrer Freundin und Kollegin Neslihan Komplimente wegen ihrer neu gefärbten Haare bekommen hatte, war der Meinung gewesen, dass so ein entspannter Pizzaabend zu viert recht angenehm werden würde. Und da hatte sie auch vollkommen recht gehabt. Denn es war in der Tat ein Abend voller Spaß und Freude gewesen.

Sie saßen alle verteilt im Wohnzimmer mit den Pizzaschachteln auf ihrem Schoß und den Getränkeflaschen in ihren Händen und kamen sich vor wie Jugendliche, die eine kleine Homeparty feiern würden.

Sie sprachen über dieses und jenes und lachten wie verrückt.

Vor allem lachten sie über die Pizza von Faruk.

Denn er hatte eine Pizza Margherita mit viel Mais bestellt, sodass seine Pizza von Mais überlagert gewesen war.

Die Pizzeria dürfte sich da wohl ein Scherz erlaubt und ihm eine ganze Dose Mais auf die Pizza gelegt haben, dachten sie sich. Faruk störte das nicht besonders. Ganz im Gegenteil. Er mochte es sogar, jedoch tat er sich beim Essen schwer, weil ihm ständig diese kleinen und lästigen Maiskörner vom Teig hinunterrollten.

Schließlich hatte er sich ein Löffel aus der Küche geholt und war somit wohl der erste und einzige Mensch auf der ganzen Welt, der eine Pizza mit dem Löffel essen musste.

Diesen sehr witzigen Moment musste seine Freundin Neslihan

selbstverständlich mit einem Foto festhalten.

So wurde ihrem Fotoalbum am Handy, ein Foto von ihrem Freund hinzugefügt, auf der er verzweifelt versucht die Pizza mit der Hilfe eines Löffels zu essen.

Sie hatten es mit viel Humor aufgenommen.

Neslihan hatte eine Al Tonno, Angie eine Funghi und Elias eine Quattro Formaggi bestellt.

Sie fanden, dass die Pizzen alle ganz gut schmeckten und gaben der Pizzeria eine fünf Sterne Bewertung ab. Selbst Faruk, trotz des kleinen Maishügels, hatte eine sehr gute Bewertung abgegeben. Denn auch seine Pizza schmeckte nunmal ganz hervorragend. Und gegen etwas mehr Mais hatte er nichts einzuwenden.

Im Großen und Ganzen hatten sie jede Menge Spaß.

Doch der Spaß hielt leider Gottes nicht lange an.

So wie alles ein Ende haben musste, musste sich der ganze Spaß letztendlich auch wieder verabschieden.

Denn im Laufe des Abends, der so schön und herrlich begonnen hatte, passierten Dinge, die nicht hätten passieren dürfen. Es geschahen an diesem Abend gewisse Ereignisse, die nicht hätten stattfinden dürfen.

Und dabei hatte alles so unvergesslich schön angefangen.

Wieso mussten alle schönen Dinge in einer hässlichen Tragödie enden? Wieso musste sich alles plötzlich vom Guten zum Schlechten wenden? Wieso konnte das Schöne und das Gute nicht ewig bestehen? Wieso musste man am Ende vor Trauer und Schmerz Weinen, nachdem man so sehr vor Freude und Glück gelacht hatte?

Man hatte immer das Gefühl, dass zu viel Spaß und Gelächter das Böse beziehungsweise das Unglück anziehen würde. Es kam einem wie ein Fluch vor, wenn jedes Mal alles ins Chaos stürzen musste, wo es doch zu Beginn so schön angefangen hatte.

Viele bekamen schon allein deswegen Angst, wenn sie zu viel lachten. Sie dachten dann sofort, dass sie ein Unheil, etwas sehr schreckliches heimsuchen würde. Dass sie zwar lachend aufgestanden waren, aber sich hinterher weinend wieder setzen würden.

Einige Menschen waren diesbezüglich sehr abergläubisch geworden. Für sie galt folgende Regel, wer zu viel lachte, musste am Ende weinen.

Und sie hatten damit ganz bestimmt nicht die Freudentränen gemeint.

Und genau diese schreckliche Erkenntnis musste zu ihrem sehr großen Bedauern auch Angie machen.

Denn nachdem sich alle voll mit Pizza gefüllt hatten, ruhten sie sich erst mal ein wenig aus und ließen die Kohlenhydrate in aller Ruhe ihre Körper übernehmen.

Doch schon kurzer Zeit später überkam sie alle die Lust nach noch mehr Kalorien, aber vor allem nach etwas Süßem.

Es war für alle eindeutig gewesen. Ein Nachtisch musste ganz schnell daher.

Denn, obwohl all ihre Bäuche aufgebläht waren, gab es in ihnen noch genug Platz für einen kleinen Nachtisch.

Den würden sie noch hineinbekommen.

Da war Angie eingefallen, dass sie noch genügend Eiscreme im Kühlschrank hatte, den sie gemeinsam mit Neslihan holen und anschließend an alle verteilen wollte. Ohne den beiden Männern etwas davon zu erzählen, machte sie sich auf, um sie damit zu überraschen.

Sie hatte Neslihan darum gebeten ihr dabei zu helfen und ging mit ihr gemeinsam in die Küche. Sie hatten es gerade noch so geschafft aufzustehen und wie zwei Pinguine hin zu watscheln. Während Angie die Eisschüsseln, das Besteck und ein paar

Servietten vorbereiten wollte, hatte sie Neslihan darum gebeten, die Eiscreme aus dem Kühlschrank herauszuholen. Sie hatte bereits Stunden zuvor sämtliche Speisen aus Menschenfleisch sowie die Hand, die sie vom Carnisval mitgebracht hatte, in die Tiefkühltruhe hineingelegt.

Doch als Neslihan den Kühlschrank aufgemacht und hineingesehen hatte, konnte sie weder Eiscreme noch etwas anderes, das ausgesehen hatte wie Eiscreme, darin vorfinden.

Um sich besser davon zu überzeugen schaute sie noch genauer hinein und nahm sich sämtliche Regale noch intensiver unter die Lupe.

Doch da war weit und breit kein Eiscreme zu sehen.

Sie erinnerte sich an die Tiefkühltruhe von Elias, von dem Angie ihr schon ein paar Mal erzählt hatte und dachte, dass der Eiscreme womöglich dort drinnen sein könnte. Angie hat wohl vergessen, dass sie die Eiscreme in die Tiefkühltruhe hineingetan hatte.

Also machte sie sich kopfschüttelnd und mit einem kleinen Lächeln, ohne Angie Bescheid zu geben, auf den Weg zu der Tiefkühltruhe.

Auch Elias hatte davon nichts mitbekommen. Er war viel zu sehr ins Gespräch mit Faruk vertieft. Sie waren gerade dabei gewesen über die schlechten Magistrate in Wien zu lästern und davon, dass das Personal meist unfreundlich und weder zuvorkommend noch hilfsbereit sei.

Jedenfalls befand sich Neslihan in dem kleinen Raum, in der sich auch die Tiefkühltruhe von Elias darin befand.

Seelenruhig und nichts böses ahnend, ging sie geradewegs zu der Tiefkühltruhe und versuchte sie zu öffnen. Beim ersten Versuch rutschte ihre Hand ab, wobei sie sich gedacht hatte, dass der Deckel womöglich eingefroren war.

Sie verfluchte die Kühltruhe dabei, weil sie sich beinahe ein

Nagel abgebrochen hätte.

Also versuchte sie es ein zweites Mal und ging ganz langsam voran.

So hatte sie es geschafft die Tiefkühltruhe ganz unversehrt zu öffnen und hatte dabei noch alle ihre Fingernägel.

Als sie den Deckel aufgemacht hatte, stieg ihr ein kalter Nebel ins Gesicht auf, sodass sie kurz mit ihren beiden Händen hin und her wirbelte, um den Nebel aufzulösen.

Und so wie der Nebel verschwunden war, konnte sie diversen Fleischsorten in Plastiktüten sehen, die ihr beim ersten Blick nicht besonders seltsam erschienen waren. Sie dachte sich, dass es wohl gewöhnliches Rind- und Schweinefleisch sein dürfte.

Also konzentrierte sie sich darauf die Eiscreme zu finden und hob eines der tiefgefrorenen und kalten Plastikbeutel auf, um sie auf die Seite zu legen, damit sie ein Blick darunter werfen konnten. Vielleicht war die Eiscreme ja irgendwo unten versteckt.

Doch kurz bevor sie den Plastikbeutel ablegen wollte, überkam sie ganz plötzlich ein großer Schauer des Entsetzens.

Neslihan konnte erkennen, dass sich eine menschliche Hand darin befand und ließ den Plastikbeutel vor Schreck auf den Boden fallen. Und erst dann konnte sie die restlichen Fleischreste besser identifizieren. Für einen kurzen Moment war sie genau wie all die Fleischstücke auch fest gefroren, nachdem sie in jedem einzelnen der Plastiktüten menschliche Körperteile entdeckt hatte.

Ihr wurde kotzübel dabei und sie begann aus lautem Hals zu schreien an.

Angie wusste im ersten Moment nicht was da vorgefallen war. Doch als sie sich ganz plötzlich umdrehte und festgestellt hatte, dass Neslihan nicht mehr in der Küche war, hatte sie das schlimmste befürchtet. Sie wurde auf der Stelle kreidebleich und bekam trockene Lippen. Sofort lief sie in das Zimmer aus dem der Schrei gekommen war. Auch Elias und Faruk waren mit einem großen Schreck auf die Beine gesprungen und rannten ebenfalls in das selbe Zimmer hinein.

Alle drei waren im selben Moment in das Zimmer hereingestürzt und fanden eine zitternde und panisch weinende Neslihan vor sich, die immer noch vor der Tiefkühltruhe des Entsetzens gestanden hatte.

>>*Was ist denn los Liebling?*<< Fragte Faruk voller Sorge, während er schnell zu ihr eilte.

Elias und Angie wussten was los war und sie wussten, dass sie nun aufgeflogen waren. Sie wussten nun, dass ihr schreckliches Geheimnis an das Tageslicht gekommen war. Und ausgerechnet ihre beiden Freunde waren es gewesen, die es entdeckt hatten.

Ohne sich von der Stelle zu bewegen, starrten beide auf Faruk und Neslihan. Angie hielt sich ihre beiden Hände vor den Mund und hatte ihre Augen ganz weit aufgerissen. Elias versuchte die Ruhe zu bewahren, beugte sich langsam hinunter und griff nach seinem Fußgelenk.

Auch Faruk, der Neslihan ganz fest in den Armen hielt und versuchte sie zu beruhigen, hatte mittlerweile den grausigen Inhalt der Tiefkühltruhe gesehen. Auch ihn überkam ein großes Übel und auch er war schockiert und entsetzt über diesen grauenhaften Fund gewesen.

Sowohl er als auch Neslihan konnten einfach nicht begreifen, was sie da entdeckt hatten. Sie konnten oder wollten es nicht verstehen, wieso sich in der Wohnung ihrer zwei besten Freunde eine Tiefkühltruhe befand, die mit menschlichen Körperteilen überfüllt war.

Angie hatte inzwischen bemerkt, dass Elias etwas vorhatte und sah ihn stillschweigend an. Sie wusste nicht was er vorhatte.

Dann zog Elias ein Springmesser hervor, das er schon immer für alle Fälle an seinem rechten Fußgelenk angeschnallt hatte. Angie konnte nun ahnen, woran er dachte, was sein bösartiger Plan gewesen war. Sie schüttelte voller Angst ihren Kopf und versuchte ihm diesen schrecklichen Gedanken wieder auszureden, doch er wollte nicht auf sie hören.

Faruk und Neslihan wurden auf den kleinen Streit, der sich direkt hinter ihnen abspielte aufmerksam und wandten sich dem sofort um.

>>*Leute, was ist hier los? ... Was hat das alles hier verflucht noch einmal zu bedeuten? ... Wieso liegen da abgetrennte menschliche Körperteile in eurer verdammten Tiefkühltruhe? ... Ha? ... Könnt ihr uns das auf der Stelle verdammt noch einmal erklären?*<<

Verlangte Faruk von ihnen eine sofortige Erklärung und wirkte dabei sowohl sehr bedrohlich als auch sehr wütend.

Elias und Angie hatten aufgehört miteinander zu diskutieren und richteten ihre ganze Aufmerksamkeit Faruk zu, der ganz ungeduldig auf eine sehr plausible Erklärung wartete.

Doch anstatt einer erwarteten Antwort, bekam er folgendes von Elias zu hören. Elias blieb dabei die ganze Zeit über ruhig und sprach mit einer ebenso ruhigen Stimme >>*Hör zu Kumpel! ... Ihr beide habt leider etwas ans Tageslicht gebracht, von dem Angie und ich wollten, dass es für immer im Verborgenen bleibt. ... Es ist wahr, ... da drinnen befinden sich tatsächlich menschliche Körperteile. ... Doch wieso sie da drinnen liegen, kann ich euch jetzt im Moment nicht erklären. Es ist eine verdammt lange Geschichte. Und ehrlich gesagt, das möchte ich auch gar nicht. ... Ihr solltet von Anfang an, gar nichts mit dieser Sache hier zu tun haben. Wir hatten beschlossen euch damit zu verschonen und wollten einfach nur, dass ihr unsere Freunde bleibt mit denen wir uns hin und wieder treffen und* *gemeinsam Spaß haben. ... Doch ich befürchte, dass es mit dem Spaß nun endgültig vorbei ist.<<*

Alle Augen waren auf Elias gerichtet. Neslihan hatte große Angst und Faruk versuchte ruhig zu bleiben. Angie war wie erstarrt auf ihrem Platz und konnte rein gar nichts tun. Irgendwie war sie genau dazwischen gewesen. Sie musste eine Wahl treffen. Sie musste sich entscheiden, ob sie ihrem geliebten Freund beisteht und zu ihm hält oder, ob sie zu ihren beiden Freunden hält.

Es war eine sehr knifflige und harte Situation für sie. Sie war ratlos.

>>Angie? ... Was hat das alles hier nur zu bedeuten?<< Wollte Neslihan plötzlich mit weinerlichen Stimme von ihr erfahren. Doch Angie konnte, so sehr sie es auch versucht hatte, kein Ton aus ihrem Mund herausbringen. Sie würde so gerne ihrer Freundin antworten und ihr alles erklären, doch sie schaffte es einfach nicht. Sie stand einfach nur da und sah sie mit weit geöffneten Augen an.

>>Also gut Angie.<< Hörte sie Elias zu ihr sprechen. *>>Du wirst jetzt in die Küche gehen und das Küchenmesser holen, das ich dir geschenkt habe.<<* Verlangte Elias eiskalt von ihr. In diesem Moment war sie kurzfristig wieder zu sich gekommen und konnte nicht glauben, worum ihr Freund sie da gebeten hatte. Denn es ging dabei nicht einfach um das Holen eines Messers. Angie wusste ganz genau was dann als nächstes kommen würde. Und das bereitete ihr eine enorme Angst.

>>Na los Angie! Tu was ich dir gesagt habe!<< Verlangte Elias mit einer etwas strengen Stimme, nachdem sie auf seine erste Anweisung nicht reagiert hatte.

>>Nein, Elias! ... Das kannst du von mir nicht verlangen. Es muss einen anderen Weg geben.<< Versuchte Angie ihm sein Vorhaben auszureden. Elias stand immer noch in seiner Posi-

235

tion mit dem Springmesser in seiner Hand, dessen Spitze er genau zu Faruk und Neslihan gerichtet hatte und sagte wieder mit einer ruhigen Stimme >>*Liebling! Versteh doch! Für alles andere ist es bereits zu spät. Es gibt keinen anderen Weg. Das ist unsere einzige Möglichkeit.*<<

>>*Aber den muss es doch irgendwie geben Elias.*<< Beharrte Angie darauf und klang weinerlich und verängstigt.

>>*Was habt ihr denn vor mit uns?*<< Wollte Neslihan mit einer ebenso verängstigten Stimme erfahren.

>>*Keine Sorge Schatz! Sie werden uns nichts antun. Ich lasse nicht zu, dass die etwas passiert.*<< Versuchte Faruk sie zu beruhigen.

Die ganze Zeit über herrschte eine sehr große Spannung in dem kleinen Zimmer und keiner der vier Personen rührte sich von seinem Fleck.

Niemand wusste so recht wie es nun weitergehen würde. Bis auf Elias. Wie immer hatte er einen Plan und wie immer wusste er ganz genau wie es weitergehen würde.

Ihm war die Freundschaft vollkommen egal gewesen. Er war nunmal jemand ohne Reue und Empathie gewesen. Er war ein gefühlsloser und eiskalter Killer gewesen. Ganz egal wie lange er Neslihan und Faruk kennen würde, er würde sie jederzeit, ohne mit der Wimper zu zucken, umbringen.

Vor allem dann, wenn er sich damit selber in Schutz bringen konnte. Denn er wollte ganz bestimmt nicht verhaftet und für seine unaussprechlichen Taten hinter Gittern gebracht werden. Er würde alles tun, um die beiden besorgten Zeugen zum Schweigen zu bringen. Und in ihrem unglücklichen Fall, würde er sie dafür töten müssen.

>>*NA LOS ANGIE! JETZT HOL ENDLICH DAS GOTTVERDAMMTE MESSER!*<< Schrie er sich schließlich an, weil sich seine Geduld so langsam zu Ende neigte.

Dabei hatte sich nicht nur Angie, sondern auch Neslihan sehr erschreckt. Und selbst Faruk musste leicht aufspringen, sodass er dadurch allen im Raum verraten hatte, dass auch er große Angst hatte. Er konnte sie nur etwas besser verstecken als die beiden jungen Damen. Er versuchte einfach nur ruhig zu bleiben und einen klaren Kopf zu bewahren.

Er würde sich gerne auf Elias drauf stürzen und ihm das Messer aus seiner Hand abschlagen, aber er musste sich eine Taktik einfallen lassen, um sich dabei nicht zu verletzen beziehungsweise schlimmeres zu vermeiden.

Daher blieb er noch bei Neslihan und versuchte etwas länger zu überlegen.

Nachdem sich Angie so sehr erschrocken hatten, weil Elias sie angeschrien hatte, lief sie mit leichten Tränen in ihren Augen direkt in die Küche, schnappte sich das Küchenmesser und kam wieder zurück.

Sie hätte natürlich auch die Polizei verständigen und ihren Freund verhaften lassen können, um dadurch das Leben ihrer besten Freundin sowie das Leben ihres zukünftigen Ehemanns retten, aber ihr war bewusst, dass sie sich damit auch in Gefahr bringen würde. Denn man würde auch sie verhaften und verurteilen. Daher hatte sie sich gegen ein Polizeianruf entschieden. Sie hoffte immer noch auf eine viel bessere Lösung, als die beiden Optionen. Die da wären. Gefängnis für sie und Elias, aber dafür Freiheit und das Weiterleben ihrer Freunde. Oder, das Zusammensein in Freiheit mit ihrem geliebten Freund Elias und dafür der Tod für Neslihan und Faruk. Beide Optionen gefielen ihr nicht. Denn in beiden musste große Opfer bringen. In beiden Optionen musste sie auf so vieles verzichten.

Doch sie wollte, dass keines davon eintritt. Sie wollte es schaffen, dass sie und Elias ihr Leben wie gewohnt weiterführen und ihre beiden Freunde Neslihan und Faruk dabei am Leben bleiben können.

Das musste doch irgendwie machbar sein. Doch tief in ihrem Inneren wusste sie sehr wohl, dass das so niemals funktionieren würde. Sie wusste ganz genau, dass am Ende eine Seite verlieren musste. Sie wusste ganz genau, dass nicht beide Seiten als Gewinner von dannen ziehen konnten. Sie wusste ganz genau, dass es am Ende nur für eines der Paare ein Happy End geben konnte.

Die Hand, in der sie das Küchenmesser hielt, wollte nicht aufhören zu zittern.

Eigentlich sollte sie dabei ganz ruhig bleiben können, jetzt wo sie auch eine eiskalte Killerin gewesen war und den einen oder anderen Menschen brutal ermordet hatte, aber hier ging es nicht um eine fremde Person. Es ging hier um ihre Kollegin, um ihre beste Freundin, um ihre ehemalige Mitbewohnerin. Es würde nicht leicht für sie werden, ihr das Küchenmesser in die Brust zu rammen und sie umzubringen. Es würde ihr nicht einmal dann leicht fallen, wenn es Elias machen würde. Auch das Zusehen selbst oder zu wissen, dass es gerade passierte, würde sie nicht ertragen können.

Es war ein sehr schwerer und ein sehr harter Moment für sie. Und für Faruk wurde es ebenso schwer sich einen guten und sicheren Plan zu überlegen. Denn nun standen zwei verrückte Menschen vor ihm, die beide ein Messer direkt vor seine Nase hielten.

Schon bei nur einer Person, wusste er nicht so recht, wie er es angehen sollte und bei zwei Personen schien es ihm irgendwie unmöglich zu sein. Denn wenn er zuerst die eine Person angreifen würde, würde sich die andere sofort auf ihn stürzen. Das konnte er so nicht machen. Er wusste es im Moment nicht besser und hoffte, dass er und Neslihan den schrecklichen Abend doch noch irgendwie überstehen würden.

Elias hatte bemerkt, dass Angie große Angst hatte und wusste, dass diese Angst dadurch erzeugt wurde, weil es in dieser misslichen Lage um ihre langjährige Freundin Neslihan ging.

Er konnte es verstehen. Er konnte es sogar sehr gut verstehen. Doch es war ihm vollkommen egal gewesen.

In diesem Moment ging es um wesentlich mehr als nur um eine Freundschaft. Und genau das musste er nun auch Angie klar machen. Er musste ihr klar und verständlich ausdrücken, wieso sie das tun müssten, was sie tun mussten. Dabei bemühte er sich wieder zu Angelika's wahres Ich, zu Angie, zu sprechen. Denn im Moment, seit diese Sache an diesem Abend angefangen hatte, war Angelika wieder zurückgekehrt.

>>*Hör zu Angelika! ... Ich kann verstehen, dass dies hier eine sehr unangenehme Situation für dich ist und, dass es dir sehr schwer fällt eine Entscheidung zu treffen, aber du musst mir jetzt ganz genau zuhören. ... Erinnerst du dich noch daran, wie es für dich gewesen war, als Matej Slivka noch in unserer Küche gewesen war und du dich zu Beginn geweigert hattest ihn umzubringen? ... Doch am Ende hast du es dann doch getan. Ganz egal wie schwer und beängstigend, ganz egal wie abscheulich und grausam es für dich auch gewesen war ... du hast ihm am Ende die Kehle aufgeschlitzt und hast dich befreit gefühlt. Denn da kam dein wahres Ich zum Vorschein. In diesem Moment hatte sich Angie gezeigt. Die Angie, die sich all die Jahre versteckt hatte. Die Angie, die eigentlich schon immer hinauswollte. Die Angie, mit der ich danach eine wunderbare Zeit verbracht hatte. Die Angie, in die ich mich so sehr verliebt hatte. ... Genau, die Angie brauche ich nun an meiner Seite, damit sie uns beiden aus dieser Sache hier heraushelfen kann. Damit wir beide wieder glücklich und zufrieden unser Leben weiterführen können. Damit wir wieder das perfekte Killer-Paar werden können. ... Daher höre bitte jetzt auf dein*

Herz und sei wieder die Angie, die du eigentlich schon immer gewesen bist. ... Ich brauche dich an meiner Seite Liebling.<< Angelika, die zwischen zwei Fronten stand, musste sich so langsam entscheiden auf welche Seite sie sich begeben sollte. Sollte sie nun wieder ihr wahres Ich hervorholen und gemeinsam mit ihrem Geliebten Elias ihre beiden Freunde umbringen oder sollte sie das Küchenmesser zu Elias wenden und ihre beiden Freunde verteidigen? Zu dritt und bewaffnet mit einem Küchenmesser würden sie ihn auf jeden Fall bezwingen können.

Angelika kämpfte in diesem Moment mit sich selbst und es war ihr bislang größter Kampf, den sie je gehabt hatte.

Doch, ob es ihr gefiel oder nicht, sie musste sich entscheiden. Und ganz egal welche Entscheidung sie auch treffen würde, sie würde auf beiden Seiten verlieren.

Sie musste entweder auf ihre Freiheit oder auf das Leben ihrer beiden Freunde, vor allem auf das Leben ihrer Freundin Neslihan, verzichten.

>>*AAANGIEEE! LOS JETZT!*<< Versuchte Elias sie aus Angelika's Innerem herauszuschreien.

Angelika zuckte für einen kleinen Moment zurück, hielt für wenige Sekunden inne und sagte dann mit einer selbstbewussten und ruhigen Stimme >>*Ich denke, in der Tiefkühltruhe ist noch genügend Platz für die beiden.*<<

Während Elias sehr erleichtert bis über beide Ohren grinste, wurden Neslihan und Faruk noch nervöser und wussten nicht, was nun vor sich ging. Doch sie ahnten das schlimmste.

>>*Bitte Angelika! Hilf uns doch! Halte diesen Wahnsinnigen auf. So bist du nicht. Lass dich nicht von ihm manipulieren.*<< Flehte Neslihan ihre ehemals beste Freundin mit einer sehr weinerlichen Stimme schluchzend an.

>>*Leute, überlegt euch das genau! Das ist ein ganz gewaltiger*

Fehler. Lasst uns bitte darüber reden. Ich bin mir sicher, dass wir zu einer Einigung kommen werden. Ich bitte euch!<<
Versuchte Faruk an die Vernunft des Killer-Paares zu appellieren.

Doch jegliches Anflehen und Bitten nutzte nichts. Die Entscheidung des Killer-Paares war bereits gefallen.

Sowohl Elias als auch Angie hatten sich bereits den Tod ihrer beiden Freunde fest in ihren Köpfen verankert.

Und keiner von ihnen dachte daran ein Rückzug zu machen.

Mit ausgestreckten Messern sowie langsamen und bedrohlichen Schritten näherten sie sich ihren beiden neuen Opfern zu.

Sie wirkten dabei wie eine Schlange, die eine Maus in enge gedrängt hätten. Denn genauso fühlten sich in diesem Moment Neslihan und Faruk. Faruk hatte sich vor Neslihan gestellt und versuchte sie so vor den beiden Raubtieren zu beschützen.

Er versuchte sie zu beruhigen und ihr die Angst zu nehmen, in dem er ihr etwas erzählte, woran er selber nicht mehr glaubte.

Nämlich, dass alles wieder gut werden würde.

Doch diese Aussicht war in Wahrheit hoffnungslos gewesen.

Für einen Moment hatte Neslihan gehofft, dass Angelika nur so tun würde, als ob sie auf der Seite von Elias war, nur um ihn damit abzulenken und im nächst besten Moment sich gegen ihn zu stellen.

Doch auch das blieb nur ein weiterer aussichtsloser Wunsch von ihr.

Neslihan und Faruk sagten sich noch ein letztes Mal wie sehr sie sich beide liebten, bevor die ersten Stiche auf sie niederregneten wie ein Hagelsturm. Bis sie wenige Sekunden danach leblos zu Boden fielen und ihr Blut den gesamten Boden überflutete, hatten sie jedes einzelne der Hiebe und Stiche der beiden Messer gespürt, die sich mehrmals in ihre Körper eingedrungen hatten.

Sowohl Elias als auch Angie hatten beide dabei gelächelt, während ihre Pupillen sich geweitet hatten.

Selbst nachdem die beiden bereits tot waren, hatten sie weiter auf sie eingestochen. Es war bereits eine Leichenschändung gewesen.

Sowohl Neslihan als auch Faruk hatten mehrere Einstiche an diversen Körperstellen erlitten.

Selbst ihre Gesichter waren nicht verschont geblieben. Sie wurden bis zur Unerkenntlichkeit von dem erbarmungslosen Killer-Paar zerfetzt.

Nachdem sie mit dem großen Niedermetzeln ihrer beiden Freunde fertig waren, waren beide außer Atem gewesen. Sie schnauften und schwitzten als hätten sie soeben mehrere Säcke Zement geschleppt.

Sie waren nicht nur schweißgebadet, sie waren auch regelrecht blutgebadet gewesen. Von Kopf bis Fuß waren sie mit dem Blut von Neslihan und Faruk übergossen gewesen.

Das erregte erneut das Killer-Paar auf der Stelle, sodass sie angefangen hatten sich heiß und innig zu küssen. Beim Zungenkuss tauschten sie diesmal nicht nur ihre Speichel untereinander aus, sondern auch das Blut ihrer beiden toten Freunde.

Noch bevor ihr kleines Liebesspiel sich weiter ausbreiten konnte, brachen sie es ab, um es zu einem späteren Zeitpunkt fortzusetzen. Denn vorher wollten sie sich noch schnell um die beiden Leichen kümmern und sie schnellstmöglichst entsorgen. Der gesamte Raum war ohnehin schon mit Blut übersät gewesen, sodass sie gleich an Ort und Stelle mit dem Zerteilen der Körperteile angefangen hatten. Sowie ihre früheren Opfer auch, hatten sie auch die Körper von Neslihan und Faruk in viele kleine Stücke zerteilt, ihnen sämtliche Organe ausgenommen und sie in die Plastikbeutel gesteckt.

Sie schafften es den Großteil in der Tiefkühltruhe unterzubringen. Alles andere bewahrten sie vorübergehend in ihrem Kühlschrank in der Küche auf.

Sie würden sich in Kürze eine weitere Tiefkühltruhe besorgen, die zudem auch weitaus größer und geräumiger sein sollte als die, die sie bereits hatten.

Denn solange sie vom Menschenfleisch nicht ablassen konnten, solange würden sie für ihre große „kulinarische" Leidenschaft Menschen töten.

Es waren bereits zwei Wochen vergangen, seitdem Angie gemeinsam mit ihrem Freund Elias ihre Freundin Neslihan und deren festen Freund Faruk eiskalt und brutal ermordet hatten.

Mittlerweile hatten sie auch gewisse Körperteile von den beiden verspeist.

Weil sie sich am Ende doch für ihren Freund Elias entschieden hatte, war er auf sie stolzer und verliebter denn je gewesen.

Er hatte ihr folgende Worte gesagt, während er ihr tief in ihre Augen geblickt hatte >>*Ich kam als dein Mitbewohner hierher und blieb als dein fester Freund. Ich bin sehr stolz auf dich mein Schatz. Ich liebe dich über alles.*<<

Und um ihr seine Liebe noch besser zeigen zu können, hatte er ein Stück von Neslihan's Rippenknochen entnommen und sie zu einem gewissen Mr. Boneshaper versendet, der im Darknet sehr bekannt für seine Werke geworden war. Denn er konnte aus allen möglichen Knochenresten schöne Andenken und Geschenke für seine Kunden produzieren. Sowohl ganz nach ihren Wünschen als auch durch eigene Ideen.

Daher kam Elias auf die Idee, ihm ein Stück von Neslihan's mittlerer Rippe, also den Teil, der näher zu ihrem Herzen war, zu versenden, sodass Mr. Boneshaper daraus eine Halskette in Herzform schnitzen konnte.

Diese Halskette hatte Elias seiner geliebten Freundin Angie mit folgenden Worten geschenkt >>*Da ich weiß, wie sehr du Neslihan geliebt hattest und wie nah ihr euch gestanden habt, habe ich mir erlaubt, dir dieses Geschenk hier zu machen. Es ist eine Halskette in Form eines Herzens, die ich aus den Rippenknochen von Neslihan für dich entwerfen ließ. Somit kannst du sie für immer und ewig bei dir tragen.*<<

Angie war dabei so sehr gerührt, dass sie ihre Tränen nicht mehr stoppen konnte, die in diesem romantischen Moment wie ein Wasserfall geflossen waren.

Es war das beste Geschenk, das sie je in ihrem Leben bekommen hatte. Dafür und auch für seinen wundervollen Gedanken liebte sie Elias umso mehr.

Schon bald darauf zogen sie in eine neue Wohnung ein und setzten ihr Werk als das kannibalische Killer-Paar, das sie gewesen waren, weiter fort.

Mit der Zeit wurden sie brutaler und erbarmungsloser.

Doch sie hielten sich weiterhin strikt an ihren Kodex, der ihnen untersagte sowohl Familienmitglieder als auch auch Kinder für ihre große Leidenschaft zu opfern.

ENDE

NACHWORT

Verehrte Leserin! Verehrter Leser!

Immer wieder werde ich gefragt, wie ich auf meine Geschichten komme und was mich dazu bewegt sie zu erzählen. Aber
auch, wieso ich mich dazu entschlossen habe, ausgerechnet
Horrorgeschichten zu schreiben.
Selbstverständlich gebe ich jedes Mal die selbe Antwort auf
diese Fragen. Und genau die gleichen Antworten werde ich
auch hier mit Ihnen teilen.
Nun, es ist so, dass in etwa die eine Antwort mit den anderen
zusammenhängt.
Zunächst einmal gehe ich auf die Frage ein, wieso ich überhaupt Horrorgeschichten schreibe und die restlichen Fragen
werden damit auch beantwortet werden.
Es ist so, dass ich schon immer, seit meiner Kindheit ein großer
Fan sowohl von Horrorfilmen als auch von Horrorgeschichten
gewesen bin. Selbstverständlich hatte ich als ein kleines Kind
zwar Angst, aber ich konnte dennoch nicht genug davon bekommen.
Mit der Zeit, von Film zu Film, von Geschichte zu Geschichte,
hat sich diese Angst dann letztendlich verflüchtigt. Irgendwann
war ich dann soweit, dass ich keine Angst mehr bekam. Ich
war sozusagen schon abgehärtet gegenüber all diese Monster-
und Schauergeschichten.
Und es kam schließlich die Zeit, in der mich das Horrorgenre
gelangweilt hatte. Also, ich rede von den heutigen Geschichten
und Filmen. Die Klassiker sind und werden auf ewig die besten
bleiben. Daran besteht kein Zweifel. Doch alles was danach
entstanden ist, war, meiner Meinung nach, nur noch lächerlich
und ein vollkommener Unsinn. Vielleicht liegt es aber auch

daran, dass ich einfach so sehr immun dagegen geworden bin, dass sie mich nicht mehr faszinieren beziehungsweise erschrecken können. Es fängt schon allein beim Make-Up der meisten Horrorfilme unserer Zeit an. Sie sehen einfach nicht mehr authentisch und gruselig genug aus. Es wirkt beinahe so, als ob sich die Make-Up Artistinnen und Make-Up Artisten keine große Mühe mehr geben würde. Oder die Fantasie all der Produzenten und der Regisseure reichen dafür nicht aus. Ich weiß es nicht. Doch Tatsache ist, dass sie mit den heutigen Make-Up's, die von den Filmen aus den 80ern und 90ern nicht das Wasser reichen können. Dabei sollte man meinen, dass es heutzutage mit der fortgeschrittenen Technologie weitaus besser sein sollte. Jedoch ist es nichts als eine bittere Enttäuschung.

Ich möchte erneut betonen, dass das meine persönliche Meinung ist.

Und da wären wir auch schon beim nächsten Punkt. Die Technologie. Heutzutage wird leider viel Wert auf Animation und CGI gelegt, sodass dadurch leider die Authentizität teilweise und in manchen Fällen sogar großteils oder sogar komplett verloren geht. Das liegt daran, dass niemand mehr mit Leidenschaft und Liebe zu seinem Beruf arbeitet. Die früheren Make-Up Artisten, hatten richtig viel Spaß bei der Arbeit. Sie fieberten für all ihre Masken und Kostüme und arbeiteten Tag und Nacht an ihnen, damit sie so glaubhaft wie möglich sein konnten. Doch in der heutigen Zeit macht das alles nur noch der Computer. Da läuft alles wie am Fließband. In der heutigen Filmindustrie geht es nur noch um die schnelle Produktion und darum viel Profit zu machen. Auf die eigentliche Filmkunst wird leider kein Wert mehr gelegt. Zumindest nicht von der Mehrheit.

Dadurch geht all die Magie nunmal verloren.

Deswegen finde ich die meisten Masken und Kostüme in gewissen Horrorfilmen einfach nur noch lächerlich. Da kann man von den Zuseherinnen und Zusehern nicht ernsthaft verlangen, dass sie sich dabei erschrecken sollen. Ich meine, ganz ehrlich, es gibt Amateurkostüme, die besser aussehen als die meisten Filmkostüme, die uns die sogenannte Traumfabrik Hollywood darbietet. Wenn Sie sich selbst davon überzeugen möchten, dann besuchen Sie mal die Comic Con.

Der nächste Punkt ist das Drehbuch.

Auch hier scheinen die Drehbuchautorinnen und Drehbuchautoren ihren Glanz und ihre Magie verloren zu haben. Denn meist bekommen wir nur schlecht geschriebene und schwache Drehbücher serviert, in denen einfach die Leidenschaft fehlt. Vielleicht aber ist das auch einfach nur der Wunsch der verschiedenen Filmstudios und/oder der Regisseure. Auch hier scheinen sie die Drehbuchautorinnen und Drehbuchautoren zu hetzen beziehungsweise ihnen sogar strikte Anweisungen bezüglich des Inhaltes geben, sodass am Ende einfach nur ein Blödsinn entsteht, der die Zuseherinnen und Zuseher bitter enttäuscht.

Dabei schaden sie sogar ganzen Klassikern wie „Chucky - Die Mörderpuppe", indem sie die Filme durch deren Fortsetzungen einfach nur ins Lächerliche ziehen. Als Kind hatte ich große Angst vor Chucky. Doch jetzt ist aus ihm nur noch eine Puppe geworden, die man beim Schlafen an die Brust drückt wie ein Kuscheltier.

Es gibt noch genügend Beispiele, wieso ich mich einfach nicht mehr bei Horrorfilmen fürchte beziehungsweise die meisten von ihnen langweilig finde.

Daher hatte ich beschlossen meine eigenen Horrorgeschichten zu schreiben. Einfach nur in der Hoffnung, all jenen, die ebenso ein großer Fan vom Horrorgenre sind, zumindest ein wenig

Grusel, Spannung und Abscheulichkeit zurückzugeben, die sie aufgrund der oben erwähnten Punkte ebenso vermissen wie ich.

Immerhin gebe ich mir große Mühe dabei und hoffe damit all diese Personen zufriedenzustellen.

Nun möchte ich zu den Fragen kommen, wie ich auf meine Geschichten draufkomme und was mich dazu bewegt sie zu erzählen.

Also, sämtliche von mir persönlich verfassten Geschichten bisher, sind selbstverständlich alle fiktiv. So auch dieser Roman, den Sie gerade in ihren Händen halten. Jedoch möchte ich erwähnen, dass ich doch die eine oder andere Tatsache aus dem richtig Leben mit einbaue.

Was genau meine ich damit?

Zum Beispiel habe ich in meinem Debüt Roman „Der Erlöser" neben frei erfundenen Geschichten auch teilweise Geschichten aus meiner Kindheit eingebaut.

Oder in meinem Roman „Sophia's Rache" greife ich das Thema Frauengewalt auf und möchte darauf aufmerksam machen.

In meinem Roman „Rebellion der Kinder" geht es darum, dass Erwachsene den Kindern zuhören und sie nicht einfach so ignorieren sollten, weil sie eben noch Kinder sind.

Und auch in meinen restlichen Romanen und Geschichten werden Sie ähnliche Themen auffinden auf die ich ganz einfach die Menschen aufmerksam machen möchte. Das heißt, es sind nicht einfach nur irgendwelche Romane und Geschichten, sondern auch zugleich wichtige und ernstzunehmende Botschaften.

Zum ersten kann ich viel besser schreiben, wenn ich auf gewisse Themen und Erlebnisse zurückgreife, die ich persönlich in Erfahrung gebracht habe. Denn so kann ich gewisse Punkte besser beschreiben beziehungsweise erzählen.

Zum zweiten finde ich persönlich, dass man sich, auch beim Lesen eines Romans, ernsthafte Gedanken über gewisse Themen machen und sie nicht außer Acht lassen sollte. Gewisse Themen müssen einfach erzählt und angesprochen werden. Selbst wenn man dies anhand von Romanen macht.
Ich hoffe damit auch gewisse Menschen zu erreichen und ihnen mit meinen Geschichten helfen kann.
Vielleicht kann ich deren Stimme sein. Jemand, der sie versteht und ihnen das Gefühl vermittelt, dass sie nicht alleine sind.
Das weiß ich leider alles nicht, aber ich hoffe, dass ich ihnen ein gutes Gefühl dabei geben kann.
Und ich hoffe sehr, dass ich Sie mit diesem Roman angenehm unterhalten und vielleicht sogar die eine oder andere Angst bescheren konnte.
Jedenfalls möchte ich mich recht herzlich bei Ihnen bedanken, dass Sie sich für mein Buch entschieden haben und hoffe, dass Sie eine Freude daran hatten.
Ich wünsche Ihnen weiterhin viel Vergnügen beim Lesen zukünftiger Bücher, seien es meine oder die von meinen verehrten Kolleginnen und Kollegen!

Ihr ergebener,
Akif Turan

Mehr Geschichten über Kannibalismus,
finden Sie in meinem Buch

„Tote Nacht Geschichten"

WEITERE WERKE

- KARA KURT VE KIZIL SAÇLI KIZ

- TOTE NACHT GESCHICHTEN

- DER ERLÖSER

- SOPHIA'S RACHE

- REBELLION DER KINDER

- HUNT THE DEAD

- AUF DER JAGD! - MEMOIREN EINES RÄCHERS

- MEINE ERLEBNISSE, GANZ KURZ

- DES TEUFELS CHAMPION

- WOLVES VS REPTILES

- HRAMIL

- AKİF TURAN SÖZLERİ

- SCHULE DES GRAUENS

An dieser Stelle noch ein kleiner Witz zum Abschluss!

Was bekommt der Kannibale, wenn er zu spät zum Essen kommt?

-

Die kalte Schulter.